짝
물
게
자

파문제자 5

한성수 新무협 판타지 소설

초판 1쇄 찍은 날 § 2003년 4월 1일
초판 1쇄 펴낸 날 § 2003년 4월 10일

지은이 § 한성수
펴낸이 § 서경석

편집장 § 문혜영
편집책임 § 장상수
편집 § 권민정 · 유경화
마케팅 § 정필 · 강양원 · 이선구 · 김규진 · 홍현경
펴낸곳 § 도서출판 청어람
등록번호 § 제1081-1-89호
등록일자 § 1999. 5. 31
어람번호 § 제2-0199호

주소 § 경기도 부천시 원미구 심곡1동 350-1 남성B/D 3F (우) 420-011
전화 § 032-656-4452 팩스 § 032-656-4453
http://www.chungeoram.com
E-mail § eoram99@chollian.net

값 7,500원

ISBN 89-5505-563-3 (SET)
ISBN 89-5505-654-0 04810

한성수 新무협 판타지 소설

따 문 제 자

破門弟子

5

삼천이지(三天二地)

도서출판
청어람

목

차

제49장 마교(魔敎)는 지금 전쟁 중?

떨어져 내리는 파리한 검광(劍光)!

나부끼는 흑단같이 검고 섬세한 머리카락의 파도.

오연한 눈빛, 사랑스런 미소.

재기발랄한 미소녀 소여영(素餘榮)은 절세기병 금은쌍검(金銀雙劍)을 놓친 상태에서도 유려하게 신형을 뒤로 빼낸다.

흉수의 일격을 피하기 위해서이다.

상황은 절체절명!

만약 세상의 대다수를 이루고 있는 필부들이라면 당황하여 보법이 흐트러질 게 분명하다.

그러나 나 소여영은 자랑스런 혈봉황단(血鳳凰團)의 연락책.

절망스런 상황이라 할지라도 입가엔 미소, 눈빛은 고고하게.

비록 눈앞에서 무지막지한 칼질, 아니아니, 검기가 종횡하더라도 경쾌하고 여유만만한 보법으로 상황을 헤쳐 나간……

서걱!

'아! 이번엔 은채가 잘려 나갔다. 아앙! 나쁜 놈들! 입교 시 아버님께 받아서 무진장 소중히 간직하고 있던 건데…….'

유일한 장기인 보법을 펼쳐 자신에게 날아든 세 차례의 도격(刀擊)을 간신히 피해낸 소여영의 얼굴이 잠시 울상이 되었다.

머리 속으론 거의 검협전에 가까운 소설―그래서 연신 흉험하게 파고드는 도격을 극구 검광이라 우긴다―을 쓰며 자신감을 북돋지만, 상황은 암담하다.

연락책이란 사실 전령(傳令)을 말한다.

소여영은 앞서와 같은 이유로 뜻이 모호한 연락책으로 자신의 임무를 주장하곤 하지만 정식 명칭을 바꿀 순 없는 노릇이다.

어쨌든 임무가 임무이니만큼 소여영이 경공에 제법 재간을 지니고 있는 건 사실이었고, 오늘도 그녀는 비밀 임무를 띠고 열심히 신형을 날리던 중이었다.

그러나 경공에 재간이 있다 하여 다른 무공까지 탁월하기란 쉽지 않은 일이다. 보통 소여영 정도의 나이대에선 무공이 일류의 경지에 이르기가 쉽지 않고, 그렇기에 전문화를 꾀할 수밖에 없는 탓이다.

따라서 보통 그녀에겐 임무의 특성에 따라 대여섯 명에서 십여 명까지 그림자가 따라붙는데, 이번에는 대략 이십 명이 넘는 숫자가 붙어 있었다.

군이 깊이 생각하지 않더라도 이번 일의 중대함을 알 수 있는 상황이랄까?

연락책이 된 후 가장 큰 임무를 맡았다는 생각에 소여영은 감격했다.

광명신교 내에서도 혈봉황단은 정보를 전담하는 특별 조직이었다. 당연히 '특별'이란 별칭이 붙은 것에서 알 수 있듯 전문화된 특수 부서였다.

소여영은 처음 자신이 배속받은 부서의 그런 특수성을 전해 듣고 거의 까무러칠 정도였는데, 이번 임무를 맡았을 때의 흥분은 그때를 뛰어넘을 정도였다.

당연히 마음가짐은 다른 때에 비길 바가 아니었다.

다른 때와 달리 다른 쪽으론 고개도 돌리지 않고 신형을 날리고 있었는데, 옛날 한때 중원에서 날렸던 때가 있었음을 자랑하는 걸로 인생의 황혼을 즐기던 할아버지에게 들었던 검협전과 같은 상황이 벌어지기 시작했다.

차차차차창!

소여영의 귓전을 두들긴 건 철과 철이 부딪치는 검격음이었고 그림자 특유의 나지막한 단말마였다. 죽음을 관장하는 사신(死神)이 점차 그녀의 주변을 휘감아왔다.

'암습?'

바보가 아니라면 누구라도 생각할 수 있는 사실이었다. 그럼에도 오직 유능한 연락책인 자신이기에 내린 판단이라고 스스로를 미화한 소여영은 얼른 다리에 힘을 주며 생각했다.

'사실 이런 때 검협전의 주인공이라면 발길을 돌려 위험에 빠진 동료들을 구하는 게 옳다. 하지만 나 소여영은 신교의 모든 정보를 관장하는 혈봉황단의 일급 연락책이 아니던가! 동료들의 희생을 발판으로 삼고서라도 나 소여영은 임무에 최선을 다해야만 한다. 비분으로 두 볼이 달아오르고 있지만, 눈물은 나중에 흘리련다!'

사소취대(捨小取大)!

소여영은 대의를 위해 작은 걸 버린다는 말로 자신에게 당위성을 부여하곤 한 가닥 진기를 급하게 끌어올렸다. 경공을 펼칠 때 어느 정도 남기게 마련인 여력까지 몽땅 끌어올려 전력으로 달리기 시작한 것이다.

그러나 전령으로 보직을 받은 후 처음으로 맞은 위기였다.

의기 만만하고 늠름한 내심과 달리 재게 움직이는 다리는 달달 떨리고 있었다. 완전히 겁을 집어먹은 모습이었다.

그런 외중에도 소여영은 자신이 검협전의 주인공답지 않게 겁을 집어먹었다는 사실을 완강히 부인하고 있었다. 철이 들 무렵부터 꿈속의 강호를 노닐어왔던 부작용이라 할 수 있었다.

상황이 바뀐 건 그로부터 얼마 지나지 않아서였다.

연달아 들려오던 검격음과 신음성이 주춤해졌고, 현저히 내력이 달리기 시작한 소여영의 눈앞으로 세 명이나 되는 시커먼 사내들이 모습을 드러냈다.

"아악!"

특별히 암습을 당한 건 아니었다. 그저 앞길을 사나이들에게 가로막혔을 뿐이었다.

그럼에도 있는 힘껏 비명을 지른 소여영은 안색을 붉게 물들였다. 부끄러운 것이다.

그러나 상황은 그녀로 하여금 계속 첫날밤을 맞은 새색시 행세를 하고 있도록 가만 놔두지 않았다.

사내들은 하나같이 수중에 큼지막한 장도를 들고 있었는데 도신에서는 피가 뚝뚝 떨어지고 있었다. 방금 전 그림자들을 숨죽이게 만든 자들이 그들임을 능히 짐작케 하는 모습이었다.

─호위하던 그림자들을 모조리 잃으면, 전령은 즉각 밀지를 소멸하라!

전령 수칙 일조였다.
더 이상 생각해 볼 것도 없이 소여영이 밀지를 입에 넣어 삼키려는 찰나였다.
파파팟!
절체절명의 순간에도 눈앞 사내들에게 미소를 던진 것이 화근이 되어 소여영은 기습적인 도격을 당해야만 했다. 이십이 넘는 그림자를 베어넘긴 실력다운 도격이었다.
따라서 간신히 기습적인 도격을 피해낸 소여영은 단 한 차례 주어졌던 밀지 소멸의 기회를 잃었고, 그 뒤는 앞서의 설명과 같았다.

'아아, 마지막 순간에 멋을 부리며 입가에 미소를 담았던 것이 화근이었다. 전령 수칙에도 분명 밀지 소멸은 빠르고 정확하게란 단서가 붙어 있었는데…….'
평소 패용하고 있던 금은쌍검─역시 앞서와 같은 이유로 소여영은 극구 절세기병이라 주장한다─조차 빼 들자마자 놓친 상태였다.
이제는 그야말로 적수공권(赤手空拳)!
신법의 기본이 되는 보법을 배우기 전에 가장 엄중히 가르치는 건 물러날 방향과 나아갈 방향을 중심으로 주변을 살피는 법이다. 아무리 신묘한 보법을 익혔다 해도 진퇴를 정확하게 파악하지 못하고선 그 위력을 충분히 발휘하지 못하는 까닭이다.

때문에 벌써 주변의 상황은 파악이 끝난 터였다.

전후좌우를 둘러봐도 온통 칼바람밖엔 보이는 것이 없었다. 더 이상 자신에게 기회가 없음을 소여영으로서도 인정하지 않을 수 없는 대목이었다.

게다가 눈앞에서 연신 칼질을 하고 있는 도객은 관록이 넘치는 얼굴에 여유만만해 뵈는 기도를 풍기고 있었다. 소여영을 상대하는 건 그 혼자서도 충분할 듯했다.

따라서 어느새 소여영의 배후에는 역시 마찬가지의 기도를 풍기는 두 명의 도객이 진을 치고 있었으니…….

연신 밀어닥치는 귀신같은 칼바람에 밀려 주춤거리며 뒤로 물러서던 소여영의 안색은 일시 새파랗게 질리고 말았다. 지금의 상황이 할아버지나 부모님의 검열을 피해 몰래 구해다 읽었던 붉은 겉 표지의 검협전에서 주로 묘사하던 대목과 비슷하다는 걸 눈치 챈 것이다.

'이건, 이건…….'

소여영이 순간적으로 떠올린 건 자신이 검협전의 주인공이 아닐 수도 있다는 사실이었다.

그렇다면 그녀가 본 붉은 겉 표지의 검협전에서 주인공이 되지 못한 미소녀들 중 상당수가 겪은 일을 떠올리지 않을 수 없었다. 흉측한 사내들에게 비열한 암습을 당하여 못된 짓을 당하고 흐느끼는 처지가 되는…….

부르르…….

소여영의 얼굴이 새파랗게 질리다 못해 부들부들 떨리기 시작했다. 이제는 지금까지 전혀 염두에 두지 않고 있던 전령 수칙 이조를 떠올리지 않을 수 없었다.

'나는, 나는 주인공이 아니었던가! 그러니 이빨 사이에 끼워 넣은 독단을 깨물고 자진해야 하는 건가? 하지만 내게 주어진 독단에는 단장(斷腸)이란 이름이 붙어 있으니, 먹으면 말 그대로 창자가 끊어질 듯 아플 텐데.'

파팟!

이번에 잘려 나간 건 은채 따위가 아니었다. 어느새 산발이 되어 있던 흑단 같은 머리카락 중 한 움큼이었다.

검협전의 주인공을 꿈꾸는 소녀답지 않게 외모에 집착하는 소여영이었다. 평소 같으면 이성을 잃고 길길이 날뛰었을 터였다. 그녀를 알고 있는 사람이라면 누구라도 그런 예상을 했을 게 분명하다.

그러나 애지중지 길렀던 머리카락이 눈앞에서 잘려 나갔는데도 소여영은 머리 속이 하얗게 탈색되어 별다른 반응을 보이지 못했다. 자신이 검협전의 주인공이 아닐지도 모른다는 의심을 품은 순간부터 그녀는 공포로 발이 굳기 시작했다.

"흐흐, 전령답게 보법 하나는 훌륭했다만, 그것도 내력이 뒷받침되지 않으니 오래가지 못하는구나."

눈앞의 도객이 처음으로 내뱉은 말이었다. 공포에 질린 소여영을 조금이라도 배려했다면, 조금쯤 칼의 기세를 늦추고 해줄 수도 있는 말이었으나 그는 전혀 그럴 마음이 없어 보였다.

도객은 수중의 칼을 더욱 맹렬히 휘둘러 왔다. 당장에라도 소여영을 두 쪽 낼 기세였다.

그런 모습도 전형적인 악당의 모습인지라 거의 무의식적으로 보법을 전개하고 있던 소여영은 자신도 모르게 눈물을 주르륵 흘렸다.

　"도대체 왜 이러시는 거예요!"

　도객이 음험한 표정으로 소리쳤다.

　"그걸 네가 모른단 말이냐!"

　'흐앙! 그야 알고는 있지만……'

　내심 서러움이 복받친 소여영이 결국 목소리를 가늘게 떨었다.

　"흐흑, 한 번만 봐주시면 안 되나요?"

　만약 소여영이 가녀린 몸매에 앳된 얼굴을 한 소녀가 아니었다면 충분히 비굴한 모습이었다. 아니, 그건 소녀의 얼굴을 하고 있는 소여영이라 해도 마찬가지인 모양이었다.

　문득 뒤에서 두 사람의 숨바꼭질을 지켜보고 있던 두 명의 도객이 짜증스레 소리쳤다.

　"어이, 도삼(刀三)! 나이 어린 계집애 하나 잡는 데 어찌 그리 시간을 끄는 거냐?"

　"아까부터 조그만 계집애가 하고 있는 꼴을 보니 가관이구나. 꼭 도이(刀二)와 내가 나서야 하는 것이냐?"

　'도이, 도삼?'

　소여영은 순간 하체로 힘이 좌악 빠져나가는 느낌이었다. 정보 조직에 몸담고 있는 전령답게 그녀는 이런 식으로 서로를 호명하는 조직을 알고 있었다. 서로 이름을 부르지 않고 앞에 검이나 도가 붙은 숫자를 붙여 말하는 건 천하를 통틀어도 단 한 군데밖에 없었다.

　'저들은 천령단의 이대 살수 조직 중 흑색천사에서 나온 도객들이 분명하다! 아아, 꽃다운 방년 십칠 세. 영아는 이렇게 죽는 것인가!'

예상이 맞다면 상대는 살수 조직에서 나온 자들이다. 소여영은 자신이 살아나기란 하늘의 별 따기처럼 어려운 일이란 걸 직감했다.

습격을 받을 당시부터 각오는 되어 있었다. 우는 모습을 보인 것도 사실은 시간을 벌어 밀지를 소멸할 기회를 갖자는 것이었다.

하지만 상대가 요즘 혈봉황단의 정보망을 교란하기 위해 계속 습격해 오던 흑색천사의 고수들임이 밝혀지자 소여영은 더 이상 버틸 재간이 없다고 생각했다.

비틀!

흡사 행운유수처럼 움직이던 소여영의 발걸음이 잠시 휘청거렸다. 마음이 흔들리자 보법 역시 그 위력을 잃은 것이다.

고수라면 이런 빈틈을 놓칠 리 없다.

동료들의 조롱에 기분이 상해 있던 도삼의 칼이 큰 회전을 일으키며 소여영의 하체를 베어갔다. 강호 도리 따윈 깡그리 무시한 일격이었다.

그리하여 꽃다운 십칠 세, 소여영이 검협전의 주인공이 되지 못한 미소녀들과 비슷한 운명에 처하기 직전이었다.

카캉!

족히 수백 근의 위력이 담긴 도삼의 도격이 거세게 튕겨졌다. 전혀 방향을 종잡을 수 없는 곳에서 매섭게 짓쳐든 한 가닥 황색 기운이 만들어낸 위력이었다.

'암기?'

고수답게 도신에 충격을 받자마자 뒤로 신형을 물린 도삼은 오른손 아귀가 저릿해 옴을 느꼈다. 도신을 때린 물건은 파악조차 하지 못했는데, 이미 호구가 찢어져 있었다.

그렇다면 상대방은 도삼으로선 상대할 수 없는 절정고수임에 분명했다.

소여영을 두고 주춤 뒤로 물러선 도삼의 눈짓을 바라보지도 않고, 이미 도이와 도일(刀一)이 바람처럼 동쪽으로 신형을 날려가고 있었다.

파파팟!

얼마나 오랫동안 호흡을 맞추면 저럴 수 있을까.

수중의 칼을 뽑는 것과 동시에 도이와 도일의 신형은 양쪽으로 찢어졌다. 그리고 신형을 교차시키며 매서운 칼바람을 쏟아냈다.

암습을 당한 당사자인 도삼은 황색 기운이 날아든 방향을 인지하지 못했으나 거리를 두고 서 있던 두 사람은 동쪽에 잔뜩 늘어선 노송 쪽을 주목한 것이다.

따라서 대지에 뿌리를 박은 채 수백여 성상을 지탱해 온 노송으로선 느닷없이 봉변을 당한 셈이라 하지 않을 수 없는데…….

맹렬한 도격에 노송에 매달려 있던 솔방울들이 사방으로 비산했다. 그리고 역시 마찬가지의 상황이 된 솔잎들을 뚫고 다시 두 가닥의 황색 기운이 튀어나왔다.

따당! 땅!

거의 동시였다. 각기 하단세와 상단세로 노송에 칼무리를 일으킨 도일과 도이가 동시에 도신에 충격을 받고 신형을 뒤로 빼냈다.

도삼과 마찬가지로 이미 호구는 찢어져 있었으나 둘 다 칼을 놓치진 않은 상태였다.

게다가 그들은 맥없이 뒤로 신형을 빼낸 것만은 아니었다. 재차 이어질 상대방의 공세에 대비하여 공중에서 신형을 몇 차례나 회전시켰다. 단순하고 간결한 동작이었으나 그것만으로도 충분히 무공의 출중

함을 엿볼 수 있었다.

그러나 뛰어난 실력도 더욱 뛰어난 실력 앞에선 그 빛을 잃는 법이었다.

공중에서 신형을 뒤집는 그들을 노리며 다시 한 차례 황색 기운이 파고들었고, 이미 호구가 찢어진 상태였던 두 사람이 다시 이를 받아내기란 어려운 일이었다.

따당! 땅!

방금 전에 맞았던 바로 그 자리였다. 도신이 후끈 달아올랐다. 그리고 두 명의 도객들은 수중에서 칼을 놓아야만 했다. 육신의 일부처럼 다루던 장도가 천 근이나 이천 근쯤 무거워져 있었다.

'크윽!'

'큭!'

땅바닥에 떨어지고서도 몇 발자국이나 뒤로 물러나서야 도일과 도이는 간신히 황색 기운의 여력을 떨쳐 버릴 수 있었다.

연신 어깨를 후들거리고 있는 동료들을 대신해서 어느새 그들의 앞을 가로막아 선 도삼이 벽력같이 소리쳤다.

"철혈대에서 고수가 나온 것인가?"

대답은 바로 흘러나오지 않았다. 대신 방금 전의 흉사로 수없이 많은 솔방울과 솔잎을 떨구어야 했던 노송 위에서 장신의 사내가 유유히 뛰어내렸다.

스윽!

노송의 높이는 족히 오륙 장은 되어 보였다. 그만한 높이에서 떨어져 내렸음에도 장신사내의 신법은 미약한 소음마저 허용하지 않았다. 마치 바람을 붙잡고 뛰어내린 듯.

도삼쯤 되는 실력자라면 고수는 기도만 봐도 알 수 있었다.

장신사내는 말이 없는데, 도삼은 뒤의 동료들처럼 어깨를 후들거렸다.

'이자는 진짜 고수다!'

장신사내의 눈빛은 일반 절정고수들처럼 냉전 같지 않았다. 약간 드세 보이긴 해도 평범하다는 게 옳은 평가일 터이다.

그런데 도삼은 순간적으로 장신사내를 자신이나 동료들 전부가 덤벼들어도 상대할 수 없는 고수라 판단 내렸다.

도대체 그는 장신사내에게서 무얼 본 것일까?

그가 주목한 건 장신사내의 주변을 은연중에 감돌고 있는 한 가닥 바람이었다.

처음 노송에서 떨어져 내릴 때부터 마음에 걸렸던 일인데, 장신사내의 기도는 흡사 바람과 같고 구름처럼 느껴졌다. 도삼이 지금까지 경험해 왔던 어떤 고수들보다 신비로운 것이었다.

처음의 호기 당당한 일성과 달리 도삼이 꿀 먹은 벙어리가 되자 장신사내가 히죽 웃어 보였다.

"날 철혈대에서 온 고수라 여기는 걸 보면 자네들은 필시 본 교의 적이 분명하겠군."

'본 교?'

도삼이 내심 침음하는 사이 어느 정도 들끓어오르던 내식을 가라앉힌 도일이 음침하게 말했다.

"말하는 걸 듣자 하니 철혈대의 고수가 아닌데, 본 교를 지칭한다? 그렇다면 그대는 천지풍뢰 사대문파나 오행기의 고수분이시겠군."

"천지풍뢰 사대문파? 오행기? 흐음, 역시 본 교에 이변이 생긴 건가?"

도일의 질문에 대한 대답이 아니었다.

"어쨌든 다시 세상에 나오자마자 귀찮은 일에 끼어든 것 같군."

연달아 홀로 중얼거리곤 고개를 한차례 까딱여 보인 장신사내가 자신의 뒤통수를 툭툭 두들기며 '뭐, 아무럼 어때!' 하며 웃었다.

노송에서 뛰어내린 이는 담우소였다.

명존 엄철극이 갑자기 식모 담우소를 성심성의껏 가르치기 시작한 건 어디까지나 자신이 제때 폐관을 끝마칠 수 없기 때문이었다.

당연히 본래 맡은 바 소임을 다하기 위해서 담우소는 광명신교의 본산으로 한시바삐 달려가야 했다. 냉철한 성격인 엄철극이 그토록 서두르 정도니 밖의 상황은 미뤄 짐작할 수 있는 바였다.

그러나 본래 사람이란 게 힘든 고비를 넘기고 나면 인간적인 성장과 더불어 꾀가 생기게 마련이다.

어차피 신정에 빠지고 일 년이 훨씬 지난 터였다.

일이 생겼다면 벌써 생겼을 거라 판단한 담우소는 임무를 수행하는 걸 서두르지 않기로 했다.

사실은 그저 며칠 아무 생각 없이 농땡이를 피울 생각에 불과했지만, 주변에 아무도 탓할 사람이 없으니 그런들 어떠하겠는가!

따라서 파공성을 쫓아 달려온 담우소는 눈앞에서 벌어지고 있는 상황을 바라보며 눈살을 찌푸려야만 했다.

굳이 깊이 생각할 필요도 없었다.

이곳은 내곤륜이었다. 외곤륜에 대문파인 곤륜파가 있다곤 하지만, 그 거리는 족히 수백 리는 떨어져 있었다. 이런 곳에서 분쟁이 벌어졌다면 어떤 식으로든 광명신교와 관계있으리란 건 삼척동자조차 알 수 있는 일이었다.

'어쩔까?'

담우소는 잠시 고민했다. 막 세상에 나온 참이었다. 아직 자신의 무공 수위도 정확히 파악하지 못한 상태에서 남의 싸움에 끼어들고 싶진 않았다. 남을 돕는 역할은 스스로 얼마만큼의 실력을 지녔는지를 냉정히 따져 본 후 해도 늦지 않을 터였다.

하지만 세상일이란 게 항상 그렇듯 담우소는 곧 자신의 생각과는 정반대의 결정을 내려야만 했다. 다른 무공은 하나도 할 줄 아는 게 없는지 맹렬한 도격을 요리조리 피하기에 바쁜 소녀가 펼치고 있는 보법이 왠지 낯설지 않았다.

'운중행?'

건곤종횡보의 변화를 익히기 전까지 담우소가 알고 있는 유일무이한 보법으로, 이제는 앞뒤로 그 변화를 꿰어 하나도 막힘이 없는 경지에 오른 상태였다.

문득 자신에게 운중행을 가르쳐 줬던 주회안을 떠올린 담우소는 마음이 흔들렸다.

자신을 뇌옥 속에 놔둔 채 도망갔던 사기꾼을 찾아낼 소중한 기회를 놓치기 싫은 기분이었다.

'그러나 저 도객 녀석들은 무공이 꽤나 강해 보이는데……'

망설임은 그리 오래가지 못했다.

담우소가 주저하는 사이 소녀의 보법이 흐트러지고 있었다. 그리고 그녀의 여린 동체를 두 쪽 낼 듯 펼쳐진 도격을 본 순간, 담우소는 더 이상 참지 못하고 근처에 무수히 달려 있던 솔방울을 탄지(彈指)의 수법으로 튕겨냈다.

딱히 소녀를 도우려던 게 아니라 무의식 중에 행해진 일이었다. 그러나 놀랍게도 풍뢰경이 실린 탄지는 놀라운 위세를 일으켰다. 족히 일류의 수준에 오른 듯하던 도객의 장도를 튕겨냈을 뿐더러, 다시 두어 차례 손가락을 튕겨 담우소는 두 사람의 도객을 뒤로 물러나게 만든 것이다.

'이런! 내가 좀 강해진 건가? 아니면 처음 생각했던 것보다 이자들이 약한 건가?'

그 짧은 순간에도 담우소는 다시 고민하지 않을 수 없었다.

지난 일 년여간 담우소는 많은 변화를 겪었다.

고작해야 이류 언저리를 넘나들던 무공은 이미 일류의 경지를 훌쩍 뛰어넘어 서 있었다.

거의 대성에 가까워진 풍뢰문의 이대심법을 제외하더라도 스스로 독창해 낸 풍뢰경을 바탕으로 이미 무공이 절정지경에 이르러 있었다.

명존 엄철극의 말을 빌리지 않더라도 지금 당장 천하에서 담우소를 우습게 볼 무도자는 찾아보기 힘든 경지에 올랐다고 봐도 좋았다.

그러나 뼈를 깎는 고련을 거치는 동안 담우소가 상대한 사람은 당금 천하제일마인 엄철극이었고, 놀이 상대는 천하에 보기 드문 생물인 묵린사였다.

아무리 죽어라 노력해도 항상 저만치 먼 곳에 서 있는 사람의 그림자만을 지켜봐 온 세월이었다.

출관한 지 얼마 되지 않은 담우소가 스스로의 무공 실력에 확신을 가지지 못하는 건 어쩌면 당연한 일이었다.

하지만 자신에게 완전히 쫄아버린 표정이 완연한 도객들을 대충 훑어본 담우소는 곧 자신감이 불끈 치솟는 걸 느꼈다. 눈앞 도객들의 무공이 어떤 경지에 이르렀든 자신의 상대가 아니란 사실을 직감한 순간이었다.

'그렇다면 시간을 끌 까닭이 없다.'

순식간에 머리 속을 정리한 담우소가 성큼 앞으로 걸음을 내딛더니, 맨 앞에 서 있던 도삼의 가슴팍을 쥐고 땅바닥에 패대기쳤다.

퍼퍽!

도삼으로선 반응조차 보일 수 없을 정도로 전광석화(電光石火) 같은 동작이었다.

당연히 상황은 불문가지(不問可知)!

급변한 상황에 놀란 도일과 도이가 황급히 담우소에게 달려들었다. 땅바닥에 패대기쳐진 도삼을 구해내려는 위위구조(圍魏救趙)의 수법이었다.

그러나 바람처럼 움직인 담우소가 그냥 멍청히 있을 리 만무했다.

스윽!

마치 기다리고 있었던 듯 담우소가 신형을 옆으로 돌려 세웠고, 바람처럼 휘둘러진 각영에 얻어맞은 도일과 도이가 동시에 땅바닥을 나뒹굴었다.

처음 노송에서 뛰어내릴 때 지뢰오행경으로 바람의 끝을 붙잡고 신형을 운신했듯 담우소가 풍천외가경을 일으키자마자 일어난 변화였다.

그러자 일반적인 권각법의 법칙을 깨부수는 담우소의 신위에 놀란 것일까?

"아!"

멀찍이 떨어져서 어깨를 오돌오돌 떨고 있던 소여영이 조그만 입술을 딱 벌렸다. 의외의 일을 만나 목숨을 건진 상황이었다. 전령답게 전력으로 임무를 완수하러 갔어야 할 터인데, 그녀는 여지껏 자리를 지키고 있었던 것이다.

슬쩍 소여영 쪽으로 거미줄 같은 눈빛을 던진 담우소가 땅바닥에 고개를 처박은 상태가 된 도일 등을 한차례 쳐다보곤 으슥한 곳으로 걸어갔다.

쿠르릉!

이미 토둔의 술에 감응한 땅바닥이 한차례 요동 치더니 도일 등을 담우소 쪽으로 밀어냈다. 지뢰오행경을 모르는 소여영으로선 다시 입을 벌릴 수밖에 없는 모습이었다.

잠시 후.

으슥한 나무 그늘 속에서 담우소가 다시 모습을 드러낸 건 일 다경이 조금 지났을 때였다. 들어갈 때는 네 명이었는데, 다시 모습을 드러낸 건 담우소 혼자뿐이었다.

쪼그려 앉은 채 기다리고 있던 소여영이 의혹의 눈빛을 던지자 담우소가 히죽 웃어 보였다.

"착한 아이구나."

"……?"

"설마 하니 여태까지 도망가지 않고 기다리고 있을 줄은 몰랐다는 뜻이다."

"아아!"

소여영은 그제야 고개를 끄떡여 보였다. 다소 맹한 구석은 있지만 바보는 아닌 게 분명했다.

'하긴, 아직 나이가 어리다 하나 정보 조직에 몸담고 있는 아이가 바

보일 리 없지.'

담우소는 방금 전까지 엄철극에게 배운 고문들 중 일부를 상당한 수
위로 실습해 본 상황이었다.

지난 일 년간과 비교해 볼 때 급변한 게 분명한 광명신교의 현 상황
을 알아내기 위함이었다.

덕분에 그들로부터 몇 가지 정보를 추궁해 낼 수 있었고, 그중 눈앞
소녀와 관련있는 사항 중 일부를 떠올린 담우소가 성큼 소여영에게 다
가섰다.

"너는 혈봉황단 소속의 전령이렷다?"

밑도 끝도 없는 질문이다. 그리고 방금 전의 추궁에서 효과를 봤던,
무엇이든 내가 다 알고 있으니 속일 생각은 말라는 엄포가 담긴 질문
이기도 했다.

움찔!

맹하던 표정을 지우고 금세 정보 집단 소속의 전령으로 표정을 일신
한 소여영이 표정을 조심스레 바꿨다.

"어떻게?"

"하하, 그런 사실들을 내가 어떻게 알았을 것 같나?"

담우소는 짐짓 헛웃음을 지어 보이며 자신이 걸어나온 풀숲을 곁눈
질했다. 사람의 마음속에 의심을 심어놓는 방법으로, 역시 방금 전의
추궁 중 써먹었던 수법이다.

그러자 과연 고집스런 표정을 내비치고 있던 소여영의 안색이 잠시
흔들렸다. 담우소의 의도대로 마음속에 의심의 씨앗이 움트기 시작한
것이다.

'치잇, 그러면 그렇지. 이런 상황에서 백마를 탄 협객이 나타난다는

건 너무 전형적인 이야기였어. 게다가 얼굴이나 외양은 그럴듯하지만 저렇게 늙은 백마를 탄 협객이 어딨겠냐구.'

내심 투덜거리며 소여영이 말했다.

"흑색천사에 소속된 십대천사는 하나하나가 일급의 살수들로서 일 파의 장문인이라 해도 격살할 수 있다고 들었어요. 그런데 그 밑에 배 속되어 있는 도객들은 전혀 살수답지 못했군요."

"너는 그들이 어째서 자살하지 않았는지 궁금한 거냐?"

소여영은 대답 대신 고개만 끄떡였다. 위기의 순간이 지나자 발동한 그녀의 상상력은 지금껏 담우소를 백마를 탄 협객으로 미화시키고 있 었다. 그만큼 방금 전의 상황은 소여영 생애 중 겪어본 일이 없는 바였 다.

그런데 지금에야 자세히 살펴보니, 담우소는 외양도 멀쑥하고 얼굴 도 꽤나 준수한 편이지만, 나이가 적어도 서른은 되어 보였다. 여느 검 협전의 주인공들이 이십 대 초반의 미청년인 걸 감안하면 지나칠 정도 로 나이가 많았다.

따라서 호위하던 그림자들의 죽음마저 아랑곳하지 않고 담우소를 기다렸던 소여영으로선 낙심천만하지 않을 수 없었고, 그녀의 표정이 나 태도가 쌀쌀해진 건 그 때문이었다.

그러나 본래 여인에 대해 둔감한 편인 담우소가 소여영의 이런 다분 히 소녀적인 내심을 알 리 만무했다.

달라진 그녀의 태도를 정보 조직원으로서의 분별력으로 판단한 담 우소의 목소리는 처음과 똑같았다.

"그들은 물론 자살하려고 했다. 이빨 사이에 끼워놓은 독단(毒丹)을 깨물려 했고, 내공을 움직여 심맥(心脈)을 끊으려 시도했다."

'그런데?'

"하나, 자살하는 방법이라면 나는 녀석들보다 몇 배는 더 많은 종류를 알고 있는 사람이다. 이빨을 뽑고 온몸의 근맥을 마비시킨 후 나는 천천히 궁금한 사항에 대해 심문할 수 있었지."

"으음……."

소여영은 신음을 참을 수 없었다. 담우소의 설명을 듣는 것만으로도 온몸에 소름이 돋고 있었다.

'이 사람이 하는 말은 절대 거짓이 아니다!'

이미 백마를 탄 협객에 대한 환상은 완전히 사라진 후였다. 담우소의 담담한 설명을 듣는 동안 살벌한 현실과 직면한 소여영의 안색은 다소 하얗게 질려 있었다. 때로는 묵직하게 눌러오는 압박이 더욱 큰 두려움을 줄 수도 있는 법이었다.

눈앞의 소녀가 자신에게 완전히 겁을 집어먹었다는 사실을 내심 즐기며 담우소가 말했다.

"그러니 너는 어찌하겠느냐?"

"……?"

"흑색천사의 세 녀석과 똑같은 대우를 받은 다음에 입을 열든지, 그냥 순순히 내가 묻는 말에 대답하든지 양자 간에 택일하란 뜻이다."

이미 담우소의 거미줄 같은 눈빛에 오금이 저리는 심정이 된 소여영이었다. 일시 얼굴이 울상이 됐으나 자신에겐 이미 결정권이 없다는 사실을 자각한 그녀의 입술이 조그맣게 움직였다.

"그, 그냥 묻는 대로 대답할게요."

앞서 소여영이 그랬던 것처럼 담우소는 대답 대신 고개만 까닥였다. 그리고 얼굴을 가볍게 굳힌 그가 처음 했던 질문을 반복했다.

"너는 혈봉황단 소속의 전령이렷다?"

"전령이 아니라 연락책이에요."

소여영의 대답은 힘이 없는 와중에도 뾰루퉁했다. 이런 상황에서도 연락책으로서의 자존심만은 포기할 수 없다는 표정이었다.

그러나 그런 소여영의 항변 따윈 다음 순간 담우소에 의해 깨끗이 무시당했다. '역시 전령이군' 하고 중얼거린 담우소가 다시 질문했다.

"그럼, 지금 향하고 있는 곳은 어디지?"

"그것도 몰라… 요?"

"확인 작업이다."

담우소는 단호하게 소여영의 말을 중간에서 끊었다. 그리고 지그시 소여영을 노려보며 말했다.

"너는 그냥 내가 묻는 말에 대답만 하면 된다."

움찔!

무투(武鬪)와는 인연이 먼 보직이었다. 난생처음 느껴보는 기이한 살기에 자신도 모르게 어깨를 떨며 뒤로 물러선 소여영의 입술이 가늘게 떨렸다.

"그게……."

"네가 가는 곳은 철혈대이겠지?"

'알고 있었잖아!'

"역시 사실이었군."

눈빛의 떨림만으로도 소여영의 내심을 읽은 담우소가 스스로 묻고 자답한 후 냉큼 손을 내밀었다.

'뭘?'

"너는 방금 전까지 죽음에 직면해 있었다. 그런데 재수가 좋아 내게 발견됐고, 목숨을 구하게 된 것이지."

"……."

"그렇다면 당연히 무언가 보답을 하는 게 세상의 도의가 아니겠느냐. 너는 부담 가지지 말고 철혈대로 가져가려던 밀지를 내게 넘기도록 해라."

전혀 대수로울 게 없다는 표정이고 말이었다. 만약 소여영이 보이는 그대로의 어수룩한 성격이라면 담우소가 내민 손바닥에 '예' 하고 밀지를 내밀었을지도 모른다.

하지만 정신적으로 약간 문제가 있다곤 하지만 소여영은 어디까지나 혈봉황단에 소속된 전령이었다. 잠시 잠깐 만에 머리를 차갑게 한 소여영이 고개를 잘래잘래 흔들며 소리쳤다.

"그건 그렇지가 않아요!"

담우소가 안색을 슬쩍 굳혔다.

"그렇지가 않다고?"

겁에 질린 상황에서도 소여영이 억지로 목소리를 북돋웠다.

"아무렴요. 전 당신한테 살려달라고 한 일이 없어요. 당신 멋대로 남의 일에 끼어들어 놓고 대가를 바란다는 건 우스운 노릇이잖아요?"

딴은 그랬다. 분명 담우소가 소여영과 흑색천사 간의 분쟁에 끼어든 건 자신의 의지에서 기인한 일이었다. 하지만 담우소가 어디 남의 말에 귀 기울이는 사람이던가!

"흥!"

나직한 코웃음과 함께 담우소는 두말 않고 손을 썼다.

파파팟!

보법의 고수답게 긴장하고 있던 소여영이 화들짝 놀라 신형을 움직였으나 그건 이미 늦어도 한참이나 늦은 감이 있었다. 그녀의 운중행을 손바닥 보듯 훤히 꿰고 있는 담우소의 공격은 바람을 무색케 할 정도였다.

두어 번 수장이 번쩍이는 동안 소여영의 마혈(麻穴)을 제압한 담우소가 대뜸 그녀 앞에 쪼그려 앉았다.

"이 녀석아! 어째 내가 손을 쓰게 만드는 거냐?"

"흐앙!"

"강호에 나왔다는 녀석이 이만 일로 울기는. 이 녀석아, 그리 울면 내 마음이 아프지 않느냐. 나도 나이를 생각지 않고 너같이 조그만 계집애나 울릴 생각은 없으니까 빨리 밀지가 있는 곳이나 말해 주거라."

"아, 안 돼요!"

소여영으로선 가지고 있던 용기를 몽땅 쥐어짠 반항이었다. 그러나 담우소의 관심은 그런 데 있는 게 아니었다. 소여영이 자발적으로 입을 열자마자 손가락 하나가 불쑥 그녀의 입속으로 파고들었다.

"우웁!"

소여영의 눈이 찢어질 듯 떠졌다. 일시지간 극도로 공포에 질려 반혼절 상태가 되어버린 것이다.

그러거나 말거나 담우소는 쑤셔 넣은 손가락을 민활히 움직였고, 곧 한 개의 단환을 찾을 수 있었다. 살수나 정보를 다루는 자라면 누구나 필수적으로 소지하는 자살용 독환이었다.

'흥, 혈봉황단이나 흑색천사나 뿌리는 본래 광명신교이니 독환의 위치도 대충 비슷하리라 생각했는데, 과연 그렇군. 나 같으면 좀 더 창의력을 발휘하여 전혀 상상할 수 없는 자살법을 개발해 낼 텐데.'

내심의 투덜거림과는 달리 신중히 소여영의 입속에서 독환을 거둔 담우소의 수장이 일시 붉게 달아올랐다. 지뢰오행경 중 화의 무극진화(無極眞火)가 일으킨 변화였다.

치이익!

대기에서 빨아들인 순수한 진화를 만난 독단은 매캐한 냄새만을 남기고 타 들어갔다. 어떤 종류의 독약이었든 다시는 사람을 상해하지 못하는 재로.

"그럼, 이걸로 일단 급한 불은 끈 것인가?"

고개를 한차례 갸웃해 보인 담우소가 방금 전까지 소리를 질러대며 앙탈을 부리던 소여영을 대뜸 안아 들곤 큰 걸음으로 걸어가기 시작했다.

이미 반실신 상태인지라 소여영의 몸은 건장한 사내의 품에 안겨 축 늘어져 있었고, 벌써 주변의 산야는 어둑어둑해져 오고 있었다.

제50장 혈봉황단주를 굴복시키다

'으음?'

잠결이었다. 몸을 뒤척이던 소여영의 두 눈이 일시 부릅뜨였다. 등으로 선뜻한 기운이 파고들었다. 뒷덜미가 뻣뻣해 오는 기분에 발가락이 저도 모르게 곰실거렸다.

여인만의 본능이 발동하지 않을 수 없는 상황이었다.

휘익!

경공으로 단련된 몸이었다. 그저 마음이 움직인 것만으로 소여영의 신형은 이미 꼿꼿이 세워져 있었다.

'이곳은 동굴인가?'

소여영으로부터 얼마 떨어지지 않은 곳에는 모닥불이 타오르고 있었다. 주변을 장막처럼 둘러싸고 있는 어둠을 밝히기엔 미약한 불빛이었다.

그래도 그나마 있으니 다행이랄까.

묘한 아지랑이를 만들어내고 있는 불빛의 일렁임을 좇아 사방을 둘러보니, 주변은 온통 눅눅한 기운으로 가득했다. 내곤륜의 수많은 고봉 중 상당수에서 찾아볼 수 있는 동굴군의 내부와 유사한 습기이고 어둠이었다.

'아니, 코끝을 스치는 공기 중에 석회석이 녹아든 물의 내음이 짙게 배어 있는 걸 보면 동굴이 분명한 것 같다. 그리고 저 모닥불은……'

자연적으로 잔가지가 모이고 발화되어 추위를 쫓아줄 순 없는 노릇이다. 인간의 손길이 닿은 게 분명한 모닥불과 그 옆에 잔뜩 쌓인 마른 장작을 바라보는 소여영의 눈빛이 불안해졌다. 의식을 잃기 전에 벌어진 일과 현 상황을 반추하는 동안 마음 한 켠이 싸늘하게 식어왔다.

'어쨌든 일단 도망가고 볼 일이야!'

이미 불교의 경전처럼 항시 마음속에 담아두고 있던 전령 수칙 따위를 생각할 겨를이 없었다. 소여영의 내심에서 울려 퍼진 건 두려움에 질린 소녀의 간절한 외침이었다.

그러나 역시 세상은 그녀가 탐독했던 검협전처럼 그리 만만하지 않았다. 불안한 눈빛으로 동굴의 입구를 좇아 주변을 둘러보던 소여영의 귓전을 때리는 목소리가 있었다.

"앉아라!"

움찔!

소여영은 입 밖으로 터져 나오려던 비명을 억지로 참았다. 인기척도 없이 들려온 목소리였다. 그 목소리가 귀에 익다는 걸 깨닫는 데는 찰나의 시간이면 충분했다.

그리고 소여영은 곧 절망스런 표정이 되고 말았다. 그녀의 훌륭한 기억력은 목소리의 주인이 얼마나 흉포, 음흉한지도 가르쳐 주고 있었다.

"설마 당신은……?"

뻣뻣한 표정 그대로 자신에게 고개를 돌리는 소여영을 삐딱하게 바라보며 담우소가 퉁명스레 말했다.

"고작해야 한 시진 전에 만난 사람인데, 기억을 못하는 것이냐?"

"아!"

탄식과 함께 자신의 품을 빠르게 더듬던 소여영의 안색이 금세 울상으로 변했다. 품속 깊숙이 넣어두었던 밀지가 사라지고 없었다.

그 모습을 빤히 바라보고 있던 담우소가 흡사 쓰레기를 투척하듯 구겨진 종이 쪼가리를 소여영에게 던져 줬다.

"찾는 게 이거냐?"

'밀지!'

거의 몸을 던졌다는 표현이 옳을 것이다. 소여영은 허겁지겁 밀지를 받아 들었다. 아무리 철없는 전령이라곤 하나 그것이 자신의 목숨줄임을 그녀 또한 모르진 않았다.

그러거나 말거나 담우소는 태연히 모닥불 쪽으로 걸어가 왼손에 들고 있던 무언가를 활활 타오르는 불길 속에 던져 넣었다.

치이익!

요란한 소리와 함께 코끝을 찌르는 역겨운 내음!

담우소가 동굴을 뒤져 잡은 박쥐가 최후로 가한 복수였다.

황급히 수중의 밀지를 처음 받았던 그대로 뻣뻣하게 펴는 일에 주력하고 있던 소여영의 얼굴이 가볍게 일그러졌다.

'저건……'

광명신교에 들어와서야 고생이란 게 무엇인지를 알게 된 소여영이 었다. 몇 가지 맛있는 것만 골라 편식하던 습관도 요즈음엔 거의 고쳤고 엄격한 단체 생활에도 익숙해져 있었다.

하지만 유년 시절을 어떻게 보냈는가는 그 사람의 평생을 좌우한다. 스스로는 당당한 무림인이라 자처하면서도 소여영은 수렵이나 사냥 등으로 끼니를 때워본 일이 없었다.

불 속에서 지글거리며 타오르는 정체 불명의 고깃덩이를 호기심 어린 눈빛으로 바라보던 소여영이 곧 얼굴 가득 혐오감을 띠었다.

검붉으면서도 피가 뚝뚝 떨어지는 박쥐의 몸체!

이젠 한갓 고깃덩이에 불과한 물건이 불에 익어가는 모습이란 아무리 가감을 한다 해도 그리 보기 좋은 모습은 아니었다.

"냄새!"

소여영은 코끝을 잡고 구역질할 것 같은 표정을 지어 보였다. 차마 자신이 손을 쓰지는 못하고 담우소가 불 속의 고깃덩이를 치워주길 바라는 마음이었다.

그러나 어린 시절을 장중보옥(掌中寶玉)처럼 보낸 소여영과 달리 담우소는 길거리에서 거지 생활을 해왔던 사람이다. 음식을 가린다는 건 애초부터 있을 수 없는 일이었다.

소여영이야 구역질을 하든 말든 태연히 타오르는 불꽃 속으로 손을 집어넣은 담우소가 고깃덩이를 이리저리 뒤집었다. 산에서 잡은 사냥감을 겉만 익혀 먹으면 탈이 난다는 걸 아는 노련한 행동이었다.

그렇게 시간이 흘러 처음만 해도 역겹던 냄새가 어느 정도 중화되자 슬슬 살코기 익는 냄새가 주변을 진동했다. 손가락 끝의 감각을 이용해 고깃덩이 곳곳에 구멍을 뚫는 담우소 비전의 요리법이 진가를 발휘하는 순간이었다.

꼬르륵……

인상을 쓴 게 언제라고 소여영은 자신도 모르게 조그만 콧구멍을 벌름거렸다. 전령을 맡은 후 최고의 임무를 맡는 바람에 아침을 거른 부작용이었다.

그런 소여영을 힐끔 바라본 담우소가 무심히 말했다.

"배고프냐?"

자신도 모르게 고개를 끄떡이려던 소여영이 주춤 뒤로 물러섰다.

'설마 먹을 걸로 날 회유하려고?'

소여영의 얼굴이 순식간에 대여섯 차례나 변화를 일으켰다. 평소에 동료 전령들로부터 '공포의 안색 바꾸기'라 놀림을 받던 소여영만의 버릇이었다.

그런 소여영의 모습을 재밌다는 듯 바라보고 있던 담우소가 불 속에서 완전무결하게 익은 고깃덩이를 끄집어내며 말했다.

"배가 고프지 않은 모양이군."

'뭐?'

"흐음, 뭐 젊은 나이니까 한 끼쯤 굶는 것도 나쁘진 않겠지."

"아!"

소여영의 입에 딱 벌어졌다. 수중의 고깃덩이를 대충 가늠한 담우소가 다음 순간 우적거리며 식사에 들어가고 있었다.

"우물, 우물……"

'아아!'

담우소는 자신이 요리한 박쥐 고기를 진짜 맛있게 먹었다. 고깃점은 물론이거니와 중간중간 드러나는 뼈다귀까지 깨끗이 갉아 먹었다. 이미 배고픔에 정신을 잃을 지경이던 소여영으로선 고문과도 같은 광경이었다.

결국 마지막 한 점의 고기 조각이 담우소의 입속으로 사라지자 소여영은 체념한 얼굴로 고개를 떨궜다. 인생 중에 이만한 좌절을 겪은 적이 없다는 표정이었다.

그러자 최종적으로 입속에서 우물거려지던 뼛조각을 시원스레 내뱉은 담우소가 만족스런 표정으로 트림했다.

"꺼억! 그런데 어째서 너 같은 계집애가 천하군마들의 집단에 들어간 것이냐?"

'그게 무슨?'

눈빛으로 질문하는 소여영에게 담우소가 눈살을 찌푸려 보였다.

"경공의 기초가 제법 괜찮고 타고난 고집도 조금은 있어 보인다만, 내가 아는 한 광명신교는 너같이 어수룩한 녀석을 받아줄 곳이 아니란 뜻이다."

'어, 어수룩이라니! 실례잖아!'

"흥, 내 말을 전혀 믿을 수 없다는 표정이로군. 하지만 네 녀석이 목숨을 걸고 지키려 했던 밀지의 내용을 본다면 수긍이 될 것이다."

움찔!

소여영이 수중의 밀지를 꽉 쥐어 보인 건 어디까지나 전령으로서의 본분에 충실한 모습이었다.

전령이란 밀지를 전달하는 임무만을 띨 뿐 그 내용을 보는 게 금지되어 있었다.

물론 담우소는 그런 전령 수칙 따윈 알 리 없고 알고 싶어하지도 않았다.

"하하! 이런, 이런……."

선의로 한 충고였다. 그런데 소여영이 밀지의 내용을 볼 마음이 없어 보이자 헛웃음을 내뱉은 담우소가 이미 손을 쓰고 있었다.

파팟!

"아악!"

이미 상대방의 실력을 파악한 상태에선 일초 반식도 낭비였다. 마치 빌려줬던 물건을 되찾는 것처럼 담우소는 다시 밀지를 손에 넣었다.

펄럭!

얌전히 접혀 있던 종잇조각을 담우소가 활짝 펼쳐 들었다.

"이걸 보거라."

"그럴 수 없어요!"

펼쳐진 종잇조각은 소여영의 코앞까지 내밀어져 있었다. 소여영이 재빨리 두 눈을 질끈 감고 외면하지 않았다면 필시 안의 내용을 읽을 수 있었을 것이다.

'이 녀석이!'

담우소는 오기가 치미는 걸 느꼈다. 신정을 나서자마자 처음으로 만난 게 소여영이었다. 본래 깊숙이 끼어들 생각은 없었으나 이런 조그만 계집애도 마음대로 하지 못한다는 건 체면 문제란 생각이 들었다.

'그렇다면 이건 어떠냐?'

눈을 꽉 감고서 고개를 돌린 소여영의 귓전에 살그머니 입술을 가져다 댄 담우소가 나직이 속삭였다.

"어제는 달 구경을 했습니다. 보름이 가까워서 그런지 달빛이 무척 밝았습니다. 전날 우리는 서로 만나 검을 겨루고 시를 논했지요. 그때 절 바라보며 밝게 웃으시던 모습이 문득 생각나……."

"아아, 그만, 그마아… 어?"

미처 귀까지 가로막을 생각을 하지 못했던 걸 후회하며 도리질 치던 소여영이 자신도 모르게 눈을 번쩍 떴다.

한 편의 연서와 같은 내용에 자신도 모르게 마음이 동했고, 곧 중대한 사실 하나를 깨달을 수 있었다.

'고작 한 통의 연서 따위를 보내기 위해 스무 명이나 되는 그림자를 희생했단 말인가?'

소여영은 여전히 자신의 눈앞에서 펄럭이고 있는 종잇조각에 시선을 집중했다. 그리고 한달음에 한 편의 얼굴 붉어지는 연서를 읽어 내려간 그녀의 안색이 망연자실해졌다.

마치 확인 사살이라도 하려는 듯 담우소가 입술을 비죽거렸다.

"나는 이걸 읽고서야 지금까지의 사정을 납득할 수 있었다. 어째서 본 교의 핵심 정보 조직인 혈봉황단에서 상당히 중요해 보이는 밀지를 너 같은 철부지 꼬맹이한테 맡겼는지를."

"이건, 이건……."

"뭐, 그렇다고는 해도 이런 자살 특공대 방식은 내가 아는 광명신교의 모습과는 무척 거리가 있는 모습인데, 어찌 이런 일이 발생하게 됐는지 궁금하군."

담우소는 품에 꿍쳐 놨던 건포 한 덩이를 멍청한 표정을 하고 있는 소여영에게 던져 줬다. 흑색천사의 도객들로부터 빼앗은 것 중 일부였다.

* * *

광명신교의 본산은 지난 백여 년간 거의 무풍지대였다.

광명신교에 의한 마도일통 후 청해성의 곤륜산맥까지 마교 척살을 부르짖으며 달려든 정파인들은 아무도 없었다.

오히려 수십 년간 천하를 암중으로 지배하고 있던 마천루가 무너진 순간부터 중원을 슬슬 넘보기 시작한 건 광명신교의 수뇌진들이었다.

지난 천여 년간 몇 번이나 마정대전(魔正大戰)을 치렀던가!

번번이 광명신교가 강호일통을 앞에 두고 혈루를 삼켜야 했던 건 어디까지나 상대방인 정파 연합 이외의 변수가 작용한 바가 컸다.

백련교 시절부터 수시로 박해의 고삐를 늦추지 않았던 역대의 황군(皇軍)이 그 첫째였고, 두 번째는 바로 비열한 마도의 뒤통수치기였다.

첫 번째 사항이야 어쩔 수 없다지만 두 번째 사항은 오로지 막강이라는 말로도 다 표현할 수 없을 정도인 광명신교의 전력 때문이었다.

마정대전을 치르기 전 광명신교는 항상 가장 먼저 마도의 제문파들을 제압했다. 역대 황조의 앞잡이 노릇을 하던 정파 세력을 토벌하기 위해선 반대 세력을 결집할 필요성이 있었다.

그러나 완벽하지 못한 제압은 오히려 심한 부작용만 낳을 뿐이었다. 수차례나 천하를 놓고 역대 황조들과 쟁패를 벌였던 광명신교의 힘 앞에 면종복배한 그들은 중요한 순간만 되면 오히려 정파에 빌붙곤 했다.

앞서 설명했듯 막강한 광명신교가 정파까지 제압하고 강호일통을 이룰 경우 마도의 뭇 군소방파들은 영영 그 휘하에서 벗어나지 못할 것을 두려워한 것이다.

하여 마천루의 난을 틈타 전혀 정파의 방해를 받지 않고 마도 세력을 완전무결하게 제압한 광명신교의 내부에 주전론이 득세한 건 지극히 당연한 일이었다.

정파의 주축뿐 아니라 황군과도 한바탕 붙기 위해 수백 년간 육성한 정예들에 더해 천하마도를 합한 숫자는 가볍게 십만을 넘어갔다. 실로 하나의 국가라도 넘볼 수 있는 대병이었다.

그러나 어둠이 깊어지면 새벽이 오기 마련이었다.

야망에 불타오른 명존 엄철극이 황군을 상대하기 위해 키워낸 오행기의 각 기주들을 소집시키고 천하마도의 패웅들을 불러 모아 대군마대회(大群魔大會)를 획책할 즈음이었다.

마천루의 난을 평정한 후 칩거에 들어가 있던 무당파의 청우 선인이 홀홀 단신으로 청해성을 찾아왔다. 명존 엄철극에게 비무를 신청하기 위함이었다.

광명신교의 꿈이 다시 한 번 물거품처럼 스러지는 순간이었다.

"그건 아무리 생각해도 멍청한 짓이었어."

서생들이 주로 애용할 듯한 조그만 탁자였다. 그 위에는 각양각색의 모양을 하고 있는 종이들이 수북하니 쌓여 있었다. 오늘 하루 동안 청해성을 비롯한 중원의 각처에서 다양한 방법으로 전달되어져 온 것들이었다.

그중 청해성 내에서 벌어진 일들, 그러니까 전서구 등을 이용하지 않고 방대한 전령들을 운용해 얻은 정보 중 하나를 살피던 사내의 얼굴이 미미한 잔물결을 만들어냈다.

분가루라도 떨어질 듯 새하얀 얼굴의 가는 선, 그리고 역시 지나칠 정도로 얇은 주사빛 입술.

냉담한 말투와 함께 기묘할 정도로 퇴폐적인 분위기를 자아내는 얼굴을 사내는 지니고 있었다.

만약 눈앞의 서류를 살피는 눈꼬리가 매섭게 찢어져 있지 않았다면, 화장을 짙게 한 퇴기의 모습으로 착각할 법한 분위기였다.

사내는 조금 전까지 눈앞의 밀지를 읽고 불쾌한 심경이 되어 있었다. 평소 별로 사용하지 않던 방법이 성공했다는 소식이 그리 반갑지 않은 까닭이다.

사내는 치밀어 오르는 혐오감을 없앨 의도로 평소처럼 과거 광명신교의 운명을 갈라놓았던 사건 중 하나를 떠올렸다. 교활한 여우처럼 그렇게 하는 것이 가장 빨리 더러운 기분에서 벗어나는 방법임을 알기 때문이다.

과연 정보계에서 잔뼈가 굵었고 지금에 이르러선 천하에서 세 손가락 안에 드는 정보 조직의 우두머리에 오른 사내의 선택은 탁월했다.

잠시 잠깐 만에 사내는 여태까지와 마찬가지로 분노했다.

과거 광명신교가 핵심 교도들의 별다른 피해 없이 마도를 장악한 데는 사내가 힘겹게 얻어낸 정보의 공이 꽤나 컸다. 더불어 수없이 많은 조직원들이 그 '정보' 란 것을 얻기 위해 희생됐음은 굳이 부언할 필요가 없을 터였다.

그러니 당시 사내가 산출해 낸 계획대로라면, 현재 광명신교는 무림사에 다시없을 강호일통을 이룬 후 명조와 치열한 공방전을 벌이고 있어야 했다. 사내와 조직원들로 하여금 여태까지보다 몇 배는 입에서 단내가 나도록 뛰어다니게 만드는 건 물론이거니와.

"그런데 천 년간 다시는 오지 않을 절호의 기회를 잡고도 알량한 무인의 자존심 때문에 대업을 포기하다니, 이 얼마나 어리석은 행동인가!"

사내는 연약해 뵈는 주먹을 불끈 쥐었다. 생각하면 할수록 화가 나서 견딜 수 없는 심정이었다.

그러나 사내의 교활한 두뇌는 애초부터 의도적인 회상이었음도 잊지 않았다.

어떤 정보라 할지라도 냉철하게 분석해 내는 전문가답게 사내는 금세 평소의 모습을 회복했다.

정보 전문가는 어디까지나 정보를 다룰 뿐, 그 이외의 것에 신경을 쓸 필요가 없다!

사내의 지론이었다. 정보를 취득한 후 전후 사정을 살피고 교가 나아갈 방향을 정하는 건 언제나 사내의 영역 밖의 일이었다.

"흥, 어쨌든 내가 상관할 바 아니지."

코웃음 한 번으로 금일 시행된 '암연(暗燕)의 계'로 희생된 삼십여 명의 인명에 대한 상념을 툭툭 털어버린 사내가 눈앞의 서류를 대충 옆으로 넘겼다. 아무렇게나 밀어 넣은 듯하지만 사내만이 알 수 있는 방법으로 정리된 것이다.

그렇게 다음 안건으로 사내가 눈길을 돌릴 때였다.

쿠릉!

사내가 앉아 있는 정사각형의 내실 한쪽 바닥이 갑자기 불쑥 튀어올랐다. 미세한 소음 하나 없이 밑창이 뚫린 것이다.

"엇!"

사내의 창백한 얼굴이 일시 놀람의 기색을 띠었다. 그리고 사내의 벌어진 입이 채 다물어지기도 전이었다.

파파팟!

괴상한 황색 기운과 함께 방바닥을 뚫고 모습을 드러낸 이는 담우소였다.

흑의 무복으로 몸을 감싼 그를 향해 잠시의 여유도 주지 않고 음산한 검기가 파고들었다.

이 방의 주인인 사내의 신변을 평생 지켜왔던 방수들 중 천장에 위치해 있던 검수들이 이미 손을 쓴 것이다.

'그러나 봉황안(鳳凰眼)의 반경 십여 장에도 방수들은 충분히 배치되어 있었다!'

전란의 아수라장을 몇 번이나 헤쳐 나온 자만이 느낄 수 있는 위기의식의 발로였다. 찰나간에 사내는 앉은 자세 그대로 내실 바닥을 굴렀다.

번쩍 하는 백색의 빛무리와 동시에 천장에서 떨어져 내린 세 명의 검수들이 아무렇게나 내실 바닥으로 나뒹구는 것과 동시에 벌어진 일이었다.

우당탕! 쿵! 쾅!

땅바닥을 구름과 동시에 품속에 넣었다 뺀 사내의 양손에는 한 쌍의 철조(鐵爪)가 끼어져 있었다. 그가 최전방에서 뛸 당시부터 몇 번이나 목숨을 구해준 물건이었다.

상황은 죽느냐, 죽이느냐!

사내는 미련스레 머뭇거린다던가 하는 우를 범하지 않았다. 한 쌍의 철조를 교묘하게 회전시키곤 담우소의 전면을 찍어갔다.

그야말로 두 번째 초식이 없는 일격필살의 수법!

그러나 상대가 나빴다. 처음부터 담우소는 살아 있는 정보 전문가가 필요할 뿐더러, 한 쌍의 철조에 목숨을 바칠 생각 따윈 전혀 염두에 두지 않은 상황이었다.

검수 셋을 한꺼번에 날린 백색 도기를 흩뜨린 담우소의 신형이 바람처럼 회전을 일으키며 사내의 가슴팍으로 파고들었다.

'억!'

풍뢰경이 담긴 수라구전이었다. 바람처럼 휘몰아친 경력이 한 쌍의 철조를 튕겨냈고, 미세한 여력이 사내의 마혈을 스치고 지나갔다.

쿠당!

스스로 일으킨 기력을 주체하지 못하고 사내는 방바닥을 굴렀다. 이형환위를 방불케 하는 담우소가 남긴 잔영을 뚫고서였다.

'아무리 무투와는 거리가 먼 정보 집단이라곤 하지만, 마교의 중진은 과연 다르다. 여기까지 오는 동안 서른다섯 명을 제압했는데, 방금 전이 제일 위험했다. 만약 손을 쓰는 게 조금만 늦었으면 내 심장과 목젖에는 두 개의 구멍이 났을 것이다.'

무심한 얼굴답지 않게 담우소는 사내를 눈여겨봤다. 자칫 방심했으면 방바닥에 꼴사나운 모양새로 엎어져 있는 건 자신이었을 것임을 알기 때문이다.

스윽!

지체없이 움직인 담우소의 발끝이 사내의 목젖을 건드렸다.

"커헉!"

얼굴을 방바닥에 처박고 있던 사내가 펄쩍 튀어 올랐다. 천돌(天突)에서 시작된 한 가닥 기운이 혈행을 타고 흘러 체내의 장부를 압박한 것이다.

"오장육부(五臟六腑)가 모조리 뒤틀리는 게 마치 단장산에 중독된 듯하지 않소?"

"으음……."

"걱정하지 마시오. 단장산을 먹으면 장부가 끊어지는 고통과 함께 곧 절명하지만, 내가 흘려보낸 기운은 사람을 죽이진 않는다오."

담우소의 목소리는 태연자약했다. 그의 표정을 읽을 수 없는 얼굴 어디에서도 적진의 한가운데에 모습을 드러낸 자다운 면을 찾아볼 수 없었다.

지독한 고통 중에도 머리를 굴리던 사내가 목소리를 떨었다.

"이, 이곳 봉황안의 주변 십 장 안에는 삼십 명의 검수가 호위를 하고 있고, 그들은 일 다경이 지나기 전에 다시 백여 명의 호위 무사들을 부를 수 있소."

"사지로군."

"그, 그런데도 당신은 전혀 두려워하는 빛이 없군."

"그야……."

"여기까지 잠입한 사람이라면 내 목숨을 담보로 그들을 협박할 수 없다는 것 정도는 알고 있을 것이오."

"광명신교의 제자들은 본래 그렇지. 그것도 정보 하나를 얻기 위해 부나비처럼 목숨을 던지는 정보 조직이라면 더 더욱."

"그렇다면 어째서?"

"글쎄."

씨익 웃어 보이는 담우소를 올려다보던 사내가 가느다란 입술을 떨어 보였다. 이 정도까지 시간을 끌었는데도 봉황안 밖에서는 별다른 인기척이 느껴지지 않았다.

짐작 가는 바가 없을 수 없었다.

"밖은……."

"봉황안은 광명신교 내에서도 그 위치가 묘연하기로 유명하고 그만 큰 방비가 심한 곳이오. 그런 곳의 우두머리를 잡으러 오면서 아무런 대비책도 마련하지 않았을 리 없잖소."

"내, 내가 당신한테 무릎을 꿇어야 하는 것이오?"

'역시 이해가 빠르군.'

내심 고개를 끄떡인 담우소가 다시 발끝을 움직였다.

퍼퍽!

이번에 발끝이 향한 곳은 낭심 쪽이었다. 본래는 급소 중의 급소로 쉽사리 건들 수 없는 부위였다. 특히 사내라면 더 더욱.

그러나 사내는 후둘 어깨를 한차례 떨어 보였을 뿐 천천히 신형을 일으켜 세웠다. 담우소가 몸속에 남겼던 경력이 이미 흐트러진 상황이었다.

"과연 당신은 혈봉황단주가 맞군."

잠시 흠칫한 표정이 되었던 혈봉황단주 고구(高句)가 눈살을 찌푸렸다.

"어찌 내 비밀을 파악한 것이오?"

담우소가 말했다.

"그야 한 사람이 어떻게 살아왔는지는 얼굴에 그대로 드러나기 마련이니까."

고구의 눈빛이 음침해졌다.

"그뿐만은 아닌 듯하오만."

담우소가 냉소했다.

"흥, 역시 버릇은 못 버리는군. 현 상황에서도 감히 날 추궁하려는 것인가?"

"직업이 직업이나 보니."

고구가 금세 꼬리를 내렸다. 확실히 현 상황은 그에게 무척 불리하게 돌아가고 있었고, 눈앞의 담우소가 만만치 않다고 느낀 것이다.

그러자 담우소가 본론을 끄집어냈다.

"내가 이곳을 찾은 것은 한 가지 정보를 얻기 위함이오."

'당연히 그렇겠지.'

고구가 눈을 가늘게 떠 보았다. 어떻게든 담우소에게서 정보를 얻어 내려는 의도였다.

그러나 상대는 안하무인이었다. 대뜸 고구가 앉아 있던 자리에 엉덩이를 걸친 담우소가 말했다.

"내가 원하는 정보는 지난 일 년간 광명신교에서 벌어진 내전에 관한 모든 사항과 광명소주 엄정하에 관한 일체의 사항이오."

그리고 그는 다시 말했다.

"물론 공짜로 정보를 달라는 건 아니오. 정보의 효용성에 따라 당신이 내전 중에 홀로 자립할 요량으로 양대 세력 사이에 한 발씩을 걸치고 박쥐 노릇을 하고 있다는 사실을 눈감아줄 수도 있소."

"으음……."

나직이 신음한 고구가 말했다.

"당신은 생각보다 많은 걸 알고 있군. 하지만 내가 어찌 당신의 입을 믿을 수 있겠소. 당신의 정체도 알지 못하는데."

"내 정체를 밝히라?"

"당신이 알다시피 나 고구는 본래 황실의 정보 조직인 동창(東廠)에서 정보를 관장하던 관리였소. 황제가 바뀌면서 실각하여 강호로 나왔으니, 신교에 그리 큰 충성심은 없소이다."

"내가 정파의 인물이든 마도의 반역자이든 상관할 바 없다는 뜻이로군."

고구가 음험하게 웃었다.

"흐흐, 당신과는 말이 잘 통하는 것 같……."

퍼억!

고구의 고개가 옆으로 돌아갔다. 대충 앉아 있던 담우소의 발길에 걷어차인 것이다.

다시 방바닥에 고개를 처박은 꼴이 된 고구를 향해 담우소가 말했다.

"나는 특별히 사람 패는 걸 좋아하는 사람이 아니오. 정상적인 사람이란 뜻이지. 그러니까 내가 하고 싶은 말은 사람 화 돋우지 말고 제대로 된 협상 태도를 취하란 말이오. 어차피 당신한테 필요한 정보만 취득하면 바람처럼 사라질 테니까."

"혈봉황단에게 있어 정보는……."

"목숨과도 같겠지."

고구의 말을 끊은 담우소가 말했다.

"하지만 그런 말은 어차피 최전방에서 목숨 걸고 뛰어다니는 애들한테나 하는 말이잖아. 만약 진짜 당신이 그렇게 목숨을 가벼이 여겼다면 여태까지 살아남지 못했을 테니."

"으음……."

두 번째로 고구의 입에서 흘러나온 신음이었다. 그리고 그것은 제대로 된 협상이 시작되는 신호탄이었다.

끼익!

들어갈 때완 달리 담우소는 봉황안의 문을 당당히 열어젖히고 밖으로 나섰다.

담우소에게 전수받은 토둔잠행으로 주변을 온통 뒤집어놓고 있던 소여영이 흙투성이 개구쟁이의 모습으로 땅속에서 모습을 드러냈다.

"푸하! 숨 막혀 죽는 줄 알았네!"

딱!

"아양!"

담우소에게 알밤을 얻어맞은 소여영이 금세 울상이 되었다. 방금 전까지 수십 명의 검수들과 호위 무사들을 몰고 다녔던 당찬 모습과는 전혀 다른 모습이었다.

눈살을 찌푸리며 담우소가 말했다.

"그렇게 귀식지법을 확실히 외우라고 했잖느냐!"

"하지만 땅속을 헤치고 다니는 것만으로도 영아는 힘들어서……."

"흥, 또 우는소리를 하는 것이냐!"

"아, 안 그럴게요."

머리를 감싸 쥐고 뒤로 물러서면서도 소여영의 대답은 공손했다. 기초적인 토둔잠행을 배우는 동안 담우소를 반사부처럼 생각하게 된 것이다.

그 모습에 피식 웃어 보인 담우소가 말했다.

"그래도 상처 하나 없이 무사한 걸 보면 시킨 일은 확실히 처리했나 보구나."

소여영이 금세 얼굴에 함박웃음을 담았다.

"헤헤, 명하신 대로 근처 삼왕곡(三王谷)까지 유인한 다음에 장치해 뒀던 돌무더기를 무너뜨렸어요. 봉황안에는 혈봉황단 최고의 그림자들이 배치되어 있다고 알려졌는데, 이번에 보니 별것 아니더군요. 아마 산길을 돌아오려면 한 시진은 더 걸릴 거예요."

'그야 내가 미리 근처에 잠복하고 있던 검수들을 모조리 제압했기 때문이 아니겠느냐.'

슥슥!

내심과는 달리 담우소는 소여영의 머리를 쓰다듬어 줬다. 흡사 애완동물을 어르는 듯한 태도였다.

담우소의 이런 태도에 이미 익숙해져 버린 소여영이 두 볼을 불만스레 부풀어 올리면서도 공손히 말했다.

"그런데 들어가셨던 일은……."

"네 복수는 확실히 해줬으니 염려 말아라."

"아아아!"

소여영의 두 볼이 발그스름해졌다. 버릇처럼 담우소가 자신을 속인 혈봉황단주를 제압한 후 죄를 묻는 장면을 제멋대로 상상하고 있음이 분명했다.

'이런 녀석 하고는.'

내심 한숨을 내쉰 담우소가 성큼거리며 앞서 걸어갔다.

"아!"

한참 공상의 나래를 펼치고 있던 소여영이 뒤늦게 제정신을 차리곤 황급히 그 뒤를 쫓았다.

"가, 같이 가요!"

*   *   *

전위 무투 조직인 철혈대와 함께 광명신교의 쌍익(雙翼)으로 불리는 혈봉황단이 주둔지로 삼은 건 내곤륜의 수많은 기암절봉 중 삼왕봉이라 불리는 곳이었다.

겉으로 보기엔 그저 높기만 할 뿐 별다른 개성이 느껴지지 않는 황량한 세 개의 봉우리이지만, 삼왕봉이 자리 잡은 곳은 내곤륜에서 가장 시야가 탁 트여 있었다.

그 세 개의 봉우리 중 가장 높은 천존봉(天尊峰).

담우소는 대충 큼지막한 바위 위에 엉덩이를 붙이고 앉아 있었다. 무공이 절정에 이르렀음에도 담우소의 모습은 강호의 삼류일 때와 하등 변한 것이 없어 보였다.

굳이 변한 점을 들자면…….

그냥 무료하게 주변을 살피고 있는 듯한 표정과 달리 담우소의 눈빛은 매섭기가 하늘을 배회하는 매와 같았다.

삼왕봉 중에서도 가장 높은 천존봉인만큼 한눈에 내려다보이는 근방 수십 리에 맞춰진 채.

뒤에 서서 입술을 잔뜩 내밀고 안절부절못하고 있던 소여영이 잔뜩 볼멘 목소리로 종알거렸다.

"지금 도대체 뭐 하시는 거예요?"

봉황안을 찾기 전 담우소는 며칠간을 주변 정찰과 소여영을 훈련시키는 등의 준비 작업에 할애했다. 단편적으로나마 알아낸 혈봉황단의 가치를 높게 책정한 결과였다.

계획의 충실함은 작전의 성공을 가져왔다.

준비 작업에 소요된 시간이 열흘인 데 반해 삼왕봉 최고의 요지에 위치해 있던 봉황안을 치고 담우소가 빠져나오기까지 걸린 시각은 한 시진이 채 소요되지 않았다.

그야말로 광명신교에서 내전이 일어난 이래 중립을 선포한 혈봉황단으로선 뒤통수를 맞은 격이라 할 수 있었는데…….

담우소가 곧바로 그림자가 수백 명 넘게 포진하고 있는 삼왕봉을 탈출할 걸로 굳게 믿고 있던 소여영의 얼굴에는 다급함이 잔뜩 매달려 있었다.

그녀가 무얼 걱정하고 있는 줄 뻔히 알면서도 담우소가 의뭉스런 표정을 지어 보였다.

"내가 뭘 하고 있는 것 같으냐?"

소여영의 안색이 발갛게 물들었다.

"그건, 그건……."

담우소가 냉소했다.

"흥, 방금 전만 해도 목소리에 힐난의 기색이 배어 있더니 대답도 못하는 것이냐?"

소여영의 입술이 더욱 튀어나왔다.

"누가 아저씨같이 이상한 사람이 하는 행동을 이해할 수 있겠어요!"

매 같은 담우소의 눈빛이 소여영을 매섭게 향했다.

"이 녀석! 그동안 내게 무공을 전수받고도 아저씨라고?"

움찔한 표정이 된 소여영이 더듬거렸다.

"그, 그렇지만……."

"뭐가 그렇지만이냐! 강호에서는 단 하루라도 남에게 무공을 전수받으면 그 사람을 평생 어버이처럼 모시라는 소리가 있다. 어엿한 사부이자 스승으로 모셔야 한다는 것이다!"

"……."

"그런데 네 녀석은 내게 십여 일 동안이나 무공을 배웠는데도 구배

지례를 올릴 생각은 않고 감히 눈을 흘기고 있으니, 어찌 훌륭한 강호의 여협(女俠)이라 할 수 있겠느냐!'

'여, 여협?'

사실 소여영이 담우소에게 토둔잠행의 기본을 배운 건 다분히 우격다짐에 당한 바가 컸다. 담우소는 몇 가지 사실을 소여영에게 캐낸 후 느닷없이 구결을 불러주곤 그녀를 땅속에 처박는 만행을 서슴지 않았던 것이다.

그런 흉악한 인간의 입에서 구배지례란 말이 나오자 얼굴 가득 기가 막히다는 표정을 짓고 있던 소여영의 눈빛이 가볍게 흔들렸다. '여협'이란 호칭 때문이었다.

그동안 틈만 나면 상상의 나래를 펼치던 중 소여영이 항시 불만스레 생각했던 건 스스로를 여협이라 자칭할 수 없다는 점이었다. 아무리 스스로에게 관대한 그녀이지만, 정통 마도 가문에서 태어나 광명신교의 전령이 된 신분을 망각할 순 없었다.

그런데 담우소에 의해 느닷없이 신성불가침이나 다름없던 벽의 한쪽 귀퉁이가 무너진 것이다.

잠시 멍청한 표정이 되었던 소여영이 더듬거리며 말했다.

"저, 절더러 여협이라고 하셨나요?"

"왜? 여협으로 불리고 싶으냐?"

소여영은 대답 대신 고개를 끄떡거렸다. 방금 전까지만 해도 초조감으로 연신 발을 동동 굴렀는데, 이제는 그림자들의 추격 따윈 전혀 아랑곳 않는 모습이었다.

'하하, 농담 삼아 던진 말을 이리 심각하게 받아들일 줄이야.'

담우소는 은근히 장난기가 발동하는 걸 느꼈다. 소여영은 데리고 노는 보람이 있었다.

얼핏 떠올랐던 입가의 미소를 지운 후 담우소가 말했다.

"그렇다면 너는 무얼 망설이는 것이냐? 얼른 이 사부에게 절하지 않고."

"저, 절을 하라고요?"

"그것이 강호의 규칙이다. 너는 스스로를 여협이라 칭하기 싫은 것이냐?"

"아아!"

소여영은 연신 발을 굴렀다. 여전히 정체가 모호한 담우소와 사제지간을 맺자니 마음의 갈피를 잡을 수 없게 된 것이다.

그러나 망설임도 잠시, 소여영이 담우소가 말릴 새도 없이 땅바닥에 엎드려 절을 하기 시작했다. 결의로 번뜩이는 얼굴에 아랫입술을 질끈 깨물고서.

제51장 일월쌍극(日月雙戟)의 주인

'엇!'

담우소는 일시 낭패한 기분이 되었다.

그가 소여영에게 자신을 사부라 부르라고 한 건 어디까지나 장난에 불과했다.

누가 사제지간을 쉽사리 결정짓겠는가!

소여영과 함께하는 동안 담우소는 만마천 시험 때 만났던 마경화나 구소옥 등의 소녀들과 함께했던 때가 떠올라 은근히 농을 부린 것이다.

그러나 상황은 이미 기호지세(騎虎之勢)였다.

예상치 못했던 일을 만나 얼떨떨해진 담우소를 향해 벼락에 콩 구워 먹듯 구배지례를 올린 소여영이 촉촉하니 젖은 눈빛으로 고했다.

"사부님!"

'이런!'

당황스런 내심을 숨긴 채 담우소가 반문했다.

"날 진짜 사부로 모시겠다는 것이냐?"

소여영이 얼른 목소리를 높였다.

"예, 그렇습니다."

'여기서 어째서라 물으면 '소녀는 강호의 규칙을 지키는 훌륭한 여협이에요' 라 대답하겠지?'

소여영의 상기된 표정을 살핀 후 이미 어떤 말로도 설득할 수 없겠다는 판단을 내린 담우소가 내심 고개를 절레절레 흔들었다.

"너는 내가 누군지 아느냐?"

소여영이 고개를 도리질쳤다.

'당연히 그렇겠지' 라 중얼거린 담우소가 말했다.

"그런데 정체도 불분명한 내 제자가 되겠다고 너는 그리 쉽게 구배지례를 올린 것이냐?"

냉큼 소여영이 고개를 끄떡였다.

"예."

담우소의 표정이 굳어졌다.

"좋은 마음가짐이다. 하지만 내 문하에 들자면 이번처럼 힘들고 괴로운 일을 빈번히 겪어야 할 것이다. 너는 그래도 괜찮겠느냐?"

소여영이 대답했다.

"강호란 본래 거칠고 힘든 곳이란 걸 소녀도 알고 있습니다."

"그러다 죽을지도 모르는데?"

"사부님께서 살려주지 않으셨으면 이미 한 번 죽었던 목숨입니다."

'흥, 나이 어린 계집애가 책에서 본 말을 잘도 지껄이는군.'

이미 소여영의 성격을 담우소는 어느 정도 파악하고 있었다. 그녀가 지금 지껄이고 있는 말이 그저 검협전의 주인공들이 통상적으로 내뱉는 말투를 흉내 내는 것임을 모를 리 없었다.

하지만 담우소는 말없이 고개를 끄떡일 뿐이었다. 잠시 귀찮은 기분이 들었으나 앞으로 일을 행함에 있어 소여영같이 광명신교에 대해 잘 파악하고 있는 존재가 필요하리란 계산이었다.

그러자 제법 결연한 표정을 지어 보이고 있던 소여영이 금세 평소처럼 눈을 동그라니 뜨곤 주저주저 목소리를 냈다.

"그런데 있잖아요?"

'그러면 그렇지.'

내심 한숨을 내쉬며 담우소가 말했다.

"어째서 봉황안에서의 일이 끝났는데도 삼왕봉을 떠나지 않았는지 궁금한 것이냐?"

"예, 소녀는 사부님의 능력을 굳게 믿고 있지만, 아직 부족한 탓에 자꾸 불안한 생각이 듭니다."

벌써 사부란 말이 입에 붙은 소여영이었다.

그런 점을 무시한 채 담우소가 말했다.

"너는 전혀 불안해할 필요가 없다. 내 문하에 들어오기로 한 이상 네 녀석은 그냥 조용히 따르기만 하면 되는 것이다."

"그치만, 그치만……."

소여영의 표정이 금세 울상으로 변했다. 방금 전에 종알거렸던 말과는 전혀 연관성을 찾아볼 수 없는 모습이요, 태도였다.

'흐음, 얼떨결에 받아들인 제자 녀석이지만 일단 목숨을 함부로 하는 무공바보는 아니라는 거군.'

다시 눈길을 산정 아래로 향하며 담우소가 말했다.

"이곳은 너도 알다시피 혈봉황단의 주둔지이다. 그들이 만약 우리를 쫓을 생각이 있었다면 어찌 아직까지 아무런 움직임이 없겠느냐?"

"그게 무슨?"

"만약 혈봉황단에서 추격을 마음먹었다면 봉황안을 벗어나자마자 추격이 시작됐을 게고, 지금쯤 그들에게 완전히 포위되었을 게 분명하다."

"……."

"그런데 우리 사제지간은 아직까지 삼왕봉을 벗어나지 않았을 뿐더러, 이렇게 한가로운 한때를 보내고 있는데도 추격자가 없다는 건 알만한 일이지 않느냐."

"설마?"

담우소는 대답 대신 고개만 까닥거렸다. 자신과 혈봉황단주 고구 간의 야합(野合)을 시인한 것이다.

"마, 말도 안 돼!"

소여영은 억장이 무너지는 표정이 됐다. 지금까지 그녀가 담우소에게 충실히 협조했던 건 어디까지나 자신을 미끼로 삼았던 고구에 대한 복수심 때문이었는데, 믿던 도끼에 발등을 찍힌 것이다.

발을 동동 구르는 소여영에게 담우소가 냉정하게 소리쳤다.

"정신 사나우니까 조용해라!"

소여영이 분한 표정으로 소리쳤다.

"어찌 그러실 수 있어요!"

담우소가 시치미를 뗐다.

"무얼 말이냐?"

소여영이 말했다.

"절 속였잖아요!"

담우소가 냉소했다.

"흥, 너 계집애는 구배지례를 올린 지 얼마나 됐다고 벌써부터 사부에게 반항하는 것이냐?"

소여영이 다시 발을 동동 굴렀다.

"히잉, 그렇지만……."

담우소의 목소리가 단호해졌다.

"사부가 하는 일은 무엇이든 옳고 정의로운 것이다. 네가 더 이상 소란을 피우면 기사멸조(欺師蔑祖:스승을 업신여기거나 조사를 멸시하는 죄)의 죄를 물을 것이다."

"흐흑!"

소여영은 급기야 울먹이기 시작했다. 평생 담우소처럼 매몰차게 그녀를 대했던 사람을 본 일이 없는 것이다.

그러나 담우소는 다정하게 소여영을 달래지 않았고, 자신과 고구 간의 협약에 대해 설명해 주지도 않았다. 군사부일체(君師父一體)라 했으니, 이 당시 사부와 제자 간의 관계란 군주와 신하 간의 관계, 혹은 부모와 자식 간의 관계나 마찬가지였다.

응석받이이기는 하나 소여영의 눈치는 그리 무디지 않았다.

그동안 겪어온 담우소의 성격을 모를 리 없었다.

잠시 후 흐느껴 울던 소여영은 결국 서러운 표정으로 눈가의 물기를 닦았고 변화는 그 순간 찾아왔다.

'왔다!'

소여영이야 울거나 말거나 관심없다는 듯 방약하게 앉아 있던 담우소의 무표정하던 눈에 기광이 떠올랐다.

산정 아래 십수 리 저편에서 흐릿한 그림자 하나가 빠른 속도로 접근하고 있었다.

지금까지 담우소로 하여금 나이 어린 소녀와 농담 따먹기나 하게 만들었던 존재가 분명했다.

파앗!

바람을 붙잡고 천존봉의 정상에서 뛰어내린 담우소는 산의 중턱에 이르자 풍뢰경을 일으켰고, 곧 한 가닥 흑영으로 변해 산정 아래로 쏘아져 갔다.

풍뢰경을 바탕에 깔고 건곤종횡보에서 대충 변화를 따와 독창해 낸 건곤만영(乾坤滿盈) 중 섬전건곤(閃電乾坤)을 전개한 것이다.

담우소의 중단전에 잔뜩 쌓여 있는 지뢰오행경은 아무 때나 사용할 수 없을 뿐더러 세밀하게 제어하기가 힘든 종류의 힘이었다.

엄청난 위력으로 바윗덩이를 날리고 풍운을 변색시킬 수는 있어도 세밀한 초식에 실어 그 위력을 전달하기란 여간 힘든 게 아니었다.

그래서 담우소는 근래 들어 스스로 독창해 낸 풍뢰경에 심혈을 기울였는데, 쭉쭉 뒤로 밀려나는 주변 경관을 곁눈질하며 마음이 흐뭇해졌다.

밖에서 빌려온 것이니만치 남의 것처럼 느껴지는 지뢰오행경과 하단전의 진기를 발끝 용천혈(湧泉穴)로 토해내며 달리는 건곤만영은 느낌 자체가 달랐다.

그렇게 대충 일 다경 정도 달렸을 것이다.

하단전에서 일어난 한 가닥 진기가 끊임없이 힘을 더해 달리면 달릴수록 빨라지던 담우소의 신형이 주춤 멈춰 섰다.

이미 옷 밖으로 드러난 살갗이 온통 따끔거려 왔다.

'살기인가?'

차갑게 가라앉은 담우소의 시선이 십 장 밖을 훑었다. 자신에게 무형의 살기를 쏘아낸 당사자를 찾기 위함이었다.

그리고 그의 예상대로였다.

신형을 멈춰 세운 담우소의 전면 십 장 밖으로 치렁치렁한 장발을 아무렇게나 흩날리고 있는 한 명의 장대한 사내가 보였다.

'검기에 가까운 살기를 쏘아 보낼 정도의 녀석이 서 있는 자세가 자연스러운데도 양 어깨 중 어느 한곳도 기운 곳이 없다?'

담우소의 눈에 이채가 떠올랐다.

안력이 뛰어난 고수는 양손을 고루 사용하는 권법이나 장법(掌法)을 주로 연마한 자를 제외하면 어깨 선의 기울기로 대충 사용하는 병기를 알 수 있었다. 십팔반병기는 물론이거니와 아무리 특이한 기병(奇兵)이라도 그 시작은 어깨이기 때문이다.

그런데 담우소의 신형을 멈춰 세운 장발사내의 양 어깨는 조금의 어지러짐도 없었다.

일직선을 이룬 어깨 모두 병기를 사용하는 쪽이 무너진 현상이 보이지 않았다.

완벽에 가까울 정도의 균형이었다.

'저 녀석은 생각보다 위험할 수도 있겠군.'

재빨리 장발사내의 무게를 잰 담우소가 먼저 말문을 열었다.

"당신이 가고 있는 곳은 용담호혈(龍潭虎穴)에 눈이 백 개나 달린 괴물이 자리 잡은 곳이오. 괴물의 앞마당에 발을 내딛고서도 그렇게 당당하게 경공을 펼친다는 건 너무 지나친 자신감이 아니오?"

장발사내는 위에서 뛰어내린 담우소에 못지않을 정도로 쾌속하게 산정을 올라온 참이었다.

신형을 멈춰 세운 것도 담우소와 거의 동시였으니 숨을 돌릴 만한 여유 따윈 애초부터 존재하지 않았다.

그런데 그는 검기에 가까운 살기를 뿜어내는 한편 숨결 하나 흐트러지지 않은 표정으로 가늘게 찢어진 눈매를 찌푸렸다.

"용담호혈? 눈이 백 개나 된다는 건 그렇다 치고, 쥐새끼처럼 정보나 캐러 다니는 녀석들이 모여 있는 곳에 용을 붙이고 호랑이를 붙이는 건 그들을 모욕하는 행위가 아닌가?"

만만치 않은 응대였다. 그러나 애초부터 담우소가 장발사내에게 질문을 던진 의도는 말싸움 따위를 하자는 것이 아니었다.

질문을 던진 순간부터였다.

장발사내의 흩날리는 머리카락 사이로 언뜻언뜻 모습을 드러내는 한 쌍의 손잡이를 담우소는 주시했다.

기가 막힐 정도로 균형 잡힌 체형의 사내가 사용하는 병기를 확인하려는 처사였다.

'등에 짊어지고 있는 걸로 봐서 길이는 석 자 다섯 푼을 넘을 것이고, 경병(輕兵)이라기보다는 중병에 가깝겠군. 게다가 두 개가 한 쌍이니 쌍도(雙刀), 아니면 쌍극(雙戟)이 분명하다. 둘 다 쾌(快)를 위주로 사용하는 병기가 아니니 저 녀석에게 이 이상 다가서려면 싸울 각오를 해야겠군.'

엄철극이라는 절대고수와 보낸 일 년이란 세월이 길러준 침착함이었다. 먼저 사고부터 치고 보던 예전과는 달라진 눈빛으로 담우소가 입술을 묘하게 일그러뜨렸다.

"흥, 꽤나 당당한 말이고 행동이오."

장발사내가 태연히 받았다.

"난 본래 당당한 사내대장부니까."

"사내대장부?"

"나는 이리 붙었다 저리 붙었다 하는 삼왕봉의 쥐새끼들과는 기질적으로 다르다는 뜻이다."

장발사내에게서 다시 강렬한 살기가 뿜어져 나왔다. 타고난 성격을 알 수 있는 모습이다.

그런 다혈질적인 성격이 자신의 판단과 일치한다고 생각한 담우소가 내심 비죽이 웃으며 말했다.

"그렇다면 더욱 이상한 일이잖소."

"뭐가 이상하다는 것이지?"

"흐흐, 그만한 기태를 지녔으니 바보는 아닐 텐데, 어찌 혈혈단신으로 삼왕봉에 올랐는지 궁금하단 뜻이야."

벌써 담우소가 한 발짝 장발사내에게 다가서고 있었다. 두 고수 간에 암묵적으로 지켜지고 있던 십 장이라는 거리가 처음으로 무너진 순간이었다.

움찔!

병기를 뽑아 들려다 말고 장발사내가 차갑게 소리쳤다.

"멈춰라!"

그러나 그런 점도 이미 계산 속엔 포함되어 있었으리라!

담우소는 고개를 흔들었다.

그리고 다시 앞으로 내딛어진 한 걸음의 도약!

파앗!

처음과 달라진 점이라곤 그저 지축을 한차례 박찼다는 것뿐이었다. 그러나 절정의 경지에 오른 고수가 뛰어오른 게 일반인과 같을 리 만무하다.

섬전건곤을 전개한 담우소의 신형이 백주의 번개처럼 장발사내에게 쏟아져 갔다. 상대의 무게를 가늠하자마자 바로 행동을 개시한 것이다.

그러나 애초에 담우소가 예상했듯 장발사내는 호락호락한 상대가 아니었다.

공간을 좁히자마자 광풍이 몰아치는 듯한 십삼 권을 쏟아낸 담우소가 다음 순간 바람처럼 신형을 뒤로 물렸다.

기습을 당하고도 등에 메고 있던 독문병기를 뽑아낸 상대에 대한 경의랄까?

파파팡!

건곤만영 중 분광건곤(分光乾坤)은 빛을 나눈다는 뜻 그대로 상대하는 사람에게 종종 착시 현상을 일으켰다. 잔영이 남을 정도의 속도로 좁은 공간에서 변화를 일으키기 때문이다.

순간적으로 담우소의 신형 몇 개가 자신의 일격에 박살나는 환상을 봤던 장발사내의 가늘고 길게 찢어진 눈꼬리가 미세한 떨림을 일으켰다.

"설마 그 신법은!"

'아차! 역시 무공이 절정에 오른 녀석들은 안목도 남다른 것인가?'

운중행과 적당히 섞었다곤 하지만 건곤만영의 주재료는 건곤종횡보였다. 섬전건곤같이 앞으로 치달리는 신법과 달리 변화 위주의 분광건곤의 경우 칠 할쯤 건곤종횡보의 기본 변화를 채택하고 있었다.

그러나 담우소가 혀를 찬 건 스스로 해결하기에 곤란한 일을 만났을 때만 사용하라던 엄철극의 엄명 때문은 아니었다. 만약 그런 점을 고려했다면 함부로 건곤만영 같은 신법을 만들어내지 않았어야 옳았다.

혈봉황단주 고구와의 거래로 얻은 정보에 의하면, 현재 광명신교는 반년 전 일어난 만마천 주도의 내란으로 인해 사분오열(四分五裂)된 상태였다.

심마왕에게 패퇴한 광명좌사 고엽풍이 천지풍뢰 사대문파를 기반으로 삼아 호시탐탐 재기를 노리고 있었고, 본산에는 만마천이 똬리를 틀고 있었다.

양대 세력의 수뇌들이 양패구상(兩敗俱傷)한 후유증이었다.

이후의 혼란은 필연적이었다. 광명신교 최강의 군사 조직인 오행기가 십 년을 훌쩍 넘겨 버린 명존의 폐관을 교에 대한 배신 행위로 선포한 후 독립했고, 시간이 갈수록 순혈의 교도들이 아닌 하부 조직들의 이탈이 두드러지기 시작했다. 거대한 둑이 무너지는 건 조그만 구멍 하나면 족했다.

게다가 엎친 데 덮친 격으로 근래 들어 사태의 추이를 지켜보고 있던 중원 광명우사의 천지이단 개입까지…….

천하마도의 성지나 다름없던 광명신교는 때가 되면 몰아칠 광풍폭우 앞의 등불이나 다름없는 신세가 되어 있었다.

'광명좌사를 따르는 자들을 귀천(歸天), 만마천의 심마왕을 따르는 자들을 역천(逆天), 독립한 오행기를 오행천(五行天), 광명우사의 천지이단을 천외지(天外地), 그 외 떨거지 방계 마도문파들을 통틀어 군마지(群魔地)라 했던가? 사실상 마교는 현재 삼천이지(三天二地)로 나누어진 상태인데다 그중 명존을 따르겠다고 목소리를 드높이고 있는 녀석들은 하나도 없다고 했다. 하나같이 마교의 막강함을 꿈꾸지만 예전처럼 절대적인 막강함에 짓눌려 살고 싶은 생각은 없는 것이다. 그런데 이런 상황에서 무공 수련하다 죽은 줄 알았던 명존의 밀사가 나타나면 어떤 대접을 받게 될까?

담우소는 바로 '필시 전력을 다해 죽이려 하겠지'라는 합당한 대답을 내놓았다. 자신이 그들과 같은 입장이라도 필시 그렇게 할 터였다. 광명정 자체를 박살 내 명존의 존재 자체를 말살하는 건 이런 상황에서는 최우선적으로 취할 일이었다.

'그러니 일단은 정체 불명의 사나이로 남는 편이 좋겠지?'

그저 찰나간에 떠오른 상념이었다. 그와 동시에 담우소의 눈에서 기광이 일었다. 마음을 정한 이상 머뭇거리는 건 가당치 않은 일이었다.

쿵!

중단전의 다섯 기운 중 오행토기를 용천혈로 밀어낸 담우소의 신형이 바람처럼 장발사내를 덮쳐 갔다. 지의 토둔의 술을 대지에 걸어놓은 채로 섬전건곤을 펼친 것이다.

그러자 맹렬히 일어난 전사경이 담우소의 온몸을 나선으로 다섯 겹이나 휘감았고, 순간적으로 금강불괴(金剛不壞)에 가까워진 육체가 번뜩이는 흉기 속으로 파고들었다.

카카캉!

지척에서 펼쳐진 섬전건곤임에도 장발사내의 반응은 정확했다. 벽력같은 담우소의 동작에 맞춰 수중의 독문병기를 종횡으로 휘저은 것이다.

귓전을 울리는 맹렬한 타격음!

최초 자신이 펼친 권세 중 대부분을 튕겨낸 두 개의 흉기가 일으키는 궤적을 확인한 담우소의 신형이 몇 개로 흐트러졌다. 분광건곤이었다.

그리고 그와 동시였다.

갑자기 요동 치기 시작한 땅바닥의 기운을 타고 신형을 솟구친 담우소의 손가락이 번개가 무색할 빠르기로 장발사내의 마혈을 짚어갔다.

두 개의 흉기가 일으키는 변화의 틈을 노린 일격이었다.

그러나 장발사내의 흉기는 그 순간 또 다른 변화를 일으켰다.

파앗!

마치 기다리고 있었다는 듯 맹렬하던 흐름이 둔화됐고 다음 순간 격렬한 동작으로 담우소의 전신 대혈을 찔러왔다.

분광건곤과 동시에 공중으로 신형을 띄운 담우소로선 도저히 피할 도리가 없는 승부수였다. 지금까지 수세를 취했던 건 이러한 일격을 준비하고 있었기 때문이다.

담우소로선 자신의 빠른 신법 탓에 자폭한 형국이랄까.

극단에 이른 쾌속의 일합!

그러나 자신의 승리를 확신하는 흐릿한 미소를 입가에 떠올린 순간 장발사내의 안색이 와락 일그러졌다.

'땅바닥이 요동 친다?'

극히 미세한 차이였다. 장발사내의 일격은 담우소를 찌를 수 없었다. 최후의 순간 굳건히 딛고 있던 땅이 갑자기 맹렬한 기세로 그의 신형을 흔들었다.

쿠르릉!

그리고 절정고수 간의 대결에서 정신이 분산된다는 건 패배를 의미했다.

'으윽!'

장발사내는 따끔한 느낌과 함께 정신이 아득해짐을 느꼈다. 이미 면 전까지 파고든 담우소가 마혈에 손가락을 댄 채 악귀처럼 웃고 있었다.

"으드득!"

귓전을 때리는 소리에 흠칫 어깨를 떤 소여영이 한쪽 구석에서 능숙한 솜씨로 야영 준비를 하고 있는 담우소에게 달려갔다.

"사부님! 사부님!"

화의 무극진화로 땔감의 물기를 말리며 담우소가 말했다.

"나 귀 안 먹었다."

"아!"

귀엽게 안색을 붉힌 소여영이 말했다.

"귀신 눈을 하고 있는 아저씨가 깨어난 모양이에요."

"그래?"

슬쩍 시선을 장발사내에게 던진 담우소가 무뚝뚝하게 말했다.

"봄이 됐는데도 이놈의 산은 아직 날씨가 매서워서 제대로 된 먹거리는 없소. 오소리 한 마리를 잡았는데, 혹시 내 망할 제자처럼 음식 타박을 하진 않겠지?"

"제가 언제 음식 타박을 했어요!"

소여영이 뒤에서 발을 굴렀다. 담우소에게 구박을 받으면서도 전혀 성격에 변화가 없는 소녀였다.

그러나 담우소는 한마디로 그녀의 입을 막아놨다.

"그럼, 오늘은 건량 대신 사부의 요리를 먹을 테냐?"

"싫어요!"

질색한 표정으로 뒤로 물러선 소여영을 향해 피식 웃어 보인 담우소가 장발사내에게 말했다.

"왜 대답이 없소? 설마 하니 당신도 음식 타박을 하려는 것이오?"

담우소가 곧 고개를 흔들었다.

"아니, 아니야. 당신같이 잘 단련된 무인이 그럴 리가 없지. 당신은 지금 시간을 쪼개 내공을 운기하고 있는 게로군."

그제야 가는 눈을 반개한 채 내공을 운기하고 있던 장발사내가 신음을 토했다.

"후우, 전신 대혈이 제압된 건 아닌 듯한데……."

담우소가 말했다.

"세상에는 종종 이혈대법(移穴大法)이나 폐맥(閉脈)의 수법을 익힌 사람들이 있잖겠소?"

"혈도를 제압하는 것과는 다른 종류의 사공(邪功)을 썼다는 것이냐?"

"뭐, 사공이라기보다는 이공(異功)이라 불러줬으면 좋겠지만, 내 독문의 수법으로 당신의 내공을 금제한 건 사실이오."

장발사내가 입가를 실룩거렸다.

"그렇다면 나는 지금까지 괜한 짓을 하고 있었다는 말이군."

담우소가 말했다.

"그야 아주 쓸데없는 짓이라곤 할 수 없지 않겠소? 꽤나 대가 센 당신이 현 상황을 파악하려면 그만한 노력쯤은 기울였어야 할 터이니."

"그렇군."

장발사내가 대자로 뻗은 상황에서 하늘로 시선을 돌렸다. 야천의 흐릿한 별빛 사이로 한줄기 연기가 가느다랗게 솟아오르고 있었다. 대화를 나누던 중에도 손을 쉬지 않은 담우소가 피워놓은 모닥불이 만들어놓은 광경이었다.

'흐음, 정신이 들자마자 부서지도록 이빨을 갈았던 것치고는 꽤 빠른 체념이로군. 역시 절정의 경지까지 무공을 쌓은 자들은 상황 판단이 빠르다는 것인가?'

내심 고개를 끄떡인 담우소가 능숙하게 오소리의 껍질을 벗겨내며 말했다.

"아직 우리는 통성명도 하지 않았구려."

장발사내가 코웃음 쳤다.

"흥, 고문이라도 하겠다는 말인가?"

"고문?"

잠시 수중의 오소리에서 시선을 거둔 담우소가 장발사내를 돌아봤다.

"고문 따윈 전혀 두렵지 않다는 뜻이오?"

장발사내가 말했다.

"고문 따위로 내 입을 열려는 생각은 말라는 뜻이다."

담우소가 방약하게 하늘을 바라보며 웃었다.

"하하하, 전병 줄 사람은 생각도 않는데 혼자 소면 국물을 마시는 것도 유분수지!"

"그게 무슨 뜻이지?"

"고문이란 건 할 만한 가치가 있는 사람에게 하는 것이란 뜻이오."

하늘만을 바라보고 있던 장발사내의 눈빛이 매섭게 담우소를 향했다.

"너는 누구냐?"

담우소가 말했다.

"통성명을 하자는 것이오?"

"그런 게 아니라……."

"내 이름은 담우소라 하오."

"으음."

신음은 길지 않았다. 신음이나 내뱉고 있는 건 장발사내의 성격에는 맞지 않는 듯했다. 그러나 은근히 담우소에게 말려들었다는 생각 역시 없지는 않았으리라!

기분 나쁜 표정이 된 장발사내가 내뱉듯 말했다.

"군무해(君武海)다."

"군무해?"

"아! 패도무적(覇刀無敵)!"

오소리 잡는 모습이 보기 싫었는지 모닥불로부터 멀찍이 떨어져 있던 소여영이 눈을 동그랗게 떴다.

고개를 돌려 그녀를 바라보며 담우소가 말했다.

"꽤 유명한 이름인가 보지?"

소여영이 고개를 끄떡이며 말했다.

"패도무적 군무해는 군마지 못 세력들 중 철혈대의 오대고수 중 일인이에요."

"그리고?"

잠시 주춤했던 소여영이 미간을 찡그리며 말했다.

"그는 항상 한 쌍의 청룡도(靑龍刀)를 가지고 다니는데, 비슷한 연배에서 아직 십 초 이상을 받은 이가 없을 정도의 절정고수라 전해져요."

"그리고?"

"지금까지 오직 당대의 철혈대주에게만 고개를 숙였다고……."

"알았다."

소여영의 목소리가 점차 작아지기 시작하자 손을 흔들어 보인 담우소가 군무해를 향해 고개를 끄떡였다.

"이거이거, 이 담 모가 대단한 분을 모시게 됐소이다?"

군무해가 나직이 코웃음 쳤다.

"흥! 만약 내가 청룡도를 수중에 쥐고 있었다면……."

"당신은 이 자리에 있을 수 없었겠지요."

"으음."

"지나친 자신감이라 생각하는 것이오?"

치이익!

이야기를 나누는 중에도 손을 쉬지 않았음이다. 몇 토막으로 나눈 오소리의 고기를 작대기에 꽂아 솜씨 좋게 모닥불 옆에 걸쳐 놓고서 담우소가 말을 이었다.

"내 무공은 이미 상당한 경지에 올랐소이다. 그리고 대전 경험 역시 그리 적지 않으니, 군 형이 상대한 이 담 모는 본래 꽤나 오만방자한 인간이라 할 수 있소이다."

"킥!"

웃음이 튀어나오자 얼른 손으로 입을 막은 소여영의 안색이 발갛게 변했다. 떨어지는 낙엽만 봐도 웃을 나이이니 무리도 아니었다.

'그렇지만 앞으로 저 말썽꾸러기 녀석을 한 사람의 무인으로 만들려면 고삐를 늦춰선 안 된다.'

눈빛을 번뜩이며 담우소가 소여영에게 말했다.

"저녁 식사가 시작되기 전에 주변 백 장의 산속을 둘러보고 오너라."

"에?!"

"정찰이다."

"하지만 그런 건 이곳에 도착하자마자 했는데……."

"주변 지형지물 습득과 정찰이란 건 몇 차례가 됐든 하면 할수록 좋은 것이다. 특히 너처럼 경공과 지둔공을 제외하면 아무것도 할 줄 아는 게 없는 계집애는."

"그렇지만!"

"설마 하니 사부의 식사가 방해받는 걸 바라는 건 아니겠지?"

"히잉."

소여영이 잔뜩 울상이 된 채 신형을 날렸다.

제자의 뒷모습을 물끄러미 바라보다 시선을 뗀 담우소가 '이제는 마음대로 교언영색을 펼쳐도 되겠군' 이라 중얼거리며 다시 군무해에게 말했다.

"그래서 내가 어디까지 말했소이까?"

누가 보더라도 기이한 사제지간이었다. 자신이 처한 상황도 잊고 멍청하게 두 사람의 언쟁을 지켜보던 군무해가 눈살을 찌푸리며 말했다.

"당신 자신이 꽤나 오만방자하다는 데까지."

'이 녀석은 여전히 말끝이 짧군.'

내심 눈빛을 번뜩이며 담우소가 고개를 끄떡였다.

"아아, 그렇소이까? 흐음, 그러니 이 담 모가 군 형을 상대하기 전에 꽤나 긴 시간을 탐색으로 보낸 걸 어떻게 생각하시오?"

"……."

잠시의 침묵 끝에 군무해가 말했다.

"날 배려해 줬다는 것이냐?"

담우소가 고개를 흔들었다.

"난 군 형을 꽤나 두려워한 것이오."

"날 두려워했다고?"

"그렇소. 한번 경공을 펼치면 반드시 상대방을 제압해야만 멈추는 게 지금까지의 내 자부심이었소. 군 형을 만나기까진 어렵지 않게 지킬 수 있었던 자부심이었고."

'날 맨손으로 제압할 만한 실력을 지녔으니 능히 그럴 수 있었겠지.'

"그런데 군 형을 만나자 나는 첫 번째로 긴장했고, 두 번째로 비겁하게 기습을 가했단 말이오. 간신히 군 형을 제압하기는 했지만 지금까지 나는 양심의 가책을 느끼지 않을 수 없었소."

담우소는 진심이라는 걸 보여주려는 듯 손가락으로 콧등을 짚은 채 고개를 흔들어 보였다. 사람을 회유함에 있어 진중한 말과 그에 걸맞는 태도는 필수인 것이다.

그러자 군무해로서도 더 이상 오만한 기색만을 띠고 있을 순 없었는지 침중한 목소리로 말했다.

"그때 우리는 서로 마주 보고 있는 상황이었다. 거리는 십 장에 달했고."

"……."

"그건 기습이라 할 수 없는 일이었다."

순간 담우소가 크게 대소했다.

"하하하, 이제야 시인하는 것이오?"

"뭐, 뭘 말이냐!"

담우소의 얼굴이 밉살맞아졌다.

"군 형이 정당한 대결에서 패배했다는 것을 말이오."

"으음."

"그런 눈으로 쳐다볼 것 없소. 어차피 군 형과 손속을 겨뤘던 첫 합에서 나는 시세를 파악할 수 있었단 말이오. 맹렬한 와중에도 섬세한 군 형의 초식이 결코 패도적인 일월쌍극에 적합하지 않다는 걸."

치이익!

어느새 나뭇가지에 걸쳐 놓았던 고깃덩이들은 기름을 뚝뚝 떨어뜨리고 있었다. 뱃속의 회를 동하게 하는 냄새가 풍겨 나온 건 물론이었다.

그러나 야생에서 뛰어다녔던 짐승을 요리해 먹을 때는 반드시 바짝 익혀야 했다. 설익혀 먹게 되면 작게는 배탈로 고생할 수 있고 크게는 목숨마저 위험할 수 있었다.

솜씨 좋게 나뭇가지에 걸쳐져 있던 고깃덩이를 돌려서 다시 걸쳐 놓고서야 담우소가 멈췄던 말을 이었다.

"…그래서 나는 마지막 순간에 손에서 살기를 지웠던 것이오. 목숨을 걸지 않고서도 군 형을 이길 자신이 서지 않았다면 어림없을 노릇이었지."

'이 녀석! 끝까지 자신이 적수공권이었다는 점을 내세우지 않는 것인가?'

군무해는 얼굴을 일그러뜨렸다. 오만한 성격이라 해도 담우소와의 승부를 부인할 수 없다는 판단이었다.

그 모습을 느긋하게 지켜보던 담우소가 말했다.

"그러니 피차간의 고하(高下)는 이미 결정난 것이고, 이젠 슬슬 진지한 대화를 나누는 게 어떻겠소?"

"……."

잠시의 침묵 끝에 군무해가 씹어뱉듯 말했다.

"확실히 나는 네놈에게 졌다. 내가 비록 손에 맞지 않는 병기를 사용했다곤 하지만, 너 역시 적수공권이었으니 더 이상 억지는 부리지 않겠다."

"바라던 바요!"

냉큼 찬동하는 담우소를 밉살스럽다는 듯 노려보며 군무해가 말했다.

"그러나 우리는 서로 적이다. 애초에 내가 생각했던 대로 네놈이 혈봉황단의 쥐새끼였다면 어찌 됐든 협상의 여지는 남아 있었을 테지만."

"이미 내 정체를 눈치 채셨다?"

유일하게 감각이 남아 있는 고개를 외로 꼬며 군무해가 냉소했다.

"흥, 내가 눈을 장식으로 달고 다닌다 생각하는 것이냐?"

히죽!

담우소의 한쪽 입꼬리가 치켜 올라갔다.

"그렇다는 건 철혈대가 신교의 반역도배가 되기로 결정했다고 생각해도 되는 것이오?"

"반역?"

나직이 반문한 군무해가 곧 벽력같이 소리쳤다.

"더러운 광명우사의 주구 주제에 어찌 감히 충성스런 철혈대를 반역으로 몰아넣는 것이냐! 과거 신교에서 변란이 있을 때는 침묵하고 있다가 신교가 갈가리 찢기자 이제야 모습을 드러낸 더러운 쥐새끼들 주제에!"

'광명우사의 주구? 천지이단?'

자신의 예상과 다른 군무해의 반응에 잠시 어리둥절해졌던 담우소는 곧 깨닫는 바가 있었다. 건곤만영의 거름으로 쓴 건곤종횡보의 형제뻘 되는 신법을 떠올린 것이다.

"으음, 일이 그렇게 된 것이었군."

신음처럼 뇌까린 담우소가 여전히 얼굴에 노기를 띠고 있는 군무해에게 혀를 찼다.

"쯧쯧, 이름 높은 철혈대의 오대고수 중 한 명이라길래 제법 견식이 있을 줄 알았더니, 다른 여타의 무공바보들과 전혀 다른 점이 없구만."

"그게 무슨 소리지?"

'그냥 네 녀석을 궁금하게 만들려는 소리지!'

내심을 전혀 드러내지 않는 얼굴로 담우소가 말했다.

"천하의 무공은 수도 없이 많고 그것을 익힌 사람 또한 모래알처럼 많소이다. 그런데 군 형은 기껏해야 몇 초식의 손속을 겨루고 곡해를 하고 있으니, 어찌 무공바보가 아니겠소."

"그건……."

"왜? 나에 대한 판단 기준 속에 다른 것도 포함되어 있소이까?"

묘한 설득력을 함유한 목소리였다. 담우소는 이러한 목소리와 태도를 몸에 익히기 위해 무수히 많은 고난과 불면의 밤을 보내야 했던 것이다.

잠시 고민하는 얼굴이 됐던 군무해가 말했다.

"그렇다면 네가 익힌 신법이 역적 천리종횡의 마도종횡보가 아니란 뜻이냐?"

'역시!'

드디어 모닥불은 하나의 훌륭한 먹거리를 완성한 참이었다. 고기가 다 익었다는 뜻이다.

그중 하나를 들어 올려 냄새를 맡으며 즐거운 표정이 된 담우소가 신형을 일으키며 말했다.

"그거야 군 형이 등에 짊어지고 있던 일월쌍극의 주인이 아닌 것과 진배없는 일이 아니겠소?"

"⋯⋯."

"뭐, 군이 지금 대답할 필요는 없소이다. 나는 지금부터 슬슬 고생깨나 했을 제자 녀석을 구하러 가야 하니."

담우소의 신형이 벌써 북동쪽의 구부러진 능선을 향해 바람처럼 날아오르고 있었다. 소여영이 야영지를 떠난 게 제법 오래됐음에도 망설임 하나 보이지 않는 모습이었다.

'나와 대화를 나누는 와중에도 줄곧 그 소녀의 행적을 쫓고 있었던 건가?'

꼬로록!

어느새 자기 뱃속의 회충마저 동하게 만들어놓은 향긋한 내음을 맡으며 군무해는 눈을 감아버렸다. 담우소가 했던 일이 한 가지가 아니라 세 가지임을 깨달은 것이다.

제52장 야성(野性)의 대지

담우소가 돌아온 건 일 다경이 조금 지나서였다.

그의 옆구리에는 흙투성이가 된 소여영이 축 늘어져 있었다. 군무해는 한눈에 그녀가 기진했을 뿐 특별한 상처를 입은 건 아니라는 걸 알 수 있었다.

털썩!

소여영을 땅바닥에 내던진 담우소가 아무렇게나 군무해에게 수장을 휘둘렀다.

파파팟!

'으윽!'

온몸이 마비되어 있는 상태이니 피할래야 피할 수 없는 일격이었다. 미간을 꿈틀거렸을 뿐 반응조차 보이지 못한 군무해의 몸이 바닥에서 한차례 튀어 올랐다.

이미 한 가닥 기이한 기운이 그의 내부를 뇌전처럼 훑고 지나갔다.

다음 순간 갑판 위의 갓 잡힌 농어 꼴이 된 군무해가 벌떡 신형을 일으켜 세웠다. 이미 마비는 풀린 상태였다.

땅바닥에 코를 박고도 일어날 생각을 않는 소여영의 가슴에 기력을 주입시키고 있던 담우소가 때맞춰 입을 열었다.

"섣불리 내공을 끌어올릴 생각은 않는 게 좋을 것이오."

'어째서?'

도발적인 군무해의 눈빛에 담우소가 말을 이었다.

"이미 전신의 경락은 풀어졌으나 단전의 길목에는 아직 한 가닥 잠력이 숨어 있으니 운기하면 자연적으로 탈이 날 거란 뜻이오."

"으음."

당장이라도 천 근의 힘을 뿜어낼 듯하던 군무해의 양 어깨가 가는 숨을 내뿜었다. 담우소의 말이 틀리지 않다는 판단이었다.

배후에 성난 야수와 같은 절정고수를 놔둔 채 태연히 소여영의 호흡을 틔게 만든 담우소가 냉정하게 말했다.

"기식은 이미 정상으로 돌아왔다. 꾀부리지 말고 그만 일어나라."

"케헥! 콜록, 콜록……."

꼼짝도 않던 모습과 달리 답답한 숨을 내뱉는 소여영의 호흡은 꽤나 컸다. 축 늘어졌던 것치고는 별다른 내상의 흔적은 보이지 않았다.

군무해와 다름없이 신형을 벌떡 일으켜 세운 소여영의 목소리가 가늘게 떨려 나왔다.

"언니들을, 언니들을……."

"죽이진 않았다."

"아아!"

창백하던 소여영의 안색이 그제야 조금 핏기를 되찾았다. 가장 크게 걱정하고 있던 사항을 담우소가 풀어줬음이 분명하다.

자신이 맞아들인 심약한 제자의 심사를 처음부터 꿰뚫고 있던 담우소가 차갑게 코웃음 쳤다.

"흥, 어차피 혈봉황단주와의 거래는 삼왕봉을 벗어나며 끝났다고 할 수 있을 것이다. 정보 조직의 특기를 살려 뒤를 밟는 것쯤 예상하지 못했던 건 아니지만, 내 바보 제자와 비슷한 계집애들을 무더기로 보내리라곤 예상치 못한 일이었다."

딱히 누군가 들으라고 내뱉는 말은 아니었으나 지척에 서 있던 소여영은 금세 안색을 붉게 물들였다.

"언니들은 저 같은 것하고는……."

"수준이 다르다는 것이냐?"

소여영이 고개를 끄떡거렸다. 내심을 꿰뚫고 앞서 말허리를 끊는 담우소의 화법에는 반박하기가 힘들었다.

그러거나 말거나 담우소는 어느새 모닥불로 다가가 있었다. 너무 익었다 싶을 정도가 된 고깃덩이 몇 개를 집어 군무해와 소여영에게 대충 집어 던지며 그가 말했다.

"그동안 내가 파악한 바, 혈봉황단은 먼저 사람을 안심하게 해놓고 뒤통수치는 전법을 잘 쓰더군. 일단 바보 같은 계집애들은 몽땅 처리했지만, 앞으로 끼니를 거르는 일이 자주 발생할 테니 일단 배부터 채워놓으라구."

우적!

고깃덩이 중 하나를 입으로 베어 물며 담우소는 애써 피워냈던 모닥불을 사정없이 발로 밟았다. 그의 말마따나 오늘 밤 편안한 잠자리를 갖기는 그른 듯싶었다.

*　　　　*　　　　*

우르르르! 콰콰쾅!

높은 산은 모든 면에서 생명체가 살기엔 열악하다.

어중간한 높이의 산은 초목이 우거지고, 당연히 다양한 짐승들이 산다. 초목을 주식으로 삼는 것들과 그들을 주식으로 삼는 녀석들이 지천으로 널려 있다. 아무래도 평지보다는 모든 짐승들 중 가장 교활하고 막강한 포식자인 인간의 발길이 덜 미치기 때문일 것이다.

그러나 그런 조건도 산의 높이가 더욱 높아지면 아무 짝에도 쓸모가 없어진다.

인간이라는 최상위의 포식자를 대신해서 점차 혹독하고 변화무쌍한 바람 신이 본성을 드러낸다. 세상의 어떤 생명체도 자신의 영역 안에 들여놓지 않겠다는 듯 맹렬하게.

그런 바람 신의 영역 중 한 군데인 내곤륜의 뭇 봉들 중 하나에 위치한 철혈대의 가장 깊숙한 전각 안에는 지금 푸른 기운이 넘실거리고 있다. 폭풍우가 몰려온 것이다.

주변의 어떤 건축물보다 높은 까닭이었다. 얼마 전부터 시작된 광풍 폭우는 전각 그 자체를 때려부술 듯했다.

번쩍!

일순 대지를 양단하려는 듯 하늘로부터 거창한 낙뢰가 떨어졌다. 가장 큰 전각을 중심으로 산개되어 있는 건축물 중 한 개가 날아갈 만한 위용이었다.

그러나 이미 몇 차례나 이러한 일을 경험했을 것이다. 건축물들의 주변에는 십 장이 족히 넘을 듯 길쭉한 철봉이 몇 개나 심어져 있었다.

낙뢰는 건축물을 부수지 않고 철봉을 향했다. 그리고 파직거리는 소리와 함께 녹색의 화염이 철봉을 달궜다. 바람 신이 내던진 뇌격답게 거창한 위력이었다.

그러자 광풍폭우의 영향으로 칠흑 같은 어둠 속에 젖어 있던 주변의 대지가 잠시나마 한줄기 광명을 되찾았고, 덕분에 전각에 매어 달린 커다란 편액 역시 모습을 드러냈다.

철혈중지(鐵血重地)!

지닌 바 웅자와 지극히 어울리는 이름이다.

광명신교 최고의 전위 무투 조직이라는 이름에 걸맞게 철혈대에는 무귀(武鬼)나 투호(鬪虎)가 발에 채일 정도였다.

하지만 이런 철혈대에서도 철혈중지에 발을 들여놓을 수 있는 사람은 채 열 명을 넘지 못했다. 이곳이야말로 광명신교의 삼천이지 중 군마지 최강의 무력을 자랑하는 철혈대주가 몸을 웅크리고 있는 곳이었다.

그 철혈중지의 육층 거각의 최상단!

번쩍이는 뇌광과 광풍폭우의 소음이 화려한 음률을 만들어내고 있는 대전에는 지금 그림같이 아름다운 일남일녀가 흐트러진 자세로 대작하고 있었다.

"뇌신과 풍신의 합주를 들으며 마시는 한잔의 술은 꿀보다도 달지 않는가."

청아하면서도 한 가닥 그림자가 머물러 있는 목소리의 주인공은 불빛의 일렁임 때문에 음영이 뚜렷한 미청년이었다. 그의 얼굴에 깃든 어둠의 그림자가 광풍폭우의 영향만은 아니란 걸 알고 있는 은발의 미녀가 부드럽게 말했다.

"대주께서는 이번 합작 건을 비관적으로 생각하시는 것 같군요."

사내라면 절대 모른 척할 수 없을 정도로 달콤한 목소리였다. 은발미녀의 음색은 그저 아름답다는 말로만 표현하기엔 부족함이 있었다.

그러나 은발미녀와 마주하고 앉은 대주라 불린 사내는 결코 그녀보다 미모에서 뒤떨어지지 않는 사람이었다. 어쩌면 사람을 휘어잡는 요사스런 분위기에선 한 수 위랄까.

방금 전의 낙뢰로 일어난 빛의 파동에 잠시 뺏겼던 시선을 은발미녀 쪽으로 돌린 미청년이 빙긋이 웃어 보였다.

"한령신공이 십성의 경지에 오르면 모발은 은빛으로 변하고, 눈빛은 얼음으로 깎은 듯 투명해지며, 마음은 한 점의 흔들림도 없어진다고 했던가?"

"그렇게 전해지지요."

"그런데 어찌 예운, 그대의 마음속엔 조그만 파문이 남아 있는 것인가? 절세의 자질을 타고 태어난 그대가 아직 한령신공의 최후 관문을 뚫지 못한 건 바로 그 때문이 아닌가?"

은발미녀는 일 년여 전 만마천에서 배출된 여섯 명의 절정고수들 중 최강이라 불리는 한령선자 빙예운이었다.

현재 그녀는 철혈대의 오대고수 중 한 명임과 동시에 철혈대주의 보좌를 겸하고 있었다.

그러니 그녀에게 대주라 불리는 인물이 있다면 철혈대주 본인밖엔 없을 터였다. 자신이 미모를 자랑하지 못할 듯 요사스런 아름다움을 뿜어내고 있는 눈앞의 철혈대주를 지그시 바라보며 빙예운이 말했다.

"그것이야말로 타고난 자질의 문제가 아닌가 합니다. 대주께서 말을 돌리시는 걸 보니 속하의 질문이 정곡을 찌른 게 틀림없군요."

철혈대주가 고개를 흔들며 쓴웃음을 지었다.

"후후. 과연 못 당하겠군, 못 당하겠어."

그리고 흐트러졌던 자세를 바로 했다.

"예운은 이번 일에 무해를 보내는 걸 반대했었지?"

빙예운이 고개를 슬쩍 숙여 보였다.

"군무해는 굳건한 사내예요. 기상이 도도하고 자존심이 강하니 어떤 일이든 정면으로 맞서 해결하려 합니다."

"그러니 이번처럼 계교(計巧)를 써야 하는 일에는 맞지 않는다?"

"예, 그렇습니다. 하지만……."

빙예운이 잠시 말을 멈추자 철혈대주가 짓궂게 웃었다.

"후후, 그렇군. 이번 일에는 몽초가 자리를 비운 상황에서 예운 그대만한 적임자가 없었겠군. 혈봉황단주처럼 어린 소녀들을 주위에 배치해 놓고 인형놀이를 즐기는 변태에게는 말야."

빙예운이 눈살을 가볍게 찌푸렸다.

"고구는 태감 출신입니다. 젊은 여인들을 전령으로 사용하는 건 일종의 전술이라고 사료됩니다만."

"그런가?"

고개를 갸웃해 보인 철혈대주가 말했다.

"하지만 내 취향상 그는 변태일 뿐이야. 조직적인 머리와 지닌 바 방대한 정보 조직만 탐날 뿐인."

빙예운이 말했다.

"그래서 전대로부터 전해 내려온 일월쌍극을 보낸 건가요?"

철혈대주가 냉소했다.

"홍, 그런 쥐새끼에게 그 정도의 의사 표명은 해야 하지 않겠어?"

빙예운이 고개를 끄떡였다.

"예, 분명 일월쌍극을 본다면 혈봉황단주는 마음이 흔들릴 거예요. 군마지에서 철혈대의 무력을 감당해 낼 만한 세력은 찾을 수 없으니까요."

철혈대주의 눈빛이 의미심장해졌다.

"그래도 예운에겐 뭔가 걸리는 것이 있는 듯한데?"

빙예운이 대답했다.

"대주께서 걱정하시는 바를 속하에게 대답하라는 명령이신지요?"

철혈대주는 말없이 고개를 끄떡일 뿐이었다.

백옥을 깎은 듯 표정이 담기지 않은 눈빛으로 잠시의 침묵을 즐기던 빙예운이 말했다.

"속하가 대주의 의중을 헤아려 보건대, 만약 상대가 고구뿐이라면 이리 마음을 쓰지는 않을 거라 사료됩니다. 정보 조직의 장으로서 고구가 그동안 군마지 안의 세력 변동을 감지하지 않았을 리 없으니까요. 하지만 군마지를 제외한 다른 삼천이지 중에서도 혈봉황단에 눈독을 들이는 세력이 있다면 문제는 달라지겠지요?"

침묵 속에 철혈대주의 요요한 눈빛이 흥미를 나타냈다. 항상 입가엔 미소를 담고 있으되 눈빛만은 차갑게 가라앉히고 있던 그로선 대단한 반응이었다.

그러자 빙예운이 소반 위에 놓여져 있던 몇 가지 소찬과 술병을 이리저리 움직였고, 무심히 그것을 지켜보던 철혈대주가 고개를 끄떡였다.

"현재 내곤륜의 십만대산을 중심으로 한 세력도(勢力圖)로군."

배치를 끝낸 빙예운이 설명하기 시작했다.

"현재 삼천이지 중 귀천과 역천은 서로를 바라보며 으르렁거리느라 움직일 수 없고, 오행천은 명조에 대한 반역을 도모하기 위해 힘을 집결시키고 있어요. 딱히 일개 정보 조직에 신경 쓸 여가란 찾아보기 힘들지요."

"……"

"때문에 혈봉황단주는 삼천이지의 세력들과 적당한 거리를 유지하며 정보 거래를 했고, 요즘에 들어선 광명신교를 떠나 따로 독립할 생각을 하게 됐어요."

"만약 우왕좌왕하고 있던 군마지의 뭇 세력들을 요즘 들어 철혈대가 거의 제압하지 않았다면, 벌써 그리했을 테지."

빙예운의 설명에 불쑥 끼어든 철혈대주의 입가에 옅은 조소가 매달려 있었다. 어지간히 혈봉황단주 고구가 싫은 모양이었다.

잠시 그런 투정 섞인 모습조차 매력적이란 생각을 한 빙예운이 다시 설명에 들어갔다.

"분명 그렇습니다. 철혈대가 동요하던 군마지의 뭇 세력들을 대부분 무력으로 제압한 때문에 혈봉황단이 홀로 자립하는 건 불가능에 가까워졌습니다. 따라서 요즘 들어 혈봉황단주는 가장 비싸게 혈봉황단을 팔아먹는 계획을 짜는 데 주력했을 거예요. 군마지의 세력들 중 대부분이 그러하듯 본래 광명신교의 순수 혈맥을 타고난 자가 아니니까요."

"하면?"

빙예운이 삼천과 군마지의 역할을 대신하고 있던 술병과 찬그릇을 옆으로 밀어났다.

"속하의 판단은 이렇습니다."

'역시!'

무심한 표정 속에서도 소반 위의 변화를 유심히 지켜보던 철혈대주의 눈빛 깊숙한 곳에서 기광이 떠올랐다. 그가 염두에 두고 있던 일과 일치하는 결과를 빙예운이 내린 것이다.

따라서 광풍폭우 속에 이뤄지던 철혈중지의 대작은 침묵 속에 잠겨들었고, 그 침묵의 한가운데에서 중심을 잡고 있던 철혈대주가 입을 연 건 한참이 지나서였다.

"만약 예운이 내린 결정이 사실로 드러난다면?"

빙예운이 도톰한 입술을 가볍게 떨었다.

"대주께서 가장 잘 알고 계시겠지만 광명우사는 천하의 효웅입니다. 그동안의 침묵을 깨고 뛰어들었다면 완벽을 기할 사람이지요."

"……."

"만약 그분이 혈봉황단을 접수하기 위해 뛰어들었다면, 우리 철혈대는 최초로 오대고수 중 한 명을 잃을지도 모릅니다. 아주 특별한 변수가 작용하지 않는 한."

'확실히!'

그동안 마음속에서 자라나고 있던 찜찜함의 정체가 빙예운으로 인해 까발려지자 철혈대주의 매혹적인 눈빛이 잠시 흔들렸다.

드디어 자신에겐 의부나 다름없는 사람과의 일전이 다가왔음을 예고하는 마음의 동요였다.

＊　　　＊　　　＊

　한편 철혈대가 위치한 뇌격봉(雷擊峰)으로부터 대략 이백여 리 떨어진 산속에선 지금 담우소 일행과 일단의 살수들 간의 숨바꼭질이 계속되고 있었다.

　최초 삼왕봉을 떠난 다음날로부터 시작된 공격은 이틀에 걸쳐 십여 차례나 이어졌다. 지형지물과 사람의 심리를 교묘히 이용한 암습이 주를 이루는 공격이었다.

　그러나 담우소는 이미 곤륜행 중 이와 같은 암습을 숱하게 물리쳤던 경험이 있었다.

　그는 곧 혈봉황단에서 보낸 그림자들과는 다른 꼬리가 달라붙었다는 판단을 내렸다. 평소 보이던 여유작작한 모습과는 사뭇 다른 기민한 판단력이었다.

　그 뒤는 일사천리(一瀉千里)였다.

　첫날 밤의 암습을 뚫은 후 담우소는 재빨리 행선지를 바꿨다. 철혈대로 향하던 발길을 다시 혈봉황단이 위치한 삼왕봉으로 돌린 것이다.

　십여 차례의 습격 중 몇 번이나 자신의 목숨을 구해준 담우소의 너른 어깨를 존경심 가득한 눈빛으로 바라보고 있던 소여영이 넌지시 물었다.

　"사부님, 지난번처럼 제가 지둔술을 이용해서 봉황안의 호위 무사들을 유인할까요?"

　딱!

　"아얏!"

뒤도 돌아보지 않고 휘둘러진 담우소의 주먹에 알밤을 얻어맞은 소여영의 얼굴이 금세 울상으로 변했다.

그러나 몇 차례나 되는 암습에서 혹덩이에 불과했던 제자가 귀찮아진 것일까?

담우소의 목소리는 가차없었다.

"네 녀석은 혈봉황단쯤 되는 정보 조직의 우두머리가 그리 멍청하리라 생각하는 것이냐?"

"그게 무슨……."

어젯밤까지 담우소의 또 다른 혹덩이였던 군무해가 무뚝뚝한 목소리로 말했다.

"그대 사부가 말한 뜻은 이미 한 번 사용한 수법을 다시 사용해도 될 만큼 고구는 멍청이가 아니라는 것이오."

"아!"

소여영은 혀를 내밀었다. 무척 귀여운 표정이었으나 담우소는 여전히 그녀를 무시한 채 군무해에게 시선을 던졌다.

"도망가지 않았군?"

군무해의 볼 살이 꿈틀거렸다.

"설마 중간에 내공을 회복시켜 준 공치사를 듣고 싶은 것이냐?"

담우소가 히죽 웃었다.

"그야……."

군무해가 말했다.

"네 녀석이 내 내공을 회복시켜 준 건 연이은 살수들의 암습 중에 두 명이나 보호할 능력이 없었기 때문이다. 특별히 고마워할 거란 생각은 않는 게 좋을 것이다."

"누가 뭐라던가?"

어깨를 으쓱해 보이는 담우소의 입가로 한동안 사라졌던 미소가 번져 나왔다. 군무해의 내공을 회복시켜 주며 그래도 이 사내는 태도를 변화시키지 않을 거라던 자신의 생각이 옳았음을 확인한 의기양양함이었다.

그런 담우소의 표정이 못마땅한지 군무해가 차갑게 냉소했다.

"흥, 삼왕봉까지 왔으니 더 이상 암습을 걱정할 필요는 없겠지만, 다시 날 제압하지 않고선 마음이 편치 않을 텐데?"

"어째서?"

"그걸 몰라서 묻는 것이냐?"

담우소의 눈빛은 여전히 '어째서?' 라 묻고 있었다.

군무해가 싸늘하게 말했다.

"나는 아직 네 녀석의 정체에 대해 아무런 설명도 듣지 못했다."

군무해의 실눈에서 강렬한 신광이 흘러나왔다.

파파팟!

솟구치는 투기의 영향이었다. 근처의 수목들이 나뭇잎을 떨궜고 소여영이 놀란 나머지 신법을 펼쳐 뒤로 물러섰다. 예리하게 벼려진 검인과 같은 투기를 견디지 못한 것이다.

그러나 지금 당장 자신과 한판 붙겠다는 뜻을 노골적으로 내보이고 있는 군무해를 바라보는 담우소의 시선은 무심 그 자체였다.

무방비한 자세인 그에게선 처음 군무해를 만났을 당시와 같은 경계심이나 날카로움이 전혀 느껴지지 않았다. 어찌 보면 군무해를 절대적으로 믿는 것 같고 달리 보면 완전히 그를 무시하는 모양새였다.

그러자 자존심이 상했을 것이다. 전신 공력을 폭발 직전까지 양손에 운집하고 있던 군무해가 일순 눈에서 힘을 풀었다. 일촉즉발과도 같던 상황이 평화적으로 해결되는 순간이었다.

숨도 쉬지 못하고 두 절정고수가 대치한 상황을 지켜보던 소여영이 그제야 크게 한숨을 내쉬었다.

"휴우!"

담우소가 나직이 감탄했다.

"정말 대단한 공력이오."

군무해가 이빨을 갈았다.

"으드득! 어떻게 내가 승부를 포기하리란 걸 눈치 챘지?"

담우소가 말했다.

"군 형처럼 자부심 강한 사내가 몇 차례나 자신을 보호해 준 사람에게 함부로 손을 쓰진 않으리라 생각했을 뿐이오."

"고작 그런 이유 때문에?"

"내가 군 형의 내공을 회복시켜 준 건 벌써 하루가 훨씬 지났소. 만약 딴 뜻이 있었다면 진작에 암습할 기회는 꽤 여러 번 있었지 않소?"

"으음."

군무해는 신음했다. 담우소에게 자신이 완전히 파악됐음을 깨달은 것이다.

담우소가 피식 웃어 보이곤 소여영에게 말했다.

"전수해 줬던 귀식지법을 이젠 충분히 숙지했겠지?"

담우소와 군무해 간의 대치를 가슴을 두근거리며 지켜보고 있던 소여영이 얼른 대답했다.

"이젠 하루 종일이라도 땅속에서 버틸 수 있습니다."

"그래?"

"이 제자, 지난번에 땅속에서 기절한 걸 사부님께서 구해주신 이후 열심히 연마했습니다."

"좋아."

고개를 끄떡인 담우소가 말했다.

"지금부터 너는 최대한 흔적을 없애고 땅속에 숨어 있는다."

"예?"

"지금부터 이 사부는 긴히 해야 할 일이 있으니까 거치적거리지 말고 숨어 있으라는 뜻이다."

만약 평상시의 소여영이었다면 이 말을 듣는 순간 커다란 눈동자에 그렁그렁한 눈물을 매달았을 것이다. 그만큼 냉정한 표정이고 말이었다.

그러나 소여영은 자신이 모신 사부가 말은 비록 거칠지만 그동안 꽤나 꼼꼼하게 자신과 군무해를 살폈던 일을 기억하고 있었다.

'잘은 모르겠지만, 분명 이번에도 날 위해 이러시는 걸 거야.'

하는 일마다 어리광 섞인 투정을 부리던 예전과 달리 소여영이 얼른 고개를 끄떡이곤 신형을 날렸다.

담우소의 철저한 교육이 드디어 결실을 맺었다고 할까?

여느 때와 같이 심약한 제자의 뒷모습을 몰래 훔쳐보는 담우소를 바라보며 군무해가 비웃듯 말했다.

"네 녀석은 항상 말과 행동이 다르군."

시야에서 소여영의 모습이 완전히 사라지는 걸 끝까지 지켜보고 있던 담우소가 그 말을 받았다.

"본래 사자는 새끼를 절벽 아래로 떨어뜨리는 법이거든."

"흥, 자신을 사자라고 생각하는……."

"뭐, 말이 그렇다는 거니까 그리 빈정거릴 필요는 없지 않나?"

소여영이 사라진 순간부터 담우소의 말투는 묘하게 바뀌어 있었다. 군이 따지자면 처음 만난 사람이라면 누구나 반감을 느끼던 예전의 반말 투를 되찾았다고 할까?

군무해의 눈빛이 일순 싸늘해졌지만 앞서 비꼬인 그의 뒷말을 끊어 먹은 담우소는 제멋대로 화제를 바꿨다.

"그런데 말야, 군 형이 내게 했던 말과 현재의 상황은 좀 다른 듯한데?"

군무해의 눈빛이 더욱 싸늘해졌다.

"뭐가 다르다는 거지?"

담우소가 뒤통수를 긁적였다.

"군 형이 내게 거짓말을 했다고 의심하는 건 아니니까 살기는 그만 뿌리라고. 이곳까지 오는 동안 흔적을 남기지 않느라 꽤나 조심했는데 날파리들이 다시 꼬일 수도 있으니까."

딴은 그랬다. 비록 인적을 지웠다 할지라도 무공이 절정에 오른 고수라거나 특수한 수련을 쌓은 살수들은 미묘한 살기만으로도 추적이 가능했다. 극도로 발달된 육감은 일반인이 보기엔 초능력이나 진배없었다.

"으득!"

어금니를 악물며 치솟아올랐던 살기를 억누른 군무해가 차갑게 말했다.

"네 녀석은 어째서 갑자기 삼왕봉으로 돌아온 것이냐?"

삼왕봉의 세 굽이가 모이는 곳. 혈봉황단주가 정보를 관장하는 봉황안이 위치했음 직한 방향을 직시하고 있던 담우소가 목소리를 바꿨다.

"그런데 말야, 곰곰이 생각해 봤는데, 꼬박꼬박 군 형이라 부르며 존대하는 나에 비해 당신은 여전히 말이 짧군."

"뭐?"

파앗!

바람처럼 신형을 이동한 담우소의 뒤 후리기가 군무해의 복부를 사정없이 파고들었다.

그야말로 전광석화 같은 일격!

군무해의 호랑이 같은 허리가 순간적으로 깊숙이 파였다. 고통 때문이 아니라 하단전의 진기가 산산이 흩어지는 데 놀란 때문이다.

하지만 담우소는 거기에서 동작을 멈추지 않았다. 찰나지간이었다. 분광건곤으로 신형을 대여섯 개로 늘인 담우소의 수장이 군무해의 얼굴을 붙잡더니 사정없이 땅바닥에 찍어 눌렀다.

쾅!

흙은 적고 암반은 많았다. 곤륜산맥의 한쪽 켠에서 땅바닥과 조우한 군무해의 안면에서 소성이 일었다. 그리고 소성은 그 한 번으로 그치지 않았다.

쾅! 쾅! 쾅!

연이어 대여섯 차례나 무자비하게 군무해의 안면을 땅바닥에 찍어 누른 담우소가 무표정한 얼굴로 말했다.

"그동안 군 형이 날 무시했던 거에 비하면 비교적 약소한 보답이지 않소?"

"우욱!"

담우소가 일으킨 건 풍천외가경 중 인(刃)자결이었다. 겉으로 보인 모습과 달리 몇 차례나 반격을 가했던 군무해의 공력은 인자결의 전후

좌우로 요동 치는 힘 앞에서 완전히 무력화됐다. 권법에 있어서 그는 담우소의 상대가 되지 못했다.

씨익!

침묵은 오래가지 않았다. 버둥거리는 군무해를 찍어 누른 상태 그대로 이빨을 드러낸 담우소가 다시 말투를 평상시로 되돌렸다.

"내가 철혈대가 위치한 뇌격봉으로 향하던 중 삼왕봉으로 방향을 튼 건 군 형이 상상하듯 살수들의 암습 따위가 두려웠기 때문이 아니오."

"그, 그게 무슨?"

과거 엄정하의 발에 짓밟힌 담우소가 그랬듯 군무해는 입 안 가득 피 묻은 흙을 삼켰고, 반말 투를 고칠 생각도 하지 않았다. 여전히 자신의 목숨 따윈 전혀 개의치 않는 모습이었다.

'하하, 일단은 대단한 기개라고 봐줘야 하는 거겠지?'

군무해에게서 과거 자신의 모습을 본 담우소가 천 근이 넘는 기운을 내뿜고 있던 수장에서 슬며시 반 푼가량 힘을 덜어냈다.

스르르…….

"군 형의 기개를 보고 있자니 갈수록 철혈대란 곳이 궁금해지는군. 신교제일의 무광들이 우글거리는 야성의 대지라던데, 그곳에는 과연 군 형처럼 강골(強骨)의 사내들만 득시글거리는 것인지?"

"허억, 헉!"

"하지만 언제나 일에는 순서가 있는 법. 철혈대에 대한 궁금증을 풀기 전에 나는 지금부터 군 형을 위해 한 팔의 힘을 거들어야겠소."

"내 일을 도와?"

군무해의 얼굴에는 불신과 의혹이 가득했다. 그러나 일체의 부연 설명을 곁들이지 않고 담우소는 자신이 하고 싶은 말만 늘어놓기 시작했다.

"나는 지금부터 봉황안에서 잔머리 굴리느라 여념이 없을 늙은 여우를 찾아갈 것이오. 물론 철혈대주가 군 형에게 내린 명령이 이뤄지도록 손을 쓰려는 거지. 그러자면 군 형은 지금부터 내 명령대로 움직여야 할 것인데, 가히 머리가 좋아 보이지 않는 군 형을 위해 매우 간단한 임무를 준비했소."

담우소는 말을 늘어놓는 동안 한 푼씩 수장에서 힘을 뺐다. 한차례 위세를 보였으니 더 이상 군무해가 오만을 떨지 못하리란 판단이었다.

그러자 과연 금방이라도 폭발할 듯 긴장해 있던 군무해의 내부가 큰 요동을 일으켰고, 곧 붉게 달아올랐던 안색이 제 빛깔을 찾았다. 담우소가 수장에서 힘을 뺀 것만으로 군무해는 산산이 흩어졌던 하단전의 진기를 모아 순행시키는 데 성공한 것이다.

"후욱!"

한차례의 호흡과 함께 다시 신광을 되찾은 눈에 피투성이가 된 얼굴을 들어 군무해가 담우소를 올려다봤다.

"넌 지금 실수하는 것이다."

"실수?"

"지금 당장 날 죽이지 않는다면 오늘의 일을 반드시 복수할 거란 뜻이다."

"그럼 나는 즐거운 마음으로 그날을 기다려야겠군."

의혹이 가득 담긴 군무해의 눈빛이 주는 압박에도 불구하고 잠시 여유를 둔 채 그의 내력이 흐르는 행로[行功] 중 일부를 훔치는 데 성공한 담우소가 히죽 웃었다.

"지금부터 나는 군 형의 머리에서 손을 뗄 것이오."

"……."

"그때 날 공격하고 안 하고는 전적으로 군 형에게 달려 있소. 어차피 날 공격해 봤자 결과는 마찬가지겠지만."

스윽!

군무해의 머리에서 손을 뗀 담우소의 신형이 바람처럼 뒤로 물러섰다. 만약 이때를 노려 군무해가 손을 썼다면 당장에 담우소의 신형은 대여섯 개로 분산됐을 것이다.

그러나 쌍수 가득 운집되어 있던 내력을 군무해는 펼쳐 내지 않았다. 아니, 펼쳐 낼 수 없었다. 환상처럼 신형을 뒤로 뺀 담우소의 식지(食指) 끝이 가리키는 방향 때문이었다.

'구미(鳩尾), 거궐(巨闕), 유문(幽門)……. 하나같이 내 하단전의 진기가 움직이는 길목이다.'

그랬다. 군무해가 읊은 혈도들은 모두 군무해의 독문내공 심법인 파뢰심공(破雷心功)을 운기할 시 진기가 반드시 통과해야 하는 길목들이었다.

따라서 내가의 기공을 몸 밖으로 배출하기 위해선 반드시 단전에서 시작된 진기가 먼저 체내를 돌아야 하니, 만약 누군가 그 길목을 선점한다면 오직 패배만이 있을 뿐이었다.

우둑!

군무해의 양 주먹이 수십 마리나 되는 지렁이를 만들어냈다. 내공뿐 아니라 외공 역시 상당한 수준에 올랐음을 보여주는 모습이었다.

그리고 완벽한 균형을 자랑하는 어깨를 떨기를 촌각여.

신광이 번뜩이던 눈에서 힘을 뺀 군무해의 고개가 결국 땅바닥으로 떨어졌다.

"당신은 확실히 강하오. 나는… 패배를 인정하겠소."

담우소의 입가에 매달려 있던 미소가 소리없이 사라졌다. 천천히 고개를 끄떡이며 그가 말했다.

"이제야 군 형과 제대로 된 대화를 나눌 수 있겠구려."

잠시의 침묵 끝에 군무해가 입을 열었다.

"방금 전 당신은 내 일을 돕겠다고 했소. 나는 자세한 실명을 듣고 싶소."

주변을 한차례 둘러본 후 담우소가 말했다.

"어젯밤 떼어놨던 날파리들이 하나둘 몰려들기 시작한 듯한데, 우리 자리를 옮기는 게 어떻겠소?"

"날파리?"

몰래 운기하여 내력을 귀에다 모은 군무해의 안색이 가볍게 변했다. 주변을 종횡하고 있는 산바람 사이로 미세한 소음이 섞여 있음을 깨달은 것이다.

*　　　　*　　　　*

세간에 알려진 바와 달리 혈봉황단의 봉황안은 한 군데가 아니었다. 적어도 대여섯 개가 넘었다.

뼛속까지 정보 전문가인 고구는 절대 사람을 믿지 않았고, 아홉 개의 굴을 파놓는 교활한 여우처럼 몇 개나 되는 봉황안을 만들어놓았다.

그중 동창 시절부터 뼈 빠지게 남의 약점을 물고 늘어져 모은 금은주보(金銀珠寶)를 모아놓은 최후의 거처에 고구는 지금 몸을 숨기고 있었다.

분열된 광명신교의 삼천이지 중 군마지 제일의 정보 집단인 혈봉황단의 당당한 수뇌로서 이런 두더지 같은 신세가 된 까닭은 무엇일까?

군이 원인을 찾자면, 다양한 정보를 끌어 모으는 데는 일가견을 가지고 있었지만 분석 따윈 할 필요가 없었던 정보계의 타성에 고구가 물들었다는 점을 들 수 있을 터였다.

여태까지 천하로부터 걷어들인 수없이 많은 정보들을 분류하고 상부에 보고하는 일만으로도 혈봉황단의 인력은 쉴 틈이 없었다. 그리고 그런 상황에서 걷어들인 정보를 하나하나 분석한다는 건 확실히 지난한 일이긴 했다.

하지만 요즘 들어 벌어진 일련의 사건들은 그런 점을 감안하더라도 고구에겐 불가사의에 가까운 일이었다. 삼천이지로 나뉘었다지만 서로의 세력을 염탐할 뿐 움직임을 보이지 않던 세력들이 갑자기 활발한 움직임을 보이기 시작한 것이다.

'위험해! 위험해!'

동창 시절부터 몇 차례나 사지(死地)를 건너는 동안 발달한 육감이 보내는 위험 신호를 고구는 무시할 수 없었다. 며칠 전만 해도 정체 불명의 사내에게 목숨을 잃을 뻔했던 것이다.

그 즉시 갑(甲)조 비상령을 내려 전령들과 그림자들을 점 조직망으로 바꾸고 깊디깊은 굴속에 몸을 웅크린 고구는 그래서 한동안 몸을 숨긴 채 사태의 추이를 지켜볼 요량이었다. 대세를 움직이고 있는 배후의 검은 손이 꼬리를 드러낼 때까지는.

끼이익, 끼이익……

상념은 끝이 없었으나 고구는 느긋한 표정으로 마른 장작개비 같은 몸을 특수하게 제작된 흔들의자에 기댄 채 눈을 반쯤 감고 있었다.

평생을 다리 짧은 평상 앞에서 보내다 보면 관절염과 요통은 필연적으로 따라붙게 마련이다.

동창에서 쫓겨나 광명신교에 투신한 후 혈봉황단주로 출세하자마자 마련한 흔들의자는 그래서 고구의 가장 큰 보물이었다. 항상 바늘 끝처럼 긴장해 있는 삶이지만, 흔들의자에 몸을 맡길 때만큼은 마음이 흐물흐물하게 녹아내렸다.

'도대체 그런 낮도깨비 같은 녀석이 어디에서 튀어나온 것일까? 비록 철혈대주의 강압에 못 이겨 사자(使者)의 방문을 허락하긴 했지만, 천령단을 맡고 있는 뇌음사의 비위를 거슬릴 수는 없는 노릇이었다. 그래서 귀염둥이 몇을 사지로 내몰면서까지 보안에 신중을 기했으니 천령단의 실수는 아닐 게 분명하고. 설마 하니 정파나 황실에서 보낸 고수인가?'

나른하게 풀어져 있던 고구의 눈빛이 잔광을 뿌렸다. 문득 떠오른 것이지만 정보 전문가의 판단에 우연이란 있을 수 없었다. 어떤 일이든 정보를 미세한 부분까지 파고들어 가면 필연적으로 그리될 수밖에 없었음을 알 수 있는 것이다.

그런데 며칠 전 봉황안을 습격했던 인물의 등장은 너무 뜻밖이었다. 마치 하늘에서 떨어지고 땅바닥에서 솟은 듯했다. 천하의 절정고수 중 모르는 이가 거의 없는 고구인데 출신 내력이나 무공 내력조차 파악할 수 없었다.

'그렇기 때문에 나는 두려웠다. 알 수 없는 것, 파악할 수 없는 것만큼 정보를 다루는 자에게 두려운 것은 없으니까. 그리고 그래서 시간을 벌기 위해 녀석과 협상까지 했던 것인데…….'

강호에 새롭게 등장한 신진고수들에 대한 자료를 뒤졌던 며칠간을 떠올리며 고구는 고개를 흔들었다. 자신도 모르는 새 평생 자부하던 정보권역에 구멍이 뚫려 버린 것이다.

따라서 고구가 마천루의 난 이후 문호를 꽁꽁 닫아건 정파의 몇몇 대문파들과 항상 광명신교를 견제해 왔던 황실을 향해 의심의 사유를 넓혀가고 있을 때였다.

'응?'

고구는 자신의 온몸을 물에 젖은 솜처럼 만들어놓은 흔들의자의 소음이 멈춘 걸 눈치 챘다. 그저 조그만 미풍이나 꿈틀거림만 있어도 제 스스로 움직임을 보일 정도로 정교한 의자가 거짓말처럼 움직임을 멈춘 것이다.

그리고 촌각을 천 분의 일로 나눈 찰나의 순간!

의자의 손잡이에 부착된 특수 장치를 더듬어가던 고구가 미간을 좁히며 행동을 멈췄다. 이미 시퍼런 광채를 번뜩이는 기형의 검인이 목젖을 짓누른 상태였다.

"놀랍… 군."

고구는 재빨리 저항을 포기했다. 극비 중 극비인 이곳까지 알아냈을 정도면 상대는 이미 자신에 대해 완벽하게 파악하고 있으리란 판단이었다.

"이렇게 하면 되는 거요?"

고구가 스스로 두 손을 하늘로 치켜 올리자 목젖을 짓누르고 있던 기형의 장검이 소리없이 물려졌다. 살수는 아니라는 고구의 판단대로였다.

그러나 정보계의 백전노장이 자신의 안방에서 당하기만 한대서야 체면이 서지 않았다.

스윽!

하늘로 치켜 올렸던 고구의 손가락이 놀라운 속도로 머리를 들쑤셨고, 뒤이어 집어 든 독침을 막 천지사방으로 뿌리려던 찰나였다.

"서, 설마!"

하늘에서 떨어지는 유성과 같은 검광의 뒤편. 은은한 촛불에 모습을 드러낸 초생달 모양의 면구를 쓴 사내가 하얗게 이빨을 드러내고 있었다.

제53장 철혈대의 오대고수

지금으로부터 이백 년 전의 일이다.

현재는 천하마도를 완전히 제압한 상태인 광명신교는 그때만 해도 상당히 폐쇄적인 종교 집단이었다. 혹자는 광신의 극치를 보여주는 사교 집단이란 극언도 서슴지 않을 정도로 광명신교의 폐쇄성은 세인들의 혐오감을 살 정도였다.

그런 광명신교에서 반란이 일어나 십만대산의 본산이 불타는 전무후무한 일이 발생했다.

반란의 수괴는 전대 명존의 대제자이자 당시 명존의 사형이었다. 본래 뛰어난 인재였으나 편협한 성격 때문에 사제에게 밀린 그는 마도의 제문파들을 감언이설로 끌어들여 본산을 친 것이다.

때문에 그 당시 광명신교는 역사상 다시없을 피를 피로 씻는 마도대전을 치러야 했는데, 그때 반란 세력들을 무자비하게 척살한 집단이 있었다.

　―초생달 모양의 귀면을 쓴 죽음의 사자들!

　마도의 제문파들을 탐욕으로 광분케 했던 광명신교 본산의 만무만
서각(萬武萬書閣)에서 무공을 익히고 온몸의 잠력을 격발시키는 마령
신단을 복용한 그들은 폭풍 그 자체였다.

　명존이 지켜보는 앞에서 피를 나눠 마시고 일 년 후!

　당시 최강의 마도방파 십여 곳이 연합해 만들었던 마도연합 혈천마
맹(血天魔盟)을 처절히 짓밟은 건 시작에 불과했다.

　반란을 일으켰던 당사자들은 물론이거니와 소속 문파 전체가 멸문
을 당했고, 그들과 관계를 맺었던 자들마저 십 년에 걸친 추격 끝에 모
조리 죽었다.

　그 와중에 몇몇 정파의 대문파들이 지나친 살육을 문제 삼았으나 서
슬 퍼런 사신들의 혈풍을 가로막기엔 그들의 힘이 너무 미약했다.

　그만큼 사신들의 힘은 막강했고, 후일까지 광명신교란 이름을 정마
를 떠나 두려워하게 만드는 전설이 됐는데, 그들을 이끌던 우두머리를
일컬어 월아귀면이라 불렀다.

　다른 사신들과 달리 그만은 피의 혈사가 끝난 후에도 끝내 정체가
밝혀지지 않았고, 그저 쓰고 다니던 초생달 모양의 귀면만이 인구에 회
자되었던 것이다.

　'그런데 신교가 삼천이지로 나뉜 이 상황에서 다시 월아귀면이 등장
하다니! 서, 설마 하니 신교에 위기가 닥치면 다시 돌아오리라던 월아
귀면의 전설이 사실이었단 말인가?

고구는 하얗다 못해 창백할 정도인 안색을 부들거리며 떨었다. 지나칠 정도로 월아귀면의 전설에 대해 잘 알고 있기에 공포심은 더욱 크게 다가왔다.

그런 고구를 바라보며 월아귀면이 음울한 목소리를 냈다.

"너는 월아귀면에 대해 알고 있는 것이냐?"

초생달 모양과 더불어 생동감 넘치는 악귀상이 그려진 면구의 주인다운 목소리랄까?

후둘 하고 어깨를 떤 고구가 다음 순간 흔들의자에서 내려와 오체투지하듯 고개를 땅바닥에 박았다.

"얘, 얘기만 들었습니다."

"그래?"

반문과 동시에 고구를 향하고 있던 기형의 검인이 질풍같이 내실 안을 몰아쳐 대여섯 개나 되는 촛불을 모조리 꺼버렸다. 그리고 사신처럼 어둠 속에 모습을 숨긴 월아귀면이 귀신과 같은 안광을 번뜩였다.

"그렇다면 본좌가 어째서 다시 모습을 드러냈는지도 알고 있으렷다?"

"……."

고구의 새하얀 얼굴로 구슬 같은 땀이 흘러내렸다. 지독한 공포가 그의 조직적인 두뇌를 얼려 버린 듯했다.

그러자 월아귀면이 다시 안광을 번뜩였다.

"신교의 모든 정보를 관장한다는 혈봉황단의 책임자란 녀석이 이만한 일로 말을 더듬는 것이냐!"

콰직!

어둠 속에서 어떤 일이 벌어진 것일까. 고구가 애지중지하던 흔들의

자가 저절로 박살났다. 마음속 가득 의심병을 키우고 있던 고구로선 움찔하지 않을 수 없었다.

'위험하다!'

최후의 최후까지도 의심을 하고 보는 게 정보 전문가가 될 수 있는 첫째 조건이었다. 하루에도 몇십 차례나 수없이 많은 정보들 중 진짜를 걸러내려면 어쩔 수 없는 선택이었다.

그러나 그런 것도 절대적인 생명의 담보가 보장된 상황에서나 행할 수 있는 일이었다.

몇 가지나 되는 비밀 병기를 장치해 놨던 흔들의자가 박살나자 고구는 더 이상 잔머리를 굴리고 있을 여력이 없었다.

퍽! 퍽! 퍽!

연달아 이마를 내실 바닥에 박으며 고구가 말했다.

"저는 그저 천하의 정보를 모아 상부에 올려 보내는 일을 담당하고 있는 하급의 인물로서 귀인께서 어찌 모습을 보이셨는지 알 도리가……."

"시끄럽다."

"예?"

"그 입 다물란 소리다."

음울해도 지나칠 정도로 음울했다. 까딱하면 자신의 머리통이 날아가겠다는 생각에 고구가 얼른 입을 다물었다.

월아귀면이 어둠 속에서 말했다.

"네 녀석은 명존을 어떻게 생각하느냐?"

눈앞의 월아귀면이 이백 년 전의 사신일 리는 없지만, 등골을 섬뜩하게 하는 살기는 현실이었다.

생명을 걸어야 할 질문을 앞에 놓고 허튼수작을 부릴 수는 없다고 생각한 고구가 정색한 채 말했다.

"신교의 수호자시여! 비록 이 몸이 신교의 순혈을 받은 자는 아니지만 명존에 대한 충성심은 변함없습니다!"

월아귀면의 목소리가 다소 누그러졌다.

"그럼 지금 당장이라도 명존을 위해 죽을 수 있단 뜻이냐?"

'성공이다!'

내심 환호성을 터뜨린 고구가 떨리는 목소리로 말했다.

"과거 동창의 비밀 무사들에게 쫓겨 죽음 직전까지 갔던 목숨을 살려준 게 바로 명존이십니다! 어찌 지금 와서 목숨을 아깝다고 하겠습니까!"

고구는 어느새 흐느껴 울고 있었다. 충성으로 똘똘 뭉친 인간의 전형을 보여주는 듯한 모습이었다.

그러나 어둠 속에서 그 모습을 지켜보고 있던 월아귀면은 흐릿한 조소를 던질 뿐이었다.

"흥, 그렇게 충성스런 녀석이 어찌 신교를 배반하고 스스로 자립하려 했느냐?"

"그, 그건……."

말은 못하고 진땀만 뻘뻘 흘리고 있는 고구를 노려보며 월아귀면이 말했다.

"너는 굳이 간교한 세 치 혀를 놀릴 필요가 없다."

챙그랑!

떨어진 건 평범한 모양의 단검이었다. 진땀의 양이 두 배로 많아진 고구가 상반신 전체를 떨며 말했다.

"귀, 귀인의 뜻은?"

월아귀면이 냉정하게 말했다.

"팔 하나만 끊어라."

고구가 이마를 다시 내실 바닥에 박았다.

"혈봉황단주 고구! 귀인의 배려에 감사드릴 뿐입니다."

말이 끝나기도 전이었다. 단검을 집어 든 고구가 전혀 망설이지 않고 자신의 왼팔을 끊었다. 오직 피로써만 배신의 죄를 용서받는 광명신교 천 년의 율법대로였다.

"크윽!"

어둠을 물들인 피의 향연을 무심히 지켜보던 월아귀면이 그제야 손을 써 다시 촛불에 불을 붙이곤 품속에서 하나의 패를 꺼내 들었다.

"혈봉황단주 고구는 명을 받들라!"

"오오!"

곧바로 혈도를 막아 지혈을 했다곤 하지만 일시에 팔 하나가 잘린 터였다. 가뜩이나 하얀 얼굴이 아예 혈색 하나 보이지 않게 된 상황임에도 고구는 입을 딱 벌렸다. 그리고 밤의 정적을 깬 오체투지가 이어졌다.

"속하 고구가 성화령의 존체를 뵈옵니다!"

월아귀면이 엄숙한 목소리를 냈다.

"이제부터 본좌가 내리는 명을 너는 잘 들었다가 후일 그대로 시행할지어다."

"조, 존명!"

달리 선택할 길이 없어진 고구의 목소리는 드높기만 했다.

잠시 후.

봉황안을 빠져나온 그림자는 하늘의 월광을 순식간에 따돌려 버렸다. 얼핏 모습을 드러내자마자 그는 마치 어둠 그 자체에 녹아내리듯 땅속으로 모습을 감췄다.

한참이 지나 그림자가 다시 모습을 드러낸 건 봉황안으로부터 대략백 장쯤 떨어진 산속이었다. 기껏해야 이각이 조금 넘는 시간 만에 그는 땅속을 백 장이나 가로지른 것이다.

"푸하!"

지상으로 빠져나오자마자 얼굴에 쓰고 있던 월아귀면을 벗어 든 담우소는 날카롭게 주변을 살폈다. 혹시라도 그림자가 따라붙었는지를 파악하려는 것이었다.

그러나 들려오는 소리라곤 날짐승들의 푸드덕거림 정도가 다였고, 추격자의 숨 죽인 움직임은 전혀 포착되지 않았다.

담우소로서 봉황안을 찾았을 때와 월아귀면에 성화령주의 신분을 한 채 찾은 때는 이렇게 대접이 달라도 너무 달랐다.

'제길! 역시 명존 늙은이의 말은 한 치의 오차도 없군. 만약 이 귀신껍데기 같은 면구를 쓰고 으르지 않았다면, 성화령을 내보였다 해도 그 기분 나쁜 능구렁이 녀석은 이렇게 쉽게 포섭되지 않았을 거야.'

처음 담우소가 봉황안을 습격한 건 그저 얼마 안 되는 정보나 빼내려는 게 아니었다. 돌아가는 정세를 살피며 지속적으로 혈봉황단의 도움을 받을 생각이었다.

따라서 첫 번째로 고구를 제압했을 때 몰래 천리향(千里香)을 뿌려놨고, 이번에는 명존 엄철극이 들려준 월아귀면의 전설을 이용해 잔뜩 겁을 주는 데 성공한 것이다.

'하지만 이번 한차례의 고생으로 능구렁이 한 마리와 우직한 곰 한 마리를 동시에 사냥하게 됐으니 손해를 보지는 않았다고 해야겠지?'

목전에서 초형마검이 살기를 뿜어내고 있는데도 연신 눈알을 굴려 대던 고구를 생각하며 나직이 혀를 찬 담우소가 눈앞으로 보이는 천존봉을 향해 바람처럼 날아올랐다. 벌써 사흘째 땅속에서 귀식지법과 토둔의 술 연마에 구슬땀을 흘리고 있을 소여영에게 생각이 미친 것이다.

*　　　　*　　　　*

차차차창!

도기검광이란 말은 이런 데 쓰이라고 만들어졌다는 걸 주장이라도 하고 싶은 것일까?

군무해의 주변은 온통 시퍼런 도기와 검기가 회오리치고 있었다. 한 번에 네 명씩, 전후좌우 네 방향에서 목숨을 도외시한 필살의 습격이 끊임없이 이어지고 있는 것이다.

하지만 월등한 기량의 차이를 보여주며 군무해의 손에 들린 쌍도는 순간 철벽을 이뤘고 주변을 물들이던 도기검광은 일시에 산산조각나 사방으로 흩어졌다.

군무해에게 있어 네 명의 그림자를 베는 데 일격 이상은 필요하지 않았다.

그러자 인성을 모조리 배제한 그림자라 해도 공포를 느끼지 않을 수 없었다.

정확히 사십 번의 칼질이었다.

어느새 그림자 부대 하나를 완전히 박살 낸 군무해의 신위에 질린 그림자들이 주춤거리며 뒤로 물러서기 시작했다.

기껏해야 이, 삼류급 인물들만 겪어봤던 그들로선 패도무적의 막강한 신위 앞에 기가 질리지 않을 수 없었으리라!

강자답게 대지에 다리를 꼿꼿이 붙인 채 주변을 오연히 쳐다보던 군무해가 벽력같은 대갈을 토해냈다.

"고구! 이 개 같은 녀석아! 숨어 있지 말고 당장 모습을 보여라!"

산천초목을 벌벌 떨게 했다던 초패왕 항우의 역발산기개세(力拔山氣蓋世)를 연상시키는 모습이요, 위용이었다.

더욱 겁에 질린 그림자들의 전열이 흐트러지자 멀리서 나직한 웃음소리가 들려왔다.

"하하, 혈봉황단주는 자신의 그림자들을 목숨조차 도외시하는 살인기계들이라 자랑했지만, 천하의 패도무적에게 걸리자 한 떼의 겁에 질린 양 떼들로 바뀌고 말았구려?"

"으음, 그, 그렇군요."

뒤이어 들려온 나직한 신음 소리가 끝나기도 전이었다. 군무해를 이중삼중으로 둘러싸고 있던 그림자들 중 일각이 무너졌다. 목소리 주인들의 등장이었다.

'저자가 어떻게?'

기세등등하던 군무해의 미간으로 주름 하나가 잡혔다. 나타난 두 사람 중 한 명이 담우소였던 것이다.

'도대체 이게 어떻게 된 일이지?'

군무해가 눈빛으로 묻자 담우소가 느긋한 웃음과 함께 옆에 굽신거리며 서 있는 고구에게 말했다.

"세상에서 가장 무서운 것은 오해가 아니겠습니까? 비록 철혈대주의 사신 자격으로 온 군 형에게 실례를 범하긴 했지만, 그것은 모두 천령단에서 보내온 살수들의 이간책 때문에 벌어진 일입니다."

"그렇지요, 그렇지요."

"그러니 고 형께서는 이번 일을 너무 괘념치 말고 얼른 수하들을 물리고 군 형과 인사를 나누도록 하시지요."

기름이 흐르듯 매끄러운 말솜씨였다. 옆에서 연신 고개를 끄떡이고 있던 고구가 익숙한 손짓으로 그림자들을 물리고, 잔뜩 눈살을 찌푸리고 있는 군무해에게 달려갔다.

"이거이거, 실례가 이만저만이 아닙니다."

"……."

"혹시 제 우둔한 수하들의 검에 상처라도 입지 않으셨는지?"

뒤에서 연신 손짓을 해 보이고 있는 담우소를 힐끔 바라본 군무해가 무뚝뚝하니 말했다.

"저들의 숫자가 설혹 두 배가 넘는다 해도 내 몸에는 상처를 입힐 수 없을 것이오."

'흥, 그럼 후일 기회가 올 때는 세 배를 보내주마!'

주변의 풀숲을 온통 붉게 물들여 놓은 건 그림자들의 피였다. 시체야 이미 치워졌지만, 도대체 몇이나 되는 그림자들이 목숨을 잃었을지 짐작조차 되지 않았다.

내심 치밀어 오르는 흥심을 애써 감추며 고구가 어색한 웃음을 지어 보였다.

"헤헤, 철혈대 오대고수의 위명은 이미 귀가 따가울 정도로 들었습니다만, 실제로 그 위용을 보니 과연 대단하십니다!"

"흥!"

싸늘한 냉소와 함께 군무해가 담우소에게 고개를 끄떡여 보였다.

"담 형, 급조시킨 청룡도치고는 무게가 적당하고 베는 맛이 있었소이다."

"그런가요?"

입가에 옅은 미소를 띤 채 담우소가 말했다.

"어쨌든 대충 오해는 풀린 듯하니, 우리 이만 자리를 옮기는 게 어떻겠습니까?"

"좋소이다."

"좋지요."

서로 간에 마음속으로 앙앙불락하던 모습과는 달리 군무해와 고구는 얼른 대답하고 나섰다. 딱히 서열을 매기지 않더라도 세 사람 중 누가 우두머리인지 충분히 짐작할 수 있는 모습이었다.

사흘 후.

삼왕봉의 봉황안―몇 번째 봉황안인지는 차치하고―에서 철혈대가 있는 뇌격봉으로 출발한 일행은 오십여 명이 넘었다.

앞에는 담우소와 군무해, 그리고 전령으로서의 신원이 복원된 소여영이 서 있었고, 뒤에는 고구의 오른팔로 불리는 철봉황(鐵鳳凰) 전영화(全榮華)가 따랐다.

그리고 철봉황 전영화가 혈봉황단의 부단주 격인 그림자 부대의 대장이니, 주변에 오십 명의 그림자 부대가 따르는 건 당연한 일이랄까?

지금까지 삼왕봉과 뇌격봉 사이를 이리저리 쫓겨 다니던 담우소 일행에겐 과거를 떠올리기 싫을 정도로 위풍당당한 행렬이었다.

발랄한 모습과 달리 그동안 무적(無籍)의 신분이 된 탓에 마음 고생이 심했던 소여영이 담우소 옆에서 촐랑거렸다.

"사부님, 사부님!"

"또 뭐가 궁금한 것이냐?"

담우소의 퉁명스런 대꾸에 소여영이 혀를 낼름 내밀었다.

"사부님은 제 뱃속의 회충 같아요. 어찌 제 마음을 그리 잘 읽으시지요?"

"네 녀석은 무언가 바라는 것이 있을 때가 아니면 애교를 떨지 않는 천생이 아니냐? 지금은 배가 고플 때도 아니고 걱정하던 배신자의 낙인도 지워졌느니만치 질문할 게 없으면 네 녀석이 무엇 하러 이 사부를 불렀겠느냐!"

"헤헤, 사부님 말씀이야 항상 옳지요."

담우소가 물었다.

"그래, 무엇이 또 그렇게 궁금한 것이냐?"

"그게……."

소여영이 배후에 선 전영화를 힐끔 바라봤다.

역시 이목구비가 뚜렷한 게 미녀라 할 만한 외모에 어울리지 않게 냉막무쌍한 표정을 하고 있는 전영화에게 시선을 던진 담우소가 말했다.

"어떻게 내가 며칠 사이에 능구렁이 같은 네 상관을 구워삶았는지가 궁금한 것이냐?"

소여영이 얼른 고개를 끄떡였다. 눈빛이 초롱초롱한 것이 한 마리 귀여운 토끼 같은 모습이었다.

그러나 다음 순간 담우소는 히죽 웃곤 매정히 고개를 돌려 버렸으니, 잔뜩 울상이 된 소여영이 발을 동동 굴렀다.

"사부님은 또 그러신다!"

담우소가 무심히 말했다.

"혈봉황단의 영역을 벗어나면 바로 천령단 살수들의 습격이 있을 것이다. 떠들 기운이 있으면 체력을 비축하는 데나 신경 쓰도록 해라."

"이잉!"

여전히 발을 동동 구르는 소여영의 뒤쪽에서 싸늘한 목소리가 흘러나왔다.

"이번에 따라나선 그림자 부대는 혈봉황단 최정에 부대입니다. 설혹 천령단의 습격이 있다 해도 귀인들께서는 전혀 걱정할 필요가 없습니다."

문득 군무해가 고개를 돌려 전영화를 뚫어지게 쳐다봤다. 그녀의 말투 속에 자신과 같은 동류의 자부심이 깃들어 있음을 눈치 챈 것이다.

완전히 제삼자의 위치가 된 담우소가 느긋한 표정으로 말했다.

"그렇다면야 나는 좋지요. 그럼 어떤 신교의 무투 조직에게도 뒤지지 않는다던 철봉황이 이끄는 그림자 부대의 활약을 지켜보도록 할까요?"

"믿고 맡겨주십시오."

담우소를 향해 고개를 숙여 보인 전영화가 역시 군무해를 쳐다봤다. 그녀 역시 군무해와 비슷한 이유 때문이었다.

 *   *   *

뇌격봉의 중턱.

이미 그림자 부대의 숫자는 이십으로 줄어들어 있었다. 그나마도 철봉황 전영화가 맹호와 같은 활약을 보이지 않았다면 그 숫자는 절반 이하로 줄어들었을 게 분명하다.

그러나 몇 차례나 계속된 습격 중에서도 담우소는 처음의 공언대로 팔짱을 낀 채 전혀 손을 쓰지 않았다. 안하무인의 대명사인 군무해조차 팔을 걷고 나섰음에도 불구하고.

그런 담우소의 눈에 감탄의 기색이 떠올랐다.

뇌격봉은 내곤륜의 수천 개 봉우리 중에서도 험난함으로 첫째, 둘째를 다투는 곳이었다.

보통 중원의 산이 둥그스레하고 기기묘묘함을 자랑하는 데 반해 뇌격봉은 흡사 한 자루의 칼날을 보는 듯했다.

보이느니 깎아지른 듯한 절벽이요, 무서리쳐지는 살기가 감도는 암석투성이의 조합이 그런 느낌을 받게 만들었다.

그런데 그 중턱에 조그맣게 보이는 광경은 웅자늠연한 일군의 전각들이었으니, 한참이나 떨어진 십만대산의 본산에 버금갈 정도로 불가사의한 광경이라 하지 않을 수 없었다.

"철혈대는 참 특이한 곳이군."

담우소의 촌평에 군무해가 어깨를 으쓱해 보였다.

"근처의 산중에서 강한 무사를 양성하기에 뇌격봉 이상의 곳은 없소이다."

근자의 혈전으로 입고 있던 흑의 경장 전체가 온통 피비린내로 절어 버린 전영화가 문득 맞장구쳤다.

"분명 무사들을 수련시키기에 이만큼 좋은 조건은 없겠군요."

"역시 전 대장이 무언갈 아는구려."

며칠간의 혈전을 함께 치러낸 끈끈한 감정의 발현이었을 것이다. 군무해가 고개를 끄떡이자 전영화의 냉랭하던 입가로 흐릿한 미소가 떠올랐다.

"저 역시 혈봉황단에 배속되기 전 한때나마 철혈대를 꿈꾸었던 때가 있었습니다."

주변을 둘러보느라 정신이 없던 소여영이 나직이 소리쳤다.

"아아, 그건 참 안타까운 일이네요."

뇌격봉에서 시선을 뗀 담우소가 물었다.

"뭐가 안타깝다는 것이냐?"

"헤헤, 만약 대장님이 철혈대에 들어갔다면 철혈대의 오대고수가 육대고수로 됐을 테니, 그게 애석하단 말이에요."

전영화가 얼른 입가에 감돌던 미소를 지웠다.

"전령 삼백오십팔호! 그런 방자한 말은 혈봉황단에 대한 배신 행위다!"

소여영이 겁에 질린 얼굴로 얼른 고개를 조아렸다.

"죄송합니다, 죄송합니다!"

곁에서 그 모습을 마냥 지켜보고 있던 담우소가 슬쩍 참견하고 나섰다.

"전 대장, 이미 혈봉황단과 철혈대는 한 집안이나 다름없이 됐고, 그동안 함께 손 잡고 천령단의 살수들과 싸우질 않았소?"

"그건 그렇지만……."

"아아! 나는 전 대장이 제자 녀석을 혼낸 걸 가지고 뭐라 그러는 게 아니오. 이 녀석은 제대로 된 무인이 되기엔 아직 한참이나 모자라니 주변에서 혼내면 혼낼수록 좋소이다."

"치잇!"

소여영이 입술을 쑥 내밀었다. 아무래도 피가 통하지 않는 것 같은 전영화보다는 담우소 쪽이 대하기 편한 모양이었다.

그러거나 말거나 소여영 쪽은 눈길도 주지 않고 담우소가 말을 이었다.

"내가 이렇게 전 대장이 한 말에 참견한 건 다름이 아니라 군 형이 섭섭해할 걸 염려한 것이오. 내가 보기에 두 사람은 어느새 지기와 같은 정분이 쌓인 듯한데, 이런 하찮은 일로 오해가 생겨서야 곤란하지 않겠느냔 말이오?"

"으음."

"담 형!"

군무해가 곤란한 표정을 지어 보였고 한편에 서 있던 전영화는 냉혹 무쌍하던 얼굴 한쪽을 가볍게 붉혔다. 일시 맹렬한 삭풍이 몰아치는 뇌격봉의 한 켠이 살풍경함을 살짝 벗어던지는 순간이었다.

그러나 그런 상황도 잠시뿐이었다.

스스로도 노총각인 주제에 월하빙인(月下氷人) 노릇을 하며 내심 피식거리고 있던 담우소의 눈가로 이채가 떠올랐다.

뇌격봉으로부터 몇 개의 화전이 연달아 하늘로 솟구쳤다.

'저건?'

언제 홍안의 소년 같은 얼굴을 하고 있었냐는 듯 안색을 굳힌 군무해에게 담우소가 말했다.

"군 형, 해독해 주시오."

"어떻게?"

"그런 게 중요한 게 아니지 않소. 화전이 연달아 쏘아진 걸로 봐서 꽤나 다급한 상황인 듯한데……."

잠시 눈살을 찌푸리던 군무해가 곧 고개를 흔들었다.

"문제가 발생한 건 사실이나 담 형이 걱정할 만큼 대단한 문제는 아닙니다."

역시 화전의 궤적을 눈으로 쫓고 있던 전영화가 끼어들었다.

"대략 백오십 장 정도 떨어진 곳이군요."

군무해의 얼굴에 감탄의 기색이 떠올랐다.

"요 근래에야 완성된 화전 신호를 알아보다니! 역시 혈봉황단의 정보 장악력은 탁월하군요. 맞습니다, 적은 백오십 장 정도 떨어진 곳에서 현재 괴멸당하고 있습니다."

"괴멸을 당하고 있다고요? 화전의 궤적이 각기 좌우로 흐트러진 걸 보면 혼전 중인 듯한데?"

"철혈대에게 있어 싸움 중 패퇴라는 건 있을 수 없는 일입니다. 혼전이라 전하지만 실제론 철혈대의 형제들이 양 떼 속에 뛰어든 늑대와 같이 적들을 도살하고 있다는 뜻일 겁니다."

'흥, 실로 대단한 자부심이로군.'

과거 군무해를 제압하기 위해 소모했던 심력을 떠올리며 담우소는 나직이 혀를 찼다. 이처럼 자부심으로 똘똘 뭉친 사내인 줄 알았다면 애초에 군무해를 포섭할 생각 따윈 하지도 않았을 터였다.

그러나 여심(女心)은 난측(難測)이라 했던가!

그동안 몇 차례나 군무해에게 도움을 받았던 전영화는 좀 전보다 더욱 안색을 붉게 물들였다. 군무해를 자신의 이상형으로 생각하고 있음이 분명했다.

방금 전까지 월하빙인을 자처했던 것과 달리 내심 못마땅하게 그 모습을 지켜보던 담우소가 말했다.

"그런데 화전 신호가 다시 바뀐 듯하구려."

"응?"

전영화에게서 시선을 뗀 군무해의 안색이 변했다. 과연 좌우로 어지럽게 날아오르던 화전들이 일제히 한쪽 방향을 향하기 시작한 것이다.

"저 방향은 어째 우리 쪽인 듯하오만?"

담우소의 말이 끝나기도 전이었다. 사랑에 빠진 아리따운 소저에서 다시 철혈의 여전사로 돌변한 전영화가 주변을 둘러보며 소리쳤다.

"그림자들은 산개하여 다가올 습격에 대비하라!"

언제나와 같은 움직임. 기척도 없이 그림자들이 주변으로 흩어졌다. 겉보기엔 무질서하게 흩어진 듯하지만, 일정한 질서와 연계로 적을 격파하는 방진이었다.

혈전의 와중에서도 수수방관했던 경험을 토대로 그림자들이 펼친 방진의 특성을 정확히 파악하게 된 담우소가 눈살을 찌푸렸다.

"전 대장이 이번엔 실수하는 것 같군."

언제나처럼 마음이 불안해지자 담우소 근처로 다가선 소여영이 눈을 동그랗게 떴다.

"어째서 그렇지요?"

소여영보다 더욱 궁금한 표정이 된 군무해를 외면한 채 담우소가 설명했다.

"여태껏 살핀 바, 저 산개진은 첫째로 적으로 하여금 방심하게 만들고, 둘째로 연계가 이뤄지지 않은 적을 교묘히 자신들의 권역으로 끌어들여 포위 섬멸하는 데 있다."

"와! 지금까지 그런 걸 다 파악하고 계셨어요?"

딱!

"아얏!"

"욘석아! 이 사부가 누누이 말하지 않았느냐. 언제나 주변 상황 살피길 게을리 하지 말라고. 네 녀석은 본래 혈봉황단에 소속되어 있었으면서도 이런 중요한 문제를 등한히 했기에 몇 차례나 죽을 위험에 처한 것이다."

"……."

다시 얻어맞을 걸 두려워했을 것이다. 입술을 비죽거리면서도 다른 때와 달리 얌전히 입을 다문 소여영에게 담우소가 설명을 계속했다.

"그러나 이번만은 상황이 다르다."

'뭐가 다르다는 거지?'

어느새 군무해뿐만 아니라 전영화 역시 주변을 살피는 한편 담우소를 눈여겨보고 있었다. 무엇보다도 담우소의 행동을 살피라던 고구의 명령을 기억해 낸 것이다.

그러자 전영화의 내심을 아는지 모르는지 그녀에게 히죽 미소를 던진 담우소가 눈살을 가볍게 찌푸렸다.

"이거 설명은 일단 뒤로 미뤄야겠는걸?"

'뭐?'

"기습이다!"

경호성과 함께 담우소가 재빨리 수장을 뒤집으며 멍하니 서 있던 소여영 앞을 가로막았다.

휘릭!

"천잠사!"

전영화는 신음처럼 소리쳤다. 그제야 담우소가 우려의 목소리를 냈던 까닭을 깨달은 것이다. 그러나 상황은 이미 돌이킬 수 없을 정도로 전개되고 있었다.

피핑!

피피피피핑!

담우소에 이어 군무해와 전영화 역시 공중을 가르며 날아온 은색 투명한 살인 흉기와 맞서야 했다. 기습은 요격의 기본을 충실히 따르고 있었다.

그리고 군무해와 전영화가 각기 절기를 발휘해 천잠사의 기습을 피해냈을 땐 이미 주변은 아비규환으로 변하고 있었다.

산개해 있던 그림자들은 채 서로 간의 연계를 이루기도 전에 날아든 천잠사에 뎅겅뎅겅 목이 달아났다. 전영화로선 어찌해 볼 틈도 없이 벌어진 일이었다.

그렇게 순식간에 십여 명이나 되는 그림자들이 당했다.

남은 대여섯 명이 드물게 공포의 감정을 눈에 담자 전영화가 으득 이빨을 갈며 냉갈했다.

"상대는 천령단의 은형마사다! 함부로 자리에서 이탈하지 말라!"

'쯧쯧, 이런 상황에서도 부하들의 목숨보다 임무를 중시 여기는 건가?'

일견 당연하다 생각하면서도 담우소는 내심 속이 부글부글 끓어올랐다. 일 년여의 수련에도 불구하고 아직 담우소에겐 밑바닥 시절의 반골 기질이 남아 있었다.

스윽!

지금까진와 달리 담우소가 앞으로 나서자 전영화가 놀라 소리쳤다.

"위험합니다! 귀인께서는 뒤로 물러나 주십시오!"

힐끔.

전영화를 곁눈질한 담우소가 씨익 웃었다.

"전 대장, 그런 말은 수하들에게나 하시오."

피핑!

담우소가 한눈을 판 사이 또다시 천잠사가 파고들었다. 담우소를 우두머리로 지목한 것이다.

그러나 담우소는 쳐다보지도 않고 좌수를 휘둘렀고, 그 순간 햇빛에 노출된 천잠사는 허무하리만치 바닥에 떨어졌다.

좌수에 맺힌 백색 찬연한 기운, 바로 금의 백색 도기였다.

"쯧, 실패한 수법을 또 사용하다니."

번쩍!

다시 백색 도기를 일으켜 단숨에 수십 개나 되는 천잠사를 절단한 담우소가 우수를 주변의 수목군을 향해 격렬히 흔들었다. 목의 교룡목어공(蛟龍木魚功)의 초현이었다.

그리고 그때였다. 맹렬한 기세로 꿈틀거리기 시작한 나무의 기세에 떠밀려 모습을 드러낸 은형마사의 살수들을 덮쳐 가는 자들이 있었다.

'이런!'

아직 담우소의 화후로선 한꺼번에 지뢰오행경 중 두 가지를 시전하기엔 다소 무리가 따랐다.

중단전의 오행지기가 들끓어오르자 재빨리 하단전의 풍뢰경을 일으켜 요혈을 보호한 담우소는 눈살을 찌푸렸다. 눈 깜짝할 새 그의 눈앞에서 대량 학살이 자행된 것이다.

'줄잡아 이십 명은 되는 듯한데, 걸린 시간은 대략 반 각 정도인가?'

도살당한 은형마사를 담우소는 똑똑히 기억하고 있었다. 흑색천사와 더불어 과거 자신을 죽도록 고생하게 만들었던 천령단의 이대 살수 조직 중 하나이기 때문이다.

그런 사신들 이십 명을 고작 반 각 만에 박살 낸 자들은 서로 간에 절대 어울릴 수 없을 정도로 상이한 기질을 띤 한 쌍의 남녀였다.

사내는 대충 사십 대 정도의 연배였다. 금방이라도 주변을 불태울 듯 화기(火氣)가 번뜩이는 삼지창(三枝槍)을 들고 있었는데, 위맹한 모습과 더할 나위 없이 어울렸다. 환생한 장비의 모습이 그러할까.

반면 여인은 이십 대 초반 정도의 갸름한 얼굴에 가무잡잡한 피부를 하고 있었다. 낭창낭창한 녹색 연검을 바닥에 내려뜨리고 있었는데, 필시 극독이 묻은 독검이 분명했다.

'저들은 필시 군무해와 같은 오대고수 중 일원일 것이다!'

경계를 풀지 않으면서도 담우소는 입가에 부드러운 미소를 담았다. 굳이 자신을 드러내지 않고도 남녀의 정체를 파악할 수 있다는 판단이었다.

과연 전영화와 어깨를 나란히 하고 있던 군무해가 앞으로 불쑥 나서며 우렁우렁한 목소리로 말했다.

"철(鐵) 이형, 유(柔) 오매! 어찌 두 사람이 함께 모습을 드러낸 것이오?"

유 오매라 불린 여인이 매서워 보이는 눈꼬리를 살짝 치켜떴다.

"군 삼가야말로 어째서 이제야 돌아온 거예요! 뇌격봉에서 삼왕봉이 천 리 길이라도 되는가요?"

"그게 몇 가지 일이 있었다."

"홍! 군 삼가 정도 되는 고수가 천령단의 버러지 같은 살수 몇 놈한테 고생한 건 아니겠고, 설마 하니 혈봉황단주가 다른 마음을 품은 건 가요?"

"아니다. 그런 게 아니라……"

"그럼, 어째서 혈봉황단주의 곁을 절대 떠나지 않는다는 철봉황이 군 삼가를 쫓아온 거죠?"

유 오매가 표독한 눈빛으로 살아남은 그림자들과 함께 뒤로 물러서 있던 전영화를 노려봤다. 혈봉황단 최강의 고수라 알려진 철봉황의 명성은 그녀 역시 알고 있는 듯했다.

그러자 전영화 역시 유 오매를 지지 않을 정도로 노려봤고, 차가운 살기가 번뜩이기 시작한 두 여고수 사이를 담우소가 히죽거리며 끼어 들었다.

"이런이런, 앞으로 혈맹이 될 사람들끼리 처음부터 싸움을 벌여선 안 되지요. 군 형, 소개 좀 해주지 않겠소?"

군무해는 내심 만나자마자 앙앙불락하는 두 여고수 사이에 끼어 난 감한 기분이었다.

그동안 자신이 겪은 일을 솔직하게 털어놓으면 될 일이지만, 드높은 자존심이 용납치 않았다.

그런데 이런 상황에서 담우소가 선뜻 나서주자 마치 구세주라도 만 난 기분이었다. 우물쭈물하던 표정을 지우고 정색한 군무해가 전음을 발휘했다.

"철 이형, 유 오매. 이분은 담우소, 담 형으로 과거 대주님께 화심인 을 받은 분이십니다."

"아!"

파앗!

유 오매의 입이 경악으로 벌어진 바로 그때였다. 모두와 떨어져 큼지막한 노송에 몸을 기대고 있던 장비 얼굴 사내가 담우소를 향해 번개같이 수중의 삼지창을 찔러갔다.

제54장 다시 만난 두 사람

"철 이가!"

"철 이형!"

유 오매와 군무해는 동시에 버럭 소리를 질렀다. 절정고수인 그들조차 어떤 반응을 보일 수 없을 만큼의 빠르기!

장비 얼굴 사내의 삼지창 일격은 무지막지했다.

하지만 순간적으로 살기가 담기지 않은 일격임을 간파한 것일까. 인후를 노리며 파고든 창끝을 직시한 채 담우소는 미동조차 보이지 않았다.

"우웃!"

오히려 과하게 담겼던 힘을 되돌리느라 어깨를 한차례 부르르 떤 장비 얼굴 사내의 삼지창 끝이 담우소의 인후혈 바로 앞에서 멈춰 섰다.

태연한 눈빛만으로 삼지창이 토해내는 화기를 흩뜨려 버리며 담우소가 말했다.

"훌륭한 창술이오."

격탕된 내력을 돌리느라 가쁜 숨을 한차례 들이쉰 장비 얼굴 사내가 털북숭이 사이로 이빨을 드러냈다.

"소개를 부탁했던가?"

"그렇소이다."

"별호는 열화마창(熱火魔槍), 이름은 철항(鐵沆)이라 한다."

담우소가 고개를 끄떡였다.

"어울리는 별호고 이름이오. 본인은 담우소라 하고, 딱히 정해진 별호는 없소이다."

"자네 정도 되는 고수가 별호가 없다고?"

철항이 고리눈을 꿈틀거렸다. 의심이 가득한 얼굴이었다.

지금까지 보였던 호방한 모습과는 달리 두 여인 사이에서 안절부절 못하는 얼굴을 하고 있던 군무해가 얼른 끼어들었다.

"그건 소제가 설명하겠습니다."

철항의 고리눈이 군무해를 향했다.

"말해 보아라."

군무해가 말했다.

"담 형은 방금 말했던 바와 같이……."

"했던 말을 또 할 필요는 없다."

"예, 그렇지요. 그렇기 때문에 대주님께서 정해주신 특수 임무를 수행하느라 지금껏 세상에 명성을 날릴 기회가 없었던 것입니다."

철항의 시선이 담우소를 향했다.

"그 말이 사실인가?"

담우소가 어깨를 으쓱해 보였다.

"사실인 것 같소."

그리고 유 오매를 향해 눈짓했다.

"그런데 철 형의 존성대명은 들어 알겠는데, 저기 유 소저의 방명은 어찌 되시는지요?"

철혈대의 오대고수 중 셋을 앞에 둔 상황이었다. 설혹 철석간담을 지녔다 할지라도 표정이 변할 만했다.

그런데 담우소의 태도는 그저 능글맞을 뿐이었다. 언제 놀랐냐는 듯 내뱉었던 신음을 도로 삼킨 유 오매가 냉랭한 목소리로 말했다.

"대주님의 심복님께 결례를 범할 순 없는 노릇이겠죠? 제 이름은 유소빈(柔素彬), 별호는 백독마녀(百毒魔女)라 해요."

옆에 서 있던 군무해가 얼른 설명을 덧붙였다.

"담 형, 유 오매의 백독수라검법(百毒修羅劍法)은 묘강 지역에선 무적으로 불리는 절기지요."

'어쩐지 피부가 중원인답잖게 까무잡잡하다 했더니, 묘강인이었군. 그런데 저 군무해란 녀석한테 여자를 붙여주려던 계획은 아무래도 수정이 불가피하겠군.'

이때 주변의 이목은 온통 담우소에게 집중된 상황이었다. 은형마사의 살수들이 모두 처리된 상황에서 느닷없이 철항이 보인 행동 때문이었다.

그런데 전영화만은 주변의 다른 사람들과 달리 담우소가 아니라 군무해 쪽을 자꾸 힐끔거리고 있었다. 느닷없이 등장한 유소빈이 무척이나 신경 쓰이는 게 분명했다.

삼각관계를 이룬 군무해 등을 한차례씩 바라본 후 내심 피식 웃은 담우소가 말했다.

"이 사람은 대주님의 명령을 마치고 돌아오던 중 어려움을 만났는데, 우연찮게 군 형을 만나 도움을 받았습니다."

"그랬군요."

"덕분에 군 형이 일을 처리하는 시간이 늦어졌으니, 두 분께서는 이 사람을 탓하기 바랍니다."

철항과 유소빈을 향해 담우소가 연신 고개를 숙여 보였다. 어떻게 보든 예의 바르고 깍듯한 모습이었다.

그러자 여인들의 신경전에 정신을 빼앗기고 있다 담우소가 자신을 치켜세우는 걸 막지 못한 군무해의 안색이 붉게 달아올랐다. 담우소가 자신의 체면을 세워주려 한다는 걸 깨달은 것이다.

우직한 성격인 군무해가 다른 소리를 할까 봐 얼른 그에게 눈짓을 던진 후 담우소가 철항에게 말했다.

"그런데 어찌 천령단의 살수 따위가 철혈대의 영역 안을 활보하고 다니게 되었습니까?"

송충이같이 굵직한 눈썹을 역팔자로 만들며 철항이 냉소했다.

"흥, 그야 더러운 광명우사 녀석이……."

유소빈이 슬쩍 말을 막고 나섰다.

"철 이가, 이곳은 이목이 너무 많아요. 더 이상 화전이 날지 않는 걸로 봐서 일단 상황은 종결된 것 같으니 본 대로 돌아가도록 하죠."

"이곳은 뇌격봉이다. 뭐가 겁난다는 것이냐?"

"제가 언제 겁이 난다고 했죠?"

"네가 방금 그렇게 말하지 않았느냐!"

한눈에 평소부터 두 사람의 사이가 나빴다는 걸 알 수 있는 모습이었다. 누구보다 그런 사실을 잘 알고 있는 군무해가 얼른 두 사람 사이에 끼어들었다.

"철 이형! 유 오매! 이곳에는 우리 식구들만 있는 게 아닙니다."

"커험!"

"흥!"

서로 잡아먹을 듯 노려보다 고개를 돌리는 두 사람에게 군무해가 다시 말했다.

"그리고 제 생각에 일단은 무엇보다 먼저 대주님께 이번 혈봉황단과의 혈맹 건과 담 형의 일을 보고드리는 게 우선이라 생각합니다."

"알았다."

"알았어요."

철항이 못마땅한 기색을 보이면서도 고개를 끄떡이자 유소빈 역시 고개를 까딱해 보였다. 세 사람 간의 서열을 떠난 인간관계를 알 수 있게 하는 모습이었다.

철혈대로 오르는 뇌격봉의 요소요소는 국가 간의 국경이 인접한 곳과 다름없었다. 전쟁터에서나 볼 수 있을 야전 진지와 초소들로 가득 차 있었다.

일반적으로 강호의 제문파들이 문파 주변에 오행설을 기초로 한 진세 정도를 구축해 놓는 것과는 사뭇 다른 모습이라 하지 않을 수 없었다.

뇌격봉의 중턱에 이르러 기다랗게 띠를 두르듯 이어진 참호의 행렬을 눈여겨본 담우소가 군무해에게 물었다.

"내가 신교의 여러 곳을 보았지만 이런 방비 체계는 처음이로군요.

도대체 이런 병진(兵陣)을 구축한 사람은 어떤 인재입니까?"

까다로운 검문 끝에 모습을 드러낸 전각군을 향해 걷고 있던 군무해가 고개를 돌려 담우소를 유심히 바라봤다.

"담 형은 보면 볼수록 대단한 점이 있는 것 같소. 어찌 본 대의 주변을 에워싼 방비 체계가 병진을 응용한 것이란 걸 아셨소이까?"

'그야 예전에 이런 종류의 방진을 꾸며놓은 곳에서 된통 고생한 까닭이지.'

내심과는 달리 담우소가 별다른 기색의 변화를 보이지 않고 대답했다.

"모든 것이 대주님의 배려 덕분이지요."

"아, 그렇구려."

군무해가 납득한 듯 고개를 끄떡였다. 그에겐 대주를 들먹이는 담우소의 말이야말로 전가의 보도나 다름없었다.

그러자 침묵 속에 유소빈과의 눈싸움을 전혀 마다 않고 있던 전영화가 역시 궁금하다는 표정으로 두 사람 사이에 끼어들었다.

"저 역시 궁금하군요. 이같이 조직적이고 치밀한 병진은 웬만한 전장에서도 구경하기 힘들 것 같은데."

"아, 전 대장……."

반색이 된 군무해를 옆으로 밀어붙이고 유소빈이 얼른 끼어들었다.

"아직 본 대와 혈봉황단 간에는 혈맹이 맺어진 것이 아니에요. 혈봉황단의 방위 체계를 담당하고 있는 위치의 사람이 어찌 남의 비밀을 그리 쉽게 알려 하지요?"

전영화가 안색을 딱딱하게 굳혔다.

"흥, 그것참 죄송하게 됐군요. 전 대단한 철혈대에서 이 정도로 보안에 신경 쓸 줄 몰랐거든요."

"뭐라고욧!"

분위기는 삽시간에 다시 살벌해졌다. 두 여인 모두 절정고수들이니 만치 살기를 밖으로 드러내진 않았지만, 검을 빼 들고 상대방을 죽이려는 마음만은 하늘을 찔렀다.

딱히 누굴 편들어야 될지 모르겠다는 얼굴이 된 군무해가 손바닥을 비비며 말했다.

"유 오매, 전 대장, 조금만 더 가면 철혈중지에 도착합니다. 서로 간에 언쟁은 그만 멈추는 게 좋을 듯……."

두 여인이 동시에 군무해에게 소리쳤다.

"시끄러워욧!"

"군 대형은 끼어들지 마세요!"

유소빈이 왈칵 목소리를 높였다.

"군 대형이라니! 언제부터 군 삼가가 당신의 군 대형이 되었죠?"

"그, 그건……."

잠시 안색을 붉혔던 전영화가 역시 목소리를 높였다.

"당신이 군 대형의 뭔데 이리 사람을 공박하는 거예요?"

질문을 던진 건 유소빈에게였지만 대답은 군무해에게 요구하는 게 분명했다.

그러자 전각 뒷마당에서 웃통을 벗어젖힌 채 연공에 여념이 없던 무사들 몇이 웃음을 터뜨렸고, 말이 없던 철항이 그들을 한차례 노려본 후 나직이 주의를 줬다.

"요즘 능 대형의 복귀가 늦어지는 바람에 대주님의 심기가 좋지 않으시다. 유 오매는 대주님께 보고를 끝마친 후에 사적인 일을 매듭 짓도록 해라."

"흥, 그렇군요."

일촉즉발의 상황을 풀곤 유소빈이 뒤로 물러섰다. 보기만 해도 질릴 듯한 독기를 풀풀 발산하는 외모와는 달리 꽤나 뒤끝없는 모습이었다.

덕분에 살았다는 표정이 된 군무해가 의식적으로 전영화의 시선을 피하며 담우소에게 전음을 발휘했다.

"철혈대 주변의 방진을 구축한 사람은 한 사람의 서생입니다. 대략 반년 전쯤 대주님께서 발탁한 인물인데, 몇 개월 만에 철혈대를 신교의 본산보다 더욱 무시무시한 귀역으로 탈바꿈시켰지요."

'역시 그렇군.'

담우소는 내심 고개를 끄떡였다. 군무해의 설명을 듣자니, 머리 속 한 켠에 머문 채 멈칫멈칫하고 있던 한 사내의 그림자가 확연히 떠오른 것이다.

그러나 예상 밖의 일은 일이고 아직 담우소에겐 처리해야 할 일이 산더미 같았다. 보이느니 웃통을 벗은 사내들뿐인 주변 환경 때문이었다.

얼굴을 발그레 붉힌 채 훔쳐보기에 여념이 없는 소여영의 머리에 알밤 하나를 먹인 후 담우소는 묵묵히 전각 사이를 걸어갔다.

잠시 후.

그 높이를 가늠키 어려운 육층 거각 앞에 도착한 담우소는 또다시 지리한 검문을 받았다.

때가 때이니만치 군마지 최강의 인물이라 일컬어지는 철혈대주의 집무실이 있는 육층까지 이르는 길에는 무수히 많은 관문들이 설치되어 있었다.

옆에는 오대고수 중 세 명이 따르고 그들에게 귀인이니 대주의 심복이니 하는 소리까지 들었지만, 검문을 피하는 데는 전혀 도움이 되지 않았다. 오층에 이르러선 소여영마저 뒤에 남겨둬야 했다.

그렇게 철저한 검문을 거쳐 육층의 집무실 앞에 도착하자 철혈대 내의 감찰과 수비를 맡고 있는 순검부(巡檢部)의 대장 금포혈수(金袍血手) 두진악(杜眞岳)이 눈빛을 싸늘하게 빛냈다.

"대주님의 집무실 반경 십 장 안에서 무기 패용이 허락된 사람은 본대의 오대고수와 본인밖엔 없는 걸로 알고 있소이다. 어찌 무장 해제되지 않은 자가 이곳까지 들어왔지요?"

이미 담우소는 군무해의 설명으로 집무실 앞을 지키고 있는 두진악이 과거 홀로 사해방(死海幇)이란 청해성의 사도방파를 몰살시킨 수공(手功)의 고수임을 알고 있었다.

순검대장이라는 직위는 고사하고, 꼬장꼬장한 게 바늘로 찔러도 피한 방울 나올 것 같지 않은 눈빛을 직시한 담우소가 불쑥 자신의 주먹을 내밀었다.

"내 몸에 있는 쇠붙이라곤 이 철환이 전부요. 만약 이걸 문제 삼는 거라면, 어차피 내 장기는 권법이니 잠시 당신에게 맡기겠소."

담우소가 초형환을 끌러 내밀자 두진악이 얼른 그것을 받아 챙겼다. 전혀 사양하지 않는 모습이었다.

"그 외에는?"

"만약 다른 게 있었다면 내가 이곳까지 무사히 올라올 수 있었겠소?"

반문하는 담우소의 전신을 날카롭게 훑어본 두진악이 그제야 길을 터주며 세 걸음 뒤에서 검병에 손을 대고 있던 수하들에게 고개를 끄떡였다.

"문을 열어라."

"존명!"

절도있는 동작. 반례해 보인 무사들이 검병에서 손을 떼고 집무실의 문을 열었다. 드디어 모든 검문이 끝난 것이다.

'주변의 병진도 병진이거니와 이만한 고수들과 이렇게 철저한 경비라면 어떤 특급살수라 해도 철혈중지에 침투하기는 어렵겠군.'

내심 자신이 철혈중지에 침투할 때의 가상도를 그려보곤 눈살을 가볍게 찌푸린 담우소가 앞선 군무해의 뒤를 쫓아 집무실 안으로 들어섰다.

'촛불?'

집무실로 들어서자마자 가장 먼저 담우소의 눈에 띈 건 족히 수백 개가 넘어 보이는 촛불의 물결이었다.

전후좌우 어느 곳을 둘러봐도 별다른 장식은 보이지 않았다.

적막하다는 느낌이 들 정도로 텅 빈 내실.

그 안을 장식하고 있는 건 오직 촛불의 바다였다. 그리고 그 뒤로 한참이나 떨어진 태사의에 몸을 묻고 있는 백의면사인의 모습이 보였다.

저벅, 저벅, 저벅……

담우소와 다른 일행들을 놔둔 채 촛불의 바다, 그 바로 앞까지 걸어간 군무해가 부복한 채 고개를 숙였다.

"속하 군무해! 대주님의 명에 따라 혈봉황단에서의 임무를 마치고 지금 복귀했습니다."

철혈대주의 얼굴을 온통 가리고 있는 백색 면사가 가볍게 흔들렸다.

"늦었다."

군무해가 고개를 더욱 숙였다.

"모든 것이 속하가 부족한 탓입니다."

철혈대주가 말했다.

"일월쌍극은?"

등에서 짊어지고 있던 보자기에 싸여진 길쭉한 물건을 떼어낸 군무해가 여전히 고개를 숙인 채 머리 위로 들어 올렸다.

"다행히도 무사합니다."

스윽!

손끝 하나 움직이지 않은 철혈대주를 향해 보자기에 싸인 물체가 딸려 들어갔다. 가공할 섭물기공(攝物氣功)이 발휘된 것이다.

그때였다. 자신이 선 자리서부터 철혈대주에게까지 이르는 거리를 계산하고 있던 담우소 근처에 위치해 있던 촛불 몇 개가 파르르 떨림을 보였다.

채챙! 챙!

독기에 코가 썩을 듯한 독검과 초열지옥과도 같은 열기를 뿜어내는 삼지창!

천하에 보기 드문 두 가지 기병이 담우소의 인후와 전중혈을 제압했다. 만약 반격할 마음을 품었을지라도 절대 피할 수 없을 속도였다.

돌변한 상황에 놀란 전영화가 냉갈을 터뜨렸다.

"이게 무슨 짓이에요?"

독사의 혓바닥처럼 낭창거리는 독검으로 담우소의 목젖을 희롱하며 유소빈이 말했다.

"이곳에 어째서 이렇게 많은 촛불을 켜놨다고 생각하는 거지요?"

담우소가 히죽 웃었다.

"살수의 살기를 읽기 위해서?"

유소빈이 말했다.

"맞아요. 그런데……."

"이 사람 앞의 촛불이 흔들림을 보았다는 것이 아니오?"

철항이 고리눈을 꿈틀거렸다.

"처음부터 의심스러웠다. 어찌 대주님의 심복 중 본 대의 오대고수가 모르는 자가 있을 수 있겠느냐!"

담우소가 철혈대주를 향해 쓰게 웃었다.

"잘나신 양반, 그렇다는군요?"

수중의 일월쌍극을 태사의 옆에 아무렇게나 내동댕이친 채 일련의 상황을 말없이 지켜보고 있던 철혈대주의 면사가 다시 가볍게 흔들렸다.

"철항!"

담우소에게서 시선을 떼지 않은 채 철항이 대답했다.

"명만 내리십시오! 당장에 이 살수 녀석의 목을……."

철혈대주가 말했다.

"그 녀석은 내 심복이 맞다."

"예?"

"그 담우소란 녀석은 틀림없는 내 심복이란 말이다."

"……."

담우소의 입가로 더욱 쓴웃음이 맺혔다.

"철 형, 대주님께서 날 자신의 심복이라고 하시잖소."

스윽!

유소빈이 먼저 독검을 거뒀고 철항 역시 떨떠름한 표정으로 삼지창을 거뒀다. 곁에서 초조하게 지켜보고 있던 전영화의 안색에 화기가 돌아오는 순간이었다.

냉큼 여태 부복하고 있던 군무해 옆으로 다가가 역시 부복한 담우소가 입가의 쓴웃음을 지우곤 고개를 조아렸다.

"속하 담우소, 광명소주의 명을 받자와 지난 일 년여간의 임무를 마치고 방금 복귀했습니다."

군무해가 했던 보고에서 단 몇 마디만 살짝 바꾼 보고였다. 하지만 이만한 모습도 지난 일 년여간의 고련이 없었다면 결코 가능치 않았으리라!

삼류의 무뢰한에서 이제는 어엿한 절정고수의 반열에 오른 담우소를 대견한 듯 바라보던 철혈대주가 천천히 고개를 끄떡이다 파안대소를 터뜨렸다.

"아하하하하!"

부복하고 있던 군무해는 물론이거니와 철항과 유소빈의 안색이 가볍게 변했다.

철혈대주가 이리 즐거워하는 모습은 측근 중의 측근이라 할 수 있는 그들로서도 처음 보는 일이었다.

*　　　　*　　　　*

뇌격봉으로 오르는 길 중턱이 온통 참호투성이인 것과 마찬가지로 철혈대에 세워진 건축물들은 하나하나가 기능성만 중시할 뿐 미적 감각 따윈 철저히 결여되어 있었다.

중원의 건축물들은 대부분 전각 외에 부수적으로 화원이나 가산 등이 딸려 운자가묘를 중시한 데 반해, 이곳은 오로지 작은 연무장만이 딸려 있을 뿐이었다.

각각이 독립되어 있으면서도 철저한 요새화를 이뤘달까?

이러한 요새화는 광명신교가 삼천이지로 갈라지기 전부터 독립 부대의 성격이 강했던 철혈대이기에 전통적으로 굳어진 모습임에 분명했다.

한데 철혈대주와의 접견이 끝난 후 철혈중지를 빠져나온 담우소에게 배당된 전각은 다른 곳과 달리 꽤나 그럴듯한 풍경을 자랑했다.

철혈중지를 중심으로 방호벽과 같은 형태를 띠고 있는 다른 전각들과 동떨어져 있을 뿐더러, 주변에는 소박하나마 몇 가지 화초마저 심어져 있었다.

따로 설명이 없더라도 철혈대주의 한마디로 완전무결한 그의 숨은 심복으로 낙찰받은 담우소가 철혈대의 귀빈이 됐음은 의심의 여지가 없을 듯하다. 곧바로 전영화와의 독대를 선언한 철혈대주의 명에 의해 다른 이들과 마찬가지로 집무실에서 쫓겨나는 처지가 됐지만.

'그 엄가 녀석의 행동이 예상과 많이 벗어나 철혈대로 오는 동안 행했던 일들 중 상당수가 무용한 일이 되긴 했지만, 일단 대접은 확실히 해주려는 것 같군. 바보 제자 녀석을 곧바로 데려다 주더니 저런 거추장스런 녀석까지 붙여주는 걸 보면.'

느긋한 표정. 담우소가 창밖을 내다보니 한눈에 보기에도 평생을 무학에만 몸 바친 게 분명한 우락부락한 무사가 흉맹스런 눈빛을 번뜩이며 전각 주변을 서성거리고 있었다.

액면 그대로 보자면 담우소를 감시하게 위해 붙여진 무사라 봄이 옳을 터였다. 그렇지 않다면 굳이 저렇게 사람으로 하여금 공포심을 자극케 하는 얼굴을 고를 필요는 없는 것이다.

하지만 달리 생각해 보면 대주의 심복에게 저렇게 티나는 인물을 붙일 리도 없었다. 인정하기 괴롭지만 그는 시녀를 대신해서 담우소에게 딸려진 인물임에 분명했다.

비전투 요원 따윈 철저히 제외된 철혈대란 조직의 특성을 한눈에 보여주는 시녀(?)를 바라보며 나직이 한숨을 내쉰 담우소가 벌렁 침상 위로 몸을 던졌다.

지난 일 년여간 죽도록 고생했는데, 얼떨결에 신정을 나서자마자 너무 많은 일을 했다는 생각이 들자 피곤이 엄습해 왔다.

평소 전혀 생각해 본 일이 없는 남녀유별을 내세워 전영화에게 지정된 전각으로 소여영을 쫓아 보냈으니, 오랜만에 남의 눈치 따윌 살필 일은 전혀 없었다.

그렇게 시간이 흘러 어둠의 장막이 하늘의 천색을 가리거나 말거나 담우소가 한참을 침상 위를 뒹굴거리며 게으름뱅이의 기쁨을 만끽하고 있을 때였다.

덜컥 하는 소리와 함께 내실의 문이 열렸다.

특별히 양해를 구하는 소리 따윈 흘러나오지 않았다.

모습을 드러낸 건 백독마녀 유소빈이었다.

침상에 누운 자세 그대로 고개조차 움직이지 않은 채 담우소가 무심한 목소리를 던졌다.

"설마 대주님께서 이 밤중에 사람을 찾는 건가요?"

주인의 허락도 받지 않고 문을 열어젖히던 대담함은 어디로 던져 버린 것일까. 문가에 선 채 잠시 머뭇거리던 유소빈이 아랫입술을 깨물며 말했다.

"들어가도 되나요?"

그제야 침상에서 벌떡 상반신을 일으켜 세운 담우소가 말했다.

"벌써 들어와 놓고 그런 질문을 던지는 의도를 모르겠군요?"

"……."

"하하, 내가 농을 좀 했소. 유 소저 같은 미인이라면 담 모는 언제든 환영입니다."

충분한 연습의 성과를 자랑하듯 담우소가 마음먹고 지어 보인 웃음은 소탈하여 사람의 마음을 안정시키는 힘이 있었다.

"그렇다면 잠시 실례하겠어요."

다소 딱딱하게 굳어 있던 안색을 푼 유소빈이 내실 안으로 들어서자 담우소가 얼른 침상 옆에 마련된 다탁에서 의자를 빼줬다.

"여기 앉으시지요."

"으음."

"본래 내가 좀 예의가 밝습니다."

자신을 향해 웃어 보이는 담우소를 묘한 눈빛으로 바라본 유소빈이 살그머니 담우소가 빼준 의자에 엉덩이를 실었다.

그녀로서는 철혈대에 들어온 후 단 한 번도 받아보지 못했던 숙녀 대접이었다. 전혀 거부감이 들지 않는 건 아니었지만 그리 싫은 기분도 아니었다.

유소빈이 앉자 곧 그 맞은편 자리를 잡고 앉은 담우소가 반 시진마다 시녀에 의해 다시 데워진 찻물을 찻잔에 따라 그럴싸하게 권했다.

"철혈대가 신교제일의 무투 조직이라는 소문은 익히 들었지만, 찻물마저도 엽차로 통일되어 있을 줄은 몰랐군요."

타악!

다도와는 전혀 거리가 먼 자세 그대로 찻물을 입 안에 털어 넣은 유소빈이 말했다.

"그러는 당신이야말로 생긴 모습과는 달리 꽤나 고루한 서생티를 그럴듯하게 내는군요."

"고루한 서생티?"

"무부답지 않게 제법 풍월을 읊는 자들과 같은 행동을 한다는 거예요."

와장창!

다탁 위를 꽤나 과격한 방법으로 깨끗이 치운 유소빈이 옆구리에 차고 있던 호리병을 그 위에 척하니 올려놨다.

'술! 술이다!'

담우소는 갑자기 정신이 상쾌하게 맑아옴을 느꼈다. 그 역시 배운 바를 실천했을 뿐 엽차 따윌 품위있게 마시는 것 따위는 배짱과 거리가 먼 것이다.

얼굴 가득 화색이 깃든 담우소를 묘한 눈빛으로 쳐다보며 유소빈이 말했다.

"고향에서 가져온 마지막 술이에요. 아무래도 중원의 술은 영 싱거운 것이 내 입맛을 충족시키지 못하더군요."

담우소가 입가로 미소를 가득 담았다.

"그렇다는 건 유 소저가 꽤나 이 담 모를 생각해 주는 게 아닙니까?"

유소빈이 시큰둥한 표정을 지었다.

"역시 사내들이란 똑같군요. 왜? 내가 당신한테 관심이라도 있어 이밤에 찾아왔다 생각하는 건가요?"

"호오, 그런 게 아니었단 말입니까?"

담우소가 짐짓 섭섭하단 표정을 지어 보였다. 별로 유소빈에게 관심이 있는 건 아니지만 예의상 그리한 것이다.

"흥, 당신 못 쓰겠군요."

눈을 흘기며 유소빈이 벌떡 신형을 일으켜 세우자 담우소가 얼른 얼굴에서 능글맞던 기색을 지웠다.

"어차피 유 소저가 이 밤에 뇌물을 가지고 내 방을 찾은 건 뭔갈 알아내고 싶었던 게 아니었소?"

"……."

"앞서 말했다시피 내가 본래 좀 농을 좋아하니 유 소저가 고향에서 가져왔다는 술이나 마시며 천천히 얘기를 풀어보자는 말이오."

그럴싸한 말과는 달리 담우소의 내심은 온통 다탁 위의 술병에 가 있었다. 적어도 한 해 반은 술을 못 마신 듯했다. 본래 그리 술을 즐기는 편은 아니나 품 안으로 날아든 명주를 놓치고 싶은 생각은 전혀 없었다.

그러자 잠시 고민하는 얼굴이 됐던 유소빈이 어쩔 수 없다는 표정을 하고 다시 자리에 앉았다.

여자란 빼는 맛이 있어야 한다지만 담우소는 유소빈의 이런 모습도 가히 밉상은 아니라 생각했다.

타악!

기다렸다는 듯 술병을 낚아채 입 안에 한 입 털어 넣고는 입맛을 쩍쩍 다시던 담우소의 안색이 갑자기 복잡미묘하게 변했다.

"이, 이게……."

유소빈이 기다렸다는 듯 깔깔거리며 웃었다.

"호호호! 성질도 급하셔라. 어찌 묘강의 독주를 아무 설명도 듣지 않고 마신 거지요?"

인상을 구긴 담우소의 말투가 변했다.

"그 독주라는 표현이 농담만은 아닌 듯한데?"

유소빈이 빙글거리며 말했다.

"내가 가지고 온 술의 이름은 천독천일취(千毒千日醉)예요. 묘강에서도 가장 독성이 강한 독물 천 마리를 잡아 천 일 동안 묵힌 술 중의 술이지요."

"한마디로 진짜 독주란 거군."

유소빈이 고개를 끄떡였다. 여전히 농담인지 진담인지 알 수 없는 얼굴이었다.

하지만 담우소는 유소빈이 한 말이 사실임을 직감할 수 있었다. 벌써 정신이 몽롱해져 오는 것이다.

타악!

내려놓았던 술병을 들어 다시 한 모금을 들이킨 담우소가 놀란 기색이 된 유소빈을 향해 히죽 웃어 보였다.

"그런데 묘강처럼 독물이 흔한 곳에서 삼 년이나 되는 시간을 술에 투자할 정도면, 이 천독천일취에는 뭔가 특별한 점이 있겠구려?"

"물론 아주아주 특별한 점이 있지요."

"그게 뭔지 설명해 주시겠소?"

"지금이오?"

담우소가 고개를 끄떡였다.

그러자 연이어진 담우소의 행동이 예상 밖이었던 듯 입가의 미소를 지운 유소빈이 나직한 한숨을 내쉬었다.

"호오, 과연 대주님께서 심복으로 삼을 만한 배포군요. 내력으로 심맥을 보호했다손 치더라도 일각 정도밖엔 독기의 침습을 막지 못할 텐데."

"그런가?"

"아무렴요. 그 정도의 독기가 없다면 묘강제일주란 말을 듣진 않을 테니까요."

"흐음, 그럼 유 소저는 빨리 내게 천독천일취에 대한 설명을 마저 끝내든지, 오늘 밤 담 모를 찾아온 용건을 말하든지 해야겠구려."

담우소의 안색은 어느새 자홍빛으로 물들어가고 있었다. 독기가 빠르게 피를 타고 돌고 있음에 분명했다.

일시 담우소의 태연자약한 모습을 보고 그가 독공(毒功)에 조예가 높은 고수가 아닐까 의심했던 유소빈이 어처구니없다는 듯 말했다.

"오늘 밤은 내가 바보가 된 건지 당신이 본래 바보인지 모르겠군요. 당신은 다시 천독천일취를 두세 모금 더 마실 용기가 있나요?"

대답 대신 담우소는 다시 꿀꺽거리며 술을 마셨다. 삽시간에 술병은 절반으로 줄어버렸다.

그 모습을 묵묵히 지켜보고 있던 유소빈이 말했다.

"본래 천독천일취는 이독제독의 수법으로 몸을 보하는 독문(毒門)의 보물이에요. 당연히 첫 모금이나 둘째 모금만 마신다면 절대지독이 되어 사람의 몸을 해치게 되지요."

다시 술병을 입에 가져가려는 담우소의 손등을 유소빈이 찰싹하고 때렸다.

"그만 마셔요! 고향으로 돌아가기 전까진 그것 한 병밖엔 없단 말에요."

서운한 표정으로 술병을 내려놓은 담우소가 말했다.

"취기는 그대로 남았지만 독기는 서서히 해소되어 가는 걸 보아 이 독제독이란 한 모금의 절대지독을 두 모금째가 해소시키는 원리인 듯한데. 내 말이 맞소이까?"

유소빈이 떨떠름한 표정으로 고개를 끄떡였다. 독주임을 알고도 담우소가 다시 술을 마시자 어쩔 수 없이 해독법을 말해 줬음을 알 수 있는 모습이었다.

내심 '앙큼한 계집!' 하며 혀를 차면서도 전혀 내색하지 않고 담우소가 말했다.

"그럼 슬슬 취흥도 무르익었겠다, 유 소저는 이 사람을 찾은 까닭을 말하는 게 어떻겠소?"

'알 수 없는 사람.'

담우소를 빤히 쳐다보며 유소빈이 말했다.

"사실 이번에 내가 당신을 찾은 건 몇 가지 묻고 싶은 게 있어서예요."

"혹시 말을 듣지 않으면 독주로 위협할 생각이었고?"

"부인하진 않겠어요."

"하면?"

담우소 앞에 있던 술병을 들어 시원스레 한 모금을 들이킨 유소빈이 눈빛을 촉촉이 물들이며 말했다.

"생각보다 당신은 다른 중원인들보다 화통한 성격 같으니 말을 돌리지 않겠어요."

"……."

"당신과 대주님은 도대체 어떤 관계지요?"

'응?'

담우소는 일시 얼떨떨한 기분이 됐다. 지금까지 그는 유소빈이 군무해와 전영화의 관계를 캐물으려 자신을 찾았다 생각하고 있었던 것이다.

따라서 다시 유소빈의 안색을 찬찬히 살펴보니, 그녀는 지금 꽤나 열렬한 얼굴을 하고 있었다.

굳이 깊이 생각하지 않더라도 일반적인 상관의 일을 캐묻는 여인의 모습은 아니었다.

'그렇다면 낮에 군무해와 전 대장에게 보였던 묘한 질투는 또 어떻게 해석해야 하는 거지?'

잠시 뜸을 들이던 담우소가 뒤통수를 긁적였다.

"유 소저는 군 형과 사귀는 게 아니었소?"

유소빈이 나직이 코웃음 쳤다.

"흥, 대주님과 당신의 관계에 대해 묻고 있는데 어째서 군 삼가를 거론하는 거죠?"

담우소가 어색한 표정으로 말했다.

"낮에 본 바 군 형과 유 소저의 사이가 남다르지 않다 여겼는데, 지금 보니 유 소저는 대주님께도 이성적으로 관심이 있는 듯해서 묻는 거요."

"왜요? 내가 방탕해 보이나요?"

"아니, 꼭 그런 건 아니지만……."

유소빈이 담우소의 뒷말을 끊었다.

"내가 태어난 묘강에서는 여자가 자신이 마음에 둔 사내를 지목할 수 있는 권한이 있어요. 그리고 세월이 흘러 애정이 식으면 다시 다른 사내를 지목하지요. 어떤 여인은 무려 스무 명이 넘는 남편을 데리고 사는데, 보통 여인들의 능력은 데리고 사는 남편의 숫자로 결정돼요."

'그래서 능력 좋은 유소빈 양은 군무해와 철혈대주를 모두 데리고 사시겠다?'

문득 같은 철혈대 소속의 오대고수이면서도 열화마창 철항과 유소빈의 사이가 가히 좋지 못했던 일을 떠올린 담우소가 넌지시 물었다.

"그런데 설마 열화마창 철 형하고도……."

"흥, 그 생긴 것답지 않게 좀스런 사람 얘긴 꺼내지도 마세요. 처음엔 성격이 호탕한 줄 알고 잠시 사귀었는데 시간이 갈수록 질투에 미친 늙은이가 돼서 얼마 전에 찢어졌어요."

'하하, 이런이런…….'

담우소는 그저 침묵할 수밖에 없었다. 과거 소주에서 만났던 초희로부터 시작해 지금까지 그와 인연을 맺었던 여인들은 제법 여러 명이었고, 대개 중원의 평범한 가치관으로부터 자유로웠다. 손목만 잡혀도 정절을 잃었다고 자살할 여인들이 아니라는 뜻이다.

하지만 중원의 생활상과는 완전히 다른 성 윤리를 가진 유소빈과 비교하니 그녀들 역시 하나같이 꽤나 훌륭한 요조숙녀들처럼 생각됐다. 구소옥은 물론이거니와 천방지축에 말괄량이였던 마경화 역시 전혀 상대가 되지 않을 게 분명했다.

제55장 몸으로 갚아라

"역시 당신도 중원의 대다수 사내들과 다를 바 없군요."

날카로운 공박임에도 유소빈의 표정은 별로 화나 있진 않았다. 그동안 이와 같은 일을 꽤나 많이 당하다 보니 이젠 이골이 난 듯했다.

난처한 기분도 잠시, 본래의 신색을 회복한 담우소가 고개를 가로저었다.

"그 점에 대해선 나는 빠지고 싶소이다."

"어째서 그렇죠?"

"본인도 중원에서 태어난 사내이니 유 소저의 행동을 이해한다면 위선으로 보일 것이고, 이해하지 못한다면 옹졸한 사내가 되지 않겠소이까."

"홍, 생긴 것답지 않게 교활하군요."

차가운 냉소와 함께 유소빈이 시선을 창문 밖으로 돌렸다. 어느새 천공에는 달이 고개를 내밀고 있었다.

만월임에도 철혈대 곳곳에 배치되어 있는 초소 주변에 잔뜩 불이 밝혀져 있어, 그리 밝은 느낌은 받지 못했다.

그래도 달밤이란 여인들의 상상력을 한껏 북돋는 마력이 있었다. 잠시 꿈꾸는 듯한 표정이 된 유소빈이 말했다.

"다행스러운 건 대주님께서는 당신 같은 중원의 필부와는 다르다는 거예요."

'삽시간에 필부가 되는군.'

내심 쓰게 웃은 담우소가 말했다.

"유 소저의 뜻은 알겠소."

유소빈이 대뜸 창가에서 시선을 뗐다.

"알았으면, 더 이상 시간 끌지 말고 대주님에 대해 털어놓으세요. 대주님이 철혈대주를 맡기 이전부터 심복이었다니, 그분이 좋아하는 것과 싫어하는 것 정도는 꿰고 있을 것 아니에요."

"그건 처음에 했던 질문과는 좀 다른 것 같은데."

"그런 자질구레한 것들이 무슨 상관이에요! 천독천일취를 반 병이나 마시는 복연을 얻은 주제에."

담우소가 어색한 표정으로 말했다.

"그게 복연인 거요?"

"천독천일취는 강장(强壯)의 효과와 항독력(抗毒力)을 배가시켜 주는 데 탁월한 효과가 있다구요."

"설마 내가 만독지체(萬毒之體) 같은 게 된 거요?"

"만독지체?"

반문한 유소빈이 갑자기 깔깔거리며 웃었다.

"호호호, 당신 정말 웃기는 사람이군요. 만독지체라니! 세상에 얼마나 많은 독이 존재하는데 그런 게 있겠어요?"

머쓱한 표정이 된 담우소가 말했다.

"그야 유 소저가 방금 천독천일취라는 술이 강장의 효과뿐 아니라 항독력도 길러준다고 해서……."

"흥, 그거야 말 그대로 일반인보다 독에 대한 내성이 더 강해진다 뿐이지 어찌 술 한잔에 만독지체 같은 허황된 경지에 도달할 수 있겠어요. 물론 강장의 효과는 진짜 탁월해서 앞으로 부인에게 귀여움을 잔뜩 받겠지만."

'강장이 그 강장이었나?'

내심 처녀가 도에 지나칠 정도로 말을 함부로 한다며 투덜거린 담우소가 말했다.

"그렇지만 어디까지나 천독천일취를 유 소저가 내게 권한 건 좋은 의도는 아니었지 않소. 내가 특별히 유 소저에게 빚을 진 건 아니라고 생각하오만."

"설마 하니 그대로 입을 닦겠다는 뜻인가요?"

씨익!

유소빈이 놀라 뒤로 주춤 물러섰을 정도로 사악한 미소를 입가에 매단 담우소가 말했다.

"내가 그렇게 매정한 사람은 아니오."

"그러면?"

"본래 이런 상황에선 주는 게 있으면 받는 게 있어야 하는 법. 내 질문에 유 소저가 한 가지를 대답하면 나 역시 유 소저의 질문에 한 가지를 대답해 주겠소."

"설마 철혈대의 기밀을 알아내려는 건 아니겠죠?"

담우소가 나직이 웃었다.

"하하, 나 역시 대주님의 심복이오. 몇 가지 알고 싶은 게 있지만 기밀이라 할 만한 건 아닐 거요."

잠시 망설이는 얼굴이 됐던 유소빈이 곧 천천히 고개를 끄떡였다. 담우소의 예상대로 알고 싶은 게 있으면 절대 못 참는 성격임에 분명했다.

다음날.

담우소는 여전히 한가했다. 그의 예상과 달리 철혈대주와의 독대는 아직도 이루어지지 않고 있었다. 위험한 야수와 같은 그는 현재 완전한 무방비 상태로 방임되고 있는 것이다.

'그렇다면 굳이 명존의 밀지를 서둘러 전달해 사서 고생을 자처할 필요는 없겠지.'

시녀가 가져다 준 아침을 먹고 오전이 다 가도록 담우소는 침상에서 데굴거렸다. 요 근래에 들어 특별히 좌공을 할 필요가 없어졌기에 피울 수 있는 게으름이었다. 어느새 그는 어떤 자세에서고 내력과 오행지력을 쌓을 수 있게 된 것이다.

그렇게 오전을 보내고 다시 점심을 양껏 먹은 담우소는 정오가 한참 지나서야 전각 밖으로 나섰다. 그제야 움직일 생각이 든 것이다.

그러자 전각 앞을 서성거리며 아무리 봐도 정이 들지 않을 듯한 얼굴 가득 무료한 표정을 짓고 있던 시녀가 달려왔다.

"출타하실 생각입니까?"

흉악한 얼굴의 시녀를 빤히 쳐다보며 담우소가 말했다.

"아직까지 자네의 이름도 묻지 않았군."

"철혈오룡부대 중 제이부대인 적룡창검대(赤龍槍劍隊) 소속 이급무사인 금거산(金擧山)이라 합니다."

"금거산? 산을 들다니, 역발산기개세란 자네를 두고 하는 말이겠군."

금거산의 얼굴에 나 있는 족히 십여 개가 넘는 흉터 자국이 가볍게 꿈틀거렸다. 굳이 표현하자면 미소였다.

"그래서 동료들에게 종종 놀림을 받곤 합니다, 산을 든다는 이름을 가진 녀석이 전투에선 매번 상처를 입는다고."

"그야말로 역전의 용사라는 거군."

금거산을 슬쩍 치켜세운 담우소가 은근한 목소리로 말했다.

"어제 자네가 자신을 시녀 부리듯 하라 했지 않은가."

"분부만 내리십시오."

"다름이 아니라 날 제사부대인 백룡철검대(白龍鐵劍隊)의 본부로 안내해 줬으면 하네만."

"예, 알겠습니다."

시원시원한 목소리로 대답한 금거산이 앞서 걸어가기 시작했다. 명령일하에 전혀 의구심을 품지 않는 모습이 여느 무림방파와는 비교조차 할 수 없는 모습이었다.

'이거, 몇 가지나 변명거리를 생각했던 내가 무안해지는군.'

담우소는 뒤통수를 긁적이곤 얼른 따라나섰다. 밤새 유소빈과 치열한 신경전을 벌인 끝에 대략적인 철혈대의 조직 체계를 파악했다곤 하지만 길눈까지 트인 건 아니었다.

금거산의 뒤를 쫓아 중앙에 위치한 철혈중지를 지나가려니 얼굴에 잔뜩 먹칠을 한 십여 명의 인물들이 숨소리 하나 없이 이동하는 모습이 보였다. 행선지는 철혈대의 배후를 에워싼 뒷산인 듯했다.

'저게 뭐 하는 짓거리들이지?'

담우소가 눈빛으로 묻자 생긴 모습과 달리 눈치 빠른 금거산이 얼른 설명했다.

"아마 백룡철검대에서 소부대 전투 훈련에 들어간 것 같습니다."

"소부대 전투 훈련?"

금거산이 못마땅한 기색을 숨기지 않고 말했다.

"백룡철검대는 과거 만마천 시험에서 떨어진 자들이 주축이 된 부대인데, 첫 번째인 묵룡암영대(墨龍暗影隊)와 속하가 속해 있는 적룡창검대, 셋째인 황룡패도대(黃龍覇刀隊), 마지막 다섯 번째인 독룡독녀대(毒龍毒女隊)와는 달리 철혈대의 수비를 전담하는 부대입니다."

"……"

"하나같이 두둑한 뒷배경을 지니고 있으니 그저 철혈대 주변에 방책이나 설치하고 두더지처럼 숨어 밥이나 축내고 있으면 될 것인데, 요즘들어 매일 삼 교대로 근무를 돌며 전투 훈련 놀이를 하고 있지요."

'흐음, 유가 계집애처럼 이 녀석도 그다지 중요하지 않은 사항만 얘기할 뿐 끝내 중요한 이야긴 한마디도 하지 않으려 하는군.'

자신이 아무리 추궁해 봤자 소부대 전투 훈련에 대한 이야긴 한마디도 더 들을 수 없으리라 판단한 담우소가 소탈한 웃음과 함께 고개를 끄떡였다.

"하긴 무공을 익힌 고수라면 어디까지나 정면으로 상대와 붙어 끝장을 봐야 하는 것인데, 저렇게 숨죽이며 이동하는 모양은 놀이라 해도 틀린 말은 아니겠군."

일순 금거산의 얼굴로 옅은 조소가 스쳐 갔다. 소부대 전투 훈련을 놀이라 칭한 자신의 말에 담우소가 맞장구치자 얕보게 된 것이다.

그러나 한눈에 금거산의 그런 심경을 읽었음에도 담우소는 그저 말 없이 웃을 뿐이었다. 마음을 숨기는 것이라면 이미 그는 노화순청(爐火純靑)의 경지에 이르러 있었다.

그리고 느긋한 표정으로 말했다.

"어쨌든 저들이 백룡철검대의 일원이라면 본부가 그리 멀지는 않겠군?"

'예예' 대답한 금거산이 다시 앞서 걷기 시작했다. 자신도 모르게 철혈대의 기밀 중 하나를 흘리긴 했지만 상대가 전혀 알아채지 못한 듯하니 상관없다는 기분이었다.

백룡철검대의 본부는 놀랍게도 철혈대의 수십 개나 되는 전각과는 한참 거리가 먼 곳에 위치해 있었다.

전각군을 벗어나 몇 개나 되는 참호를 넘고 길고 긴 호를 따라 도착한 곳은 인공적으로 산 허리를 파고 만들어놓은 일종의 석실이었다.

차창!

석실 앞을 지키고 있던 두 명의 무사가 장검을 빼 들며 제지하고 나섰다. 그리고 담우소가 어떤 말을 하기도 전에 둘 중 선임인 자가 엄격한 표정으로 말했다.

"용무를 밝혀라!"

이곳까지 오는 동안 이미 대여섯 번에 걸쳐 들은 질문이었다. 똑같은 목소리와 똑같은 질문에 질릴 만도 하건만 금거산은 토씨 하나 틀리지 않고 응수했다.

"적룡창검대 이급무사 금거산이 용무있어 백룡철검대에 찾아왔다."

석실의 앞을 지키는 무사들은 앞서 봤던 자들처럼 시커먼 얼굴에 눈빛만 반짝이고 있었다. 앞서 주의를 줬던 선임 무사가 말했다.

"제이부대원이 어째서 본 부대를 찾아왔지?"

"그건……."

금거산을 대신해서 담우소가 앞으로 나섰다.

"내가 한마디 해도 되겠는가?"

선임 무사가 담우소를 날카롭게 훑어봤다.

"당신은?"

담우소가 말했다.

"어제 철혈대에 도착한 사람일세."

'어제?'

미간을 찌푸리던 선임 무사의 눈빛이 변했다. 어제 철혈대에 도착한 사람 중 한 명의 귀인이 있다는 소문은 이미 검문을 맡았던 백룡철검대 안에선 모르는 사람이 없었다.

특별히 정체가 밝혀지진 않았으나 각기 하나의 철혈오룡부대를 이끌고 있는 오대고수 중 셋을 대동했다는 것만으로도 소문은 일파만파로 퍼지기에 족했다.

잠시 고심하는 얼굴이 됐던 선임 무사가 말했다.

"귀인께서는 본 부대를 방문한 목적을 말해 주십시오."

평소 백룡철검대를 별로 좋게 생각하지 않고 있던 금거산이 벌컥 목소리를 높였다.

"목적을 말하라니! 이분 담 공께서는 철혈중지의 육층에 오른 분인데, 설마 백룡철검대의 본부엔 못 들어간단 말인가?"

'철혈중지의 육층에 올랐다고?'

금거산의 말은 선임 무사로서도 듣느니 처음이었다. 철혈중지의 검문을 맡고 있는 건 순검부로서 백룡철검대의 이목이 닿지 않았던 것이다.

자신도 모르게 어깨를 움찔 떨었으나 본부 앞을 지키는 자답게 선임 무사는 만만치 않았다. 전혀 꿀리지 않는 목소리로 그가 다시 말했다.

"다시 한 번 말하겠습니다. 귀인께서는 본 부대를 방문한 목적을 말해……."

"이놈들을 그냥!"

"아아, 그만!"

호가호위(狐假虎威)를 하려 다시 목소리를 높이던 금거산을 만류한 담우소가 웃는 얼굴로 말했다.

"내 이름은 담우소로 귀 부대의 작전실에서 근무하는 모사(謀士) 중 한 명을 찾아왔소."

선임 무사의 눈빛이 엄중해졌다.

"각 부대의 모사들은 그 부대의 대장이나 그 이상의 신분인 사람의 보증이 없는 한 절대 타인과의 접촉이 있을 수 없습니다."

담우소가 금거산을 돌아보니, 그토록 위세가 당당하던 얼굴이 약간 주눅 들어 있었다. 눈앞 무사의 말이 사실이란 건 굳이 묻지 않아도 알 수 있는 일이었다.

'하지만 여기까지 와서 그 녀석의 면상조차 보지 못하고 돌아간다는 건 말이 안 되지.'

내심 머리를 굴린 담우소가 말했다.

"그렇다면 각 부대의 모사들은 유폐된 생활을 하는 것이오?"

선임 무사가 말했다.

"그렇진 않습니다. 그들에게도 무사들과 똑같은 자유 시간이 주어집니다. 외부인과만 만나지 않는다면 특별히 제재를 가하진 않습니다."

"그렇구려."

고개를 끄떡인 담우소가 말했다.

"그럼, 귀 부대의 모사 중 강문호란 사람에게 과거의 친우가 안부를 묻더라고 전해줄 수 있겠소?"

"강문호?"

잠시 담우소의 말을 곱씹던 선임 무사가 뒤에서 역시 엄중한 눈빛을 빛내고 있던 동료에게 외쳤다.

"너는 지금 작전실로 달려가서 강문호란 모사가 있으면, 귀인의 말을 전하도록 해라!"

"그렇지만 근무지를 이탈할 수는……."

"이분 귀인은 철혈중지에 오른 분이시고, 제이부대에서 신원을 보증하고 있다. 그런데도 신분을 내세우지 않으시니, 말 몇 마디 전하는 정도의 수고는 해야 옳을 것이다. 만약 순찰조에 걸려서 문제가 발생할시 모든 책임은 내가 지겠다."

"예, 알겠습니다."

선임 무사에게 가볍게 고개를 숙여 보인 무사가 종종걸음 치며 석실안으로 달려갔다.

그리고 잠시 후,

들어갔을 때와 마찬가지로 석실에서 돌아온 무사가 선임 무사에게 고개를 숙이며 고했다.

"명하신 대로 했습니다."

선임 무사가 말했다.

"전할 말을 받아왔느냐?"

무사가 고개를 흔들었다.

선임 무사가 말했다.

"작전실에 강문호란 모사가 없는가?"

"있기는 있는데……."

담우소를 힐끔 쳐다본 무사가 말했다.

"강 모사는 담우소란 사람을 전혀 알지 못한다고 했습니다. 그리고……."

"그리고?"

다시 담우소의 안색을 살핀 무사가 보고를 계속했다.

"과거 사천에 있을 때 계속 자신을 괴롭히던 사람이 있었는데 아직도 그 사람 때문에 밤에 악몽을 꾸는 일이 종종 있으니, 제발 자신을 보호해 달라고 했습니다."

"으음."

나직이 신음을 토한 선임 무사가 고개를 끄떡였다.

"작전실의 모사들을 보호하는 것 또한 우리들의 임무이다. 강 모사가 신변의 위협을 느꼈다면 당연히 우리는 그를 보호해야겠지."

고개를 끄떡인 선임 무사가 담우소를 정색으로 쳐다봤다.

"어찌하시겠습니까?"

'문호, 이 자식!'

담우소는 선임 무사를 한참 쳐다봤다. 도저히 꽁수 같은 게 통할 것 같지 않은 사내였다.

"실례했소."

발길을 돌린 담우소는 금거산이야 쫓아오든 말든 앞서 걸어가기 시작했다. 오늘은 강문호에게 자신의 존재를 알린 것만으로 족하다 생각한 것이다.

시간이 눈 깜짝할 새 지나갔다.

안면을 튼 삼대고수와 전영화 등을 오고 가며 담우소는 심심치 않은 나날을 보내고 있었다.

그렇게 게으름을 피웠는데도 한 달이 조금 지나자 일부 오부대로 대변되는 철혈대의 조직 체계도 대부분 파악한 상태였다.

'이젠 슬슬 분열된 마교를 하나로 모으기 위해 동분서주하고 있을 잘난 왕자님이 이 몸을 부를 때가 된 것 같은데…….'

과거엔 광명소주였고 이제는 철혈대주로서 삼천이지 중 군마지를 거의 제압한 엄정하를 생각하며 침상에서 뒹굴거리고 있던 담우소의 귓전으로 문 두드리는 소리가 들려왔다.

'응? 거의 무공을 모르는 잔데?'

여전히 침상에서 몸을 일으키려 하지 않고 담우소가 시큰둥한 목소리로 말했다.

"누구시오?"

"백룡철검대의 모사 강문호올시다."

히죽!

일순 담우소의 입가로 사악한 미소가 떠올랐다. 철혈대주의 심복인 자신의 존재를 알렸으니 그가 얼마 못 버티리란 생각은 익히 하고 있었던 것이다.

벌떡 침상에서 일어났다 도로 몸을 뉘인 담우소가 퉁명스레 말했다.

"내가 듣기로 강 모사는 과거 사천에서 알고 지내던 사내에게 몹쓸 짓을 당해서 대인 기피증이 됐다고 들었는데, 어찌 토굴 속에서 모습을 드러내셨소?"

"……"

잠시의 침묵 후 다시 문 두드리는 소리가 들렸다.

"지금은 귀인께서 기분이 별로 좋지 않으신 것 같으니 강 모는 다음에 다시 찾아오겠습니다."

'엥?'

처량한 목소리에 마음이 약해진 담우소가 자신도 모르게 소리쳤다.

"가긴 어딜 가!"

담우소가 침상에서 신형을 벌떡 일으킨 순간 닫혀 있던 문이 삐그덕하고 열렸다.

"어어!"

담우소를 보자마자 손을 들어 올리는 강문호의 얼굴엔 웃음이 가득했다. 웃는 얼굴에 침 못 뱉는다는 고언에 충실하려는 듯.

하지만 상대는 담우소였다.

타탁!

한 걸음에 달려가 강문호의 멱살을 쥔 담우소가 벽력같이 소리를 질러댔다.

"이 녀석! 어째서 날 모른다고 했느냐?"

흔들흔들…….

"애지중지하던 귀성장은 어쩌고 느닷없이 마교 따윌 들어온 거야?"

흔들흔들…….

"나에게 숨기는 게 있지? 빨리 실토해라! 실토하면 목숨은 살려주겠다!"

흔들흔들……

담우소는 한마디를 내뱉을 때마다 강문호를 공깃돌 다루듯 이리저리 흔들어댔다. 만약 강문호가 전혀 무공을 익히지 않았다면 그 정도만으로도 충분히 생명의 위협을 느낄 정도였다.

한참을 이리저리 내둘리던 중 강문호가 특유의 무심한 목소리를 냈다.

"이러다 나 죽는다."

멈칫!

역시 얼마 안 되는 내공 수련은 이런 상황을 만나면 별다른 도움이 되지 않는 것인가!

강문호의 안색은 이미 새파랗게 질려 있었다. 여기서 좀 더 담우소에게 내둘린다면 그의 말마따나 생명이 위험할 수도 있을 듯했다.

그제야 거머쥐었던 멱살을 놔준 담우소가 다탁에서 의자를 빼 정신이 반쯤 달아난 듯한 얼굴을 하고 있는 강문호를 앉혔다. 일단은 살려두기로 마음먹은 것이다.

타악!

역시 다탁에서 의자를 빼내 맞은편에 자리 잡은 담우소가 손으로 이마를 짚은 채 헐떡거리고 있는 강문호에게 여전히 화가 풀리지 않은 목소리로 말했다.

"운기조식 정도는 할 수 있잖아!"

"그렇… 지, 그래."

한차례 심호흡으로 목구멍까지 치솟아올랐던 구토를 억지로 가라앉힌 강문호가 득도한 고승(高僧)처럼 두 눈을 반개했다.

"힘밖에 쓸 줄 모르는 미련한 곰을 찾아왔으니, 이리 당해도 할 수 없다 할밖에."

꿈틀!

많지도 않은 볼 살을 떨어 보인 담우소가 불쑥 주먹을 들어 올렸다.

"이걸 콱!"

반개하고 있던 눈을 번쩍 뜬 강문호가 먹살을 잡혀 내둘릴 때와 똑같이 무심한 표정으로 말했다.

"너, 세졌구나."

무심코 들어 올렸던 주먹을 내린 담우소가 냉소를 터뜨렸다.

"흥! 그동안 내가 놀고만 있을 줄 알았냐?"

"그래도 이런 비약적인 무공 발전은 일반적인 통념상 불가능한 법인데……."

"지난 일 년여간 네놈이 항상 추종하던 일반적인 통념이나 이론 따위 전혀 통하지 않는 곳에서 목숨 걸고 수련했다."

"흐음, 그렇군."

강문호가 고개를 끄떡이며 납득했다는 표정을 짓자 담우소가 오히려 화를 냈다.

"뭐야! 이 녀석!"

"응?"

"뭐가 그리 납득이 빠르냔 말이다!"

운기조식이라 할 수도 없는 숨 쉬기에 불과하지만, 그나마 효과가 있었는지 어느새 얼굴이 제 빛을 찾은 강문호가 시큰둥하게 말했다.

"세상을 너무 많이 알아버린 거지."

"……?"

"슬슬 나이가 먹어가기 시작하니 세상일이란 게 원리 원칙보다는 그렇지 않게 돌아가는 게 더 많다는 걸 자연히 알게 되더라고. 그런데 손님이 왔는데, 차라도 한잔 안 주나?"

"차?"

뻔뻔스럽다는 듯 강문호를 쏘아보면서도 담우소는 이미 차를 따라 건네고 있었다. 강문호 같은 사람을 만나면 화를 낸다는 게 무의미한 일이라는 걸 아는 것이다.

그러자 무심히 찻잔을 받아 들던 강문호의 얼굴로 묘한 감탄의 기색이 떠올랐다.

"요즘 와 계속 생각하게 된 일이지만, 마교란 곳은 참 사람을 여러 번 놀라게 만드는군. 어찌 일개 강호의 떠돌이 무사를 이런 다도의 고수로 만들었지?"

후룩!

엽차를 마시는 강문호의 입가로 가벼운 미소가 떠올랐다. 철혈대의 모사가 된 후 가끔 마도의 고서를 탐독할 때를 제외하곤 거의 띠지 않는 웃음이었다.

그 모습을 빤히 쳐다보고 있던 담우소가 목소리를 바꿨다.

"슬슬 설명해 봐라."

찻잔을 내려놓으며 강문호가 침울하게 말했다.

"뭐, 뻔한 것 아니냐?"

"자세히 설명하란 소리다."

무심한 목소리와 달리 날카롭기만 한 담우소의 시선을 슬쩍 피하곤 창밖을 떠도는 구름 한 점을 바라본 강문호가 어깨를 으쓱했다.

"네 녀석을 피할 땐 다 이유가 있지 않겠느냐. 미안한 일이지만, 네

게 약속했던 황금 백 냥은 물 건너갔다고 생각해라."

"그리고?"

"네가 맡겼던 보따리도 역시……."

담우소의 안색이 가볍게 일그러졌다.

"설마 했는데 내가 맡겼던 보따리도 쓴 거냐?"

강문호가 뒤통수를 긁적였다.

"널 십만대산으로 떠나보내고 곧바로 대파산으로 숨어들었는데, 산 생활이 길어지자 그것을 견디지 못한 귀성장의 소장주가 자신을 따르는 가신 몇을 데리고 점창파로 붙었다."

"대장주를 배신하고?"

강문호가 고개를 끄떡였다. 부자상잔(父子相殘)의 상황에 끼었던 것이니 괴로운 기억이 분명할진대, 그의 안색은 무덤덤했다. 이미 과거는 과거일 뿐 현재를 지배하고 있진 않았다.

그러한 점을 정확히 파악한 담우소가 말했다.

"그래서 네 녀석은 또 어떤 마술을 부려 귀성장의 대장주와 나머지 사람들을 점창파로부터 빼돌렸느냐?"

강문호가 피식 웃었다.

"내가 무슨 천번지복(天飜地覆)할 재주가 있어 내부 배신자까지 달라붙은 점창파의 일류검수들로부터 삼십 명이 넘는 사람들을 살릴 수 있겠냐."

"그럼?"

"자진하려는 대장주님을 말리며 이젠 죽었구나 하고 있는데, 느닷없이 점창파의 도사들이 점창산으로 돌아가더구나. 나중에 알았는데, 마교에서 성동격서의 수법을 사용했다더군."

"성동격서?"

"때마침 마교가 점창을 시작으로 사천무림을 친다는 거짓 소문이 사천에 파다하게 퍼진 게야. 그래서 옳다구나, 나는 사람들을 이끌고 대파산을 빠져나왔는데, 아무리 머리를 굴려도 갈 곳이 없더군."

"그래서 떼로 마교에 투신한 것이냐?"

고갯짓을 한 강문호가 말했다.

"투신한 건 나뿐이다. 대장주를 비롯한 다른 사람들을 강남으로 피신시킨다는 조건이었는데, 마침 마교가 이 꼴이 됐으니 생사를 알 수 없게 됐구나."

담우소가 냉소했다.

"흥, 설마 너처럼 교활한 녀석이 그만한 조건만을 걸었을까? 네 녀석이 마교에 투신한 건 마교행을 떠난 귀성장 사람들의 생사를 알아보고자 함이었겠지."

"흐음."

담우소를 빤히 쳐다보곤 고민하는 얼굴이 된 강문호가 잠시 후 고개를 끄떡였다.

"그럴지도 모르겠군. 그때엔 그저 천 년의 세월 동안 융성했던 마교에 들어와 그 역사를 연구해 보는 것도 꽤나 가치있는 일이라 생각했는데……."

'이 녀석! 새삼스럽게 뭘 그렇게 고심하는 얼굴을 하고 있는 거야!'

내심 왈칵 화를 낸 담우소가 퉁명스레 말했다.

"그래서 네 녀석은 앞으로 어떻게 할 거냐?"

그때까지도 고심하던 중이던 강문호가 아무렇게나 대답했다.

"글쎄, 일단은 배속된 백룡철검대의 모사 역할을 충실히 이행하면서 마교의 전적을 연구하다 보면······."

"그런 것 말고 나한테 진 빚 말이다!"

"그건······."

난처함을 물씬 풍기는 강문호의 안면에 담우소의 주먹이 냅다 꽂혔다.

퍼억!

힘을 조절했음에도 더 이상 말할 수 있는 사정이 아니게 된 강문호를 바라보며 담우소가 퉁명스레 말했다.

"마교행은 장난이 아니었다. 네 녀석이 현재 빚을 갚을 능력이 안 되면 앞으로 몸으로 갚아라."

철혈중지의 육층.

집무실에 들어앉아 며칠 새 혈봉황단에서 날아들기 시작한 정보들을 분석하고 있던 손길이 바쁜 동작을 멈췄다.

서류를 넘기던 한 쌍의 손은 섬섬옥수(纖纖玉手)라 불릴 만큼 가느다라면서도 하얗고 정갈했다. 섬세하기만 한 열 개의 손가락만 본다면, 남녀를 떠나 누구든 탄식하리라!

하지만 하늘을 희롱하는 천룡과 그를 잡아먹으려 입을 딱 벌리고 있는 금시조(金翅鳥)가 섬세하게 수놓아진 장포를 보자면, 앞의 탄식은 곧 자취를 감춰 버린다. 지금 집무실의 중앙에 위치한 태사의에 좌정한 채 침묵에 잠겨 있는 자는 철혈대의 주인이자 군마지의 최강자였다.

'언제 봐도 멋진 자태야!'

부복한 채 침묵을 지키고 있던 유소빈의 얼굴이 일순 멍청해졌다. 면사로 얼굴을 가리고는 있지만, 단정한 자세와 운율을 타는 듯한 손가락의 움직임만으로도 그녀는 후끈 몸이 달아올랐다. 다른 사내에겐 전혀 느껴보지 않은 맹목적인 감정이었다.

툭툭!

태사의 앞에 마련된 반상을 손가락으로 몇 차례 두들긴 철혈대주가 유소빈에게 말했다.

"지난 반달간 혈봉황단을 노리던 천외지와의 전투는 소강 상태였다. 이젠 그들이 포기했다고 봐도 좋은가?"

유소빈이 얼른 몽롱한 상태에서 벗어났다. 미인을 감상하는 것보다 보고가 우선이었다.

"혈봉황단에서 보내온 정보에 의하면, 천외지에서 이번에 투입한 인원은 천령단 산하 이대 살수 조직인 은형마사와 흑색천사에서 각각 백오십 명씩, 삼백 명입니다. 그들을 이끄는 건 은형마사의 오대살수 중 하나인 묵염(墨炎)과 흑색천사의 십대천사 중 하나인 은월이란 자인데, 이번에는 서로 간의 연계가 제대로 이뤄지지 않았던 것 같습니다."

"뇌음사가 실수했군."

철혈대주의 면사가 가볍게 흔들렸다. 미소라도 짓고 있는 게 분명했다. 눈앞의 사나이가 지닌 막강한 무력에 공포심을 느끼지 않는다면 유소빈은 당장에 흔들리는 면사를 잡아뜯고 싶었다. 어떻게든 보는 이의 마음을 단숨에 녹아내리게 하는 미소를 보고 싶은 것이다.

그러나 미인은 무정했다. 금방이라도 자신을 활활 불태울 것만 같은 유소빈의 눈빛을 그는 외면했다. 그리고 문득 생각났다는 듯 질문을 던졌다.

"요즘 담우소는 뭘 하고 있지?"

움찔!

한 달 전의 야합을 떠올리고 잠시 놀란 기색이 됐던 유소빈이 주춤 거리며 말했다.

"그, 그자는……."

철혈대주가 웃었다.

"하하, 어째서 말을 더듬지? 혹시 그자하고 유 대장 사이에 벌 써……."

"아닙니다!"

유소빈은 바락 소리를 질렀다. 딱히 담우소가 싫어서라기보다는 정 인—가장 사랑하는—의 의심을 받고 싶지 않았기 때문이다. 그녀가 담 우소에게 빼낸 정보에 의하면 철혈대주는 평소의 행동과 달리 꽤나 고 지식한 사람인 것이다.

그러자 유소빈을 바라보는 철혈대주의 흑백이 또렷하고 맑은 눈동 자가 가벼운 흔들림을 보였고 곧 고개가 끄떡여졌다.

"그렇군. 유 대장의 사내를 고르는 눈이 대단히 높다는 걸 알면서 내가 실수를 했어. 내 사과하도록 하지."

"대주님께서 사과하실 것까지는……."

"아니야. 확실히 내가 농이 좀 지나쳤던 것 같아. 묘강에서 잘살고 있던 사람을 이런 곳까지 불러와 고생이나 시키는 못난 주군이 되어가 지고."

철혈대주의 면사는 이때도 흔들거리고 있었다. 말은 이렇게 하지만 웃음 역시 짓고 있는 게 분명했다.

고개를 바닥에 향하고 있던 중이라 이런 변화를 보지 못한 유소빈이 목소리를 얼른 누그러뜨렸다.

"대주님을 따라 청해성에 온 것은 소빈 일생 중 가장 큰 기쁨이었습니다. 대주님께서는 방금 전의 말씀을 거둬주세요."

"고맙군."

고개를 끄떡인 철혈대주가 말했다.

"그건 그렇고, 볼일이 있으니 유 대장이 담우소를 이곳으로 불러다 주게."

고개를 쳐든 유소빈의 눈동자가 동그래졌다.

"지금이요?"

철혈대주의 면사가 다시 흔들렸다.

"그래, 지금."

제56장 한령선자(寒靈仙子) 빙예운

"내 말 똑똑히 듣고 있는 거예욧!"

넉넉한 품을 넣어 만들어진 경장임에도 여인의 특징적인 뒷모습을 모조리 감출 순 없었다. 걸음을 옮길 때마다 묘한 율동감이 사람의 눈길을 잡아끄는 것이다.

본의 아니게 유소빈의 뒤를 따르며 느긋하게 감상에 몰입하고 있던 담우소가 얼른 눈길을 돌리며 고개를 끄떡였다.

"무, 물론이오."

유소빈이 눈을 치켜떴다.

"어디를 보는 거예욧!"

"험험, 그야 유 소저가 앞서 걸어가니 자연 눈길이 그런 곳으로 쏠리지 않겠소."

"홍, 사내들이란."

'딴 여인들한테는 몰라도 너한테는 그런 말을 듣고 싶지 않다.'

유소빈의 눈길을 피하면서도 담우소는 내심 투덜거렸다. 나이도 적지 않은 터에 사내라는 이유만으로 여인에게 면박을 당하는 자신이 한심스런 것이다.

그러나 처음부터 유소빈이 중시 여기는 건 담우소가 자신의 엉덩이를 힐끔거린 것 따위가 아니었다. 그지 한차례 화를 냈을 뿐 유소빈은 곧 표정을 음험하게 바꿨다.

"만약 대주님 앞에서 허튼소리를 지껄인다면, 내 반드시 당신을 죽지도 살지도 못하게 만들어주겠어요."

"죽지도 살지도 못하게?"

"내가 묘강에서 가져온 독약 중엔 중독되면 백일 낮 백일 밤 동안 사람에게 온갖 괴로움을 주는 물건이 있어요. 그 고통은 극심해 보통 중독된 사람은 사흘을 넘기지 못하고 자살을 기도하지만, 기력이 쇠해 죽지도 못하지요. 묘강에서는 가장 악독한 죄를 지은 죄인에게 그 독약을 먹이는데, 나는 충분히 당신을 중독시킬 자신이 있어요."

"윽!"

담우소가 손을 들어 자신의 목을 치는 표정을 해 보였다. 혀를 쑥 빼물고 고개를 옆으로 축 늘어뜨리는 꼴이 무상소귀와 다름없었다.

그 모습이 우스꽝스러워 유소빈이 참지 못하고 킥 웃었다. 묘강에서는 물론이거니와 중원에 와서도 자신 앞에서 이런 익살을 떠는 사내를 본 일이 없었던 것이다.

그러나 웃음도 잠시였다. 얼른 눈빛을 더욱 엄중하게 굳힌 유소빈이 차갑게 말했다.

"당신도 여자깨나 울리고 다녔을 사람이군요."

"어?"

얼른 얼굴을 정색한 담우소가 손을 휘휘 저어 보였다.

"나는 지금까지 전혀 여자와 인연을 맺지 못한 사람이오. 유 소저가 그런 말을 하는 건 이 담 모를 비웃는 거에 지나지 않소이다."

"그런가요?"

고개를 갸웃해 보인 유소빈이 표정을 바꿨다.

"중원의 여인들은 이상하군요. 당신처럼 잘 빠진 몸을 지닌 사내는 여인들에겐 보물이나 다름없는데."

"보, 보물?"

"호호, 사내의 진가는 밤에 알 수 있으니까요."

담우소의 탄탄한 가슴과 아랫도리에 의미심장한 눈빛을 던지던 유소빈이 다시 앞서 걸어가기 시작했다. 여태껏 자신의 뒷모습을 느긋하게 감상했던 담우소에게 한 방 먹인 것이다.

그러자 졸지에 밤에 힘 잘 쓰게 생긴 사내가 된 담우소는 소태 씹은 표정이 됐고, 코뚜레를 한 소처럼 유소빈의 뒤를 어슬렁거리며 따를 수밖에 없었다.

끼익!

문이 열렸다 조용히 닫혔다. 열릴 땐 귀청을 찌르는 듯한 소리가 났는데, 닫힐 때는 조용하다는 건 일부러 그리 만들었다는 뜻이다.

전날과는 달리 문이 여닫히는 소리에마저 정신을 집중한 담우소는 정면을 응시했다. 예전과 달리 촛불은 보이지 않았다. 밤이 아니니 촛불이 필요하지 않기는 하다.

'하지만 이곳에 촛불을 켜놓은 건 주변이나 밝히자는 것이 아니었을

텐데…….'

문득 마음이 움직인 담우소가 태사의에 몸 전체를 묻고 있는 철혈대주를 쏘아봤다.

몸 전체로 상대방의 기도를 파악하기 위함이었는데, 어둠의 그림자 속에 잠겨 있던 지난날과 눈앞의 철혈대주는 그리 달라진 건 없는 듯했다.

하지만 사람에겐 독특한 기도가 있는 법! 면사로 얼굴을 가리고 있던 와중에도 단번에 철혈대주가 엄정하임을 직감했던 전날과 마찬가지로 담우소는 바로 결정을 내렸다.

'저자는 철혈대주가 아니다!'

담우소는 성큼성큼 앞으로 걸어갔다. 그리고 과거 부복했던 자리에 이르러 허리를 굽히려던 그의 신형이 일순 바람처럼 앞으로 튀어 나갔다.

파앗!

섬전건곤과 함께 일으킨 건 미리부터 준비하고 있던 백색 도기였다. 손을 쓰자마자 광막을 만들어낸 기파는 한 치의 망설임도 없이 태사의를 일도양단했다. 만약 철혈대주가 계속 그곳에 앉아 있었다면 같이 몸이 반쪽 나는 걸 막지는 못했을 것이다.

그러나 담우소는 손을 쓰자마자 자신의 일격이 무위로 돌아갔다는 걸 직감했다. 확인하나마나 반쪽으로 갈라진 건 태사의뿐이었다.

스윽!

바로 분광건곤을 펼치니 담우소의 신형이 단숨에 십여 개로 쪼개졌다. 일수를 떨쳐 열 명의 고수를 격살할 수 없다면 공격해 들어올 엄두를 낼 수 없는 모습이었다.

그래서일까? 담우소의 일격을 피하고도 철혈대주는 바로 공격해 들어오지 않았다.

오히려 뒤로 몇 장이나 물러선 철혈대주의 양 소맷자락이 스르르 바닥에 떨어져 내렸다. 그로서도 담우소의 일격을 완벽하게 피해내진 못한 셈이다.

더 이상 공격하지 않고 냉전 같은 눈빛으로 철혈대주를 직시한 담우소가 냉소를 터뜨렸다.

"흥, 제법 뛰어난 경공이지만, 내가 알고 있는 광명소주를 대신하기엔 한참이나 부족한 솜씨다! 그대는 어찌하여 철혈대주를 사칭하고 있는 것이냐?"

담우소의 좌수가 점차 붉게 달아올랐다. 방금 전의 일격으로 오행금기가 소모되자 곧장 화의 무극진화를 일으킨 것이다.

"그것은 열양의 무공이군?"

백색 도기의 일격을 당했을 때와 달리 철혈대주의 눈빛이 가볍게 변했다. 여태껏의 눈빛이 무채색에 가까웠다면 지금은 그 위에 하얀 색깔을 입힌 듯했다.

그리고 변화는 곧 찾아왔다.

파앗!

흐릿한 그림자가 번뜩인 순간 벌써 철혈대주는 담우소와의 간격을 일 장까지 좁혀왔다. 찰나간에 오륙 장이 단축된 것이다. 그리고 바로 이어진 공세는 그동안의 정체를 한꺼번에 폭발이라도 시키려는 듯 매서웠다.

간격을 좁히는 것과 동시에 맨 처음 주변 공기를 모조리 냉각시킨 한 쌍의 소수가 곧 찬연한 빛을 일으켰고, 담우소의 전신 사혈을 무찔러 왔다.

파파파팟!

싸늘하게 얼어붙었던 공기가 자지러지는 비명을 터뜨렸다. 온몸이 갈가리 찢어발겨지는 괴성이었다. 한 쌍의 소수가 만들어낸 공포였다.

그러나 하나하나가 비수가 되어 날아든 얼음의 파편을 초열의 불꽃으로 녹이며 담우소의 신형은 격렬한 회전을 일으켰고, 다음 순간 코앞까지 이른 소수의 빈틈을 부딪쳐 갔다.

쾅!

작은 폭발과도 같은 철산고였다. 만약 소수의 공력이 제 힘을 발휘했다면 지척까지 이르기도 전에 산산조각났을 테지만, 무극진화의 힘은 그리 녹록한 것이 아니었다.

일시에 강철이라도 녹일 듯 달아오른 무극진화에 공력이 흩어진 섬영이 붕 떠올랐다. 철산고에 제대로 얻어맞은 것이다.

'이런!'

최초의 접촉 시 담우소는 이미 일이 꼬였음을 직감했다. 공격해 들어올 때는 무시무시하기가 호랑이와 같았는데, 막상 부딪치자 느낌이 전혀 달랐다. 돌덩이같이 단단한 육체를 예상했는데 돌덩이는커녕 말랑말랑한 보료와 다름없었다.

순간적으로 회전의 속도를 늦췄지만 이미 때는 늦어 있었다. 재빨리 신형을 앞으로 날린 담우소가 보료와 같은 몸을 받아 드니, 왈칵 하는 소리와 함께 얼굴을 가리고 있던 면사가 검붉게 물들었다. 가볍지 않은 내상을 입은 게 분명했다.

서슴없이 손을 뻗어 피로 물든 면사를 걷어 올린 담우소의 시선이 가볍게 흔들렸다.

예상대로 그의 품에 안긴 건 엄정하가 아니었지만, 익히 알고 있는 절세미인이 옥용을 드러내고 있었다.

"빙설마녀……."

신음과 함께 담우소의 행동이 바빠졌다. 백설 위에 떨어진 장미꽃 화편 한 조각이 그를 그렇게 만들고 있었다.

미세하면서도 격렬한 기운의 파동.

집무실 밖에서 담우소가 나오기만을 초조하게 기다리고 있던 유소빈의 눈빛이 변했다.

방음이 완벽한 집무실이니 귓전을 울리는 소리는 없었지만 기파마저 완전히 차단할 순 없었다.

'무슨 일인가 벌어졌다!'

재빨리 집무실로 달려들려던 유소빈의 앞을 가로막는 그림자가 있었다. 침식조차 집무실 근처에서 해결한다고 알려진 금포혈수 두진악이었다.

"비켜욧!"

유소빈이 냉갈을 터뜨리자 두진악이 묵직이 고개를 흔들었다.

"아니 될 말이오."

"두 대장은 설마 하니 방금 전의 기파를 느끼지 못했단 말인가요?"

"본인 역시 느꼈소이다. 하지만 대주님께서는 무슨 일이 있어도 독대 시에는 타인이 집무실에 접근하는 걸 불허하오."

"하지만!"

두진악이 눈빛을 차갑게 했다.

"이번이라고 예외는 될 수 없소."

"이익!"

유소빈은 발을 굴렀다. 두진악을 이길 자신이 없어서가 아니라 이곳이 철혈중지였기 때문이다.

한편, 담우소는 바빠지려는 내심을 억제하느라 곤란할 지경이었다. 철혈대주 엄정하를 사칭하고 있던 건 철혈대의 오대고수 중 일 인이자 수비를 전담하고 있는 백룡철검대의 대장인 한령선자 빙예운이었다. 그동안 다른 대장들과 달리 모습을 보이지 않는다 싶었는데, 엄정하의 대역을 하고 있었음이 분명하다.

'제길! 어째서 빙설마녀인 거야!'

담우소는 내심 욕설을 내뱉었다. 과거 인연을 맺었던 여인인 건 고사하고, 신정에서 수련하는 동안 마경화와 더불어 가장 많이 생각했던 게 빙예운이었다.

철혈대에서 보낸 한 달간 모습을 보지 못해 내심 서운했는데, 이런 만남은 전혀 원하지 않는 바였다.

즉시 하단전에서 전신 공력을 일으켰지만, 마음을 다스리지 않고서 타인의 내상 치료에 들어갈 수 없는 건 자명했다. 당황한 와중에도 잠시 잠깐 만에 이성을 회복한 담우소가 얼른 빙예운을 눕힌 채 가슴팍을 찢었다.

쫘악!

가장 먼저 드러난 건 가슴 부위를 친친 동하고 있는 면포였다. 어떤 사내라 할지라도 눈길이 쏠리지 않을 수 없는 상황인데, 담우소는 얼른 시선을 아래로 향했다. 여인의 신비에 정신을 팔기에는 상황이 너무 다급했다.

"옆구리 쪽인가?"

빙예운의 벗겨진 상반신은 우윳빛이 무색할 정도로 희고 투명했다. 그 한쪽 옆구리에 아로새겨진 와선의 멍 자국에 담우소는 시선을 집중했다. 곧 그는 자신의 철산고를 빙예운이 최후의 순간 오른쪽 옆구리로 흘려보냈다는 걸 깨달을 수 있었다.

스윽!

서슴없이 빙예운의 옆구리에 손을 댄 담우소의 눈살이 찌푸려졌다. 놀랍게도 뼈에는 이상이 없었다. 기껏해야 피멍이 든 정도에 불과한 것이다.

'그렇다면 어째서?'

퍼억!

빙예운의 맥을 짚어가던 담우소가 화급히 뒤로 신형을 물렸다. 그러나 이미 정신을 잃고 그의 품에 맥없이 안겨 있던 빙예운에게서 폭출된 빙한지기에 가슴을 격중당한 상황이었다.

"큭!"

재빨리 중단전에서 오행화기를 불러왔지만 상황은 이미 돌이킬 수 없는 지경이었다.

간신히 심맥과 단전 정도만을 보호하는 데 성공한 담우소가 벌써 성애가 끼기 시작한 입술을 억지로 움직였다.

"다, 당신 정도 되는 고수가 미인계까지 사용할 줄은 몰랐군."

입가에 맺혀 있던 핏물을 손등으로 스윽 훔치고 신형을 일으켜 세운 빙예운이 더할 나위 없이 아름다운 옥용을 가볍게 붉혔다.

"저 역시 이런 수치스런 방법을 사용하게 되리라곤 예상치 못했어요."

"……."

"하지만 대주님이 철혈대를 벗어난 일은 대단히 중요한 비밀이고, 당신이 너무 강해서 어쩔 수 없었어요."

담우소에 의해 찢긴 옷섶을 추스르는 빙예운의 모습은 도발적일 정도로 매혹적인 모습이었다. 평범한 미인 축에도 끼기 어려운 유소빈의 뒷모습과는 비교조차 할 수 없는 모습이었다.

만약 다른 때라면 동정남을 벗어나는 일을 심각하게 고민할 수도 있는 상황이건만, 담우소는 그저 억지로 서 있는 게 할 수 있는 일의 전부였다.

중단전에 쌓여 있던 오행화기를 방금 전의 일전에서 대부분 사용한 탓에 체내를 꽁꽁 얼려 버린 한음지기를 밖으로 배출할 방도를 찾을 수 없는 것이다.

'제길, 지난번처럼 촛불만이라도 있다면 화기를 차력할 수 있을 터인데……'

담우소가 옴짝달싹 못하고 있는 동안 빙예운은 내력을 손끝에 모아 얼기설기나마 옷깃을 여밀 수 있었다. 처녀다운 섬세함을 발휘하여 찢어진 옷자락의 몇 군데에 구멍을 뚫고 옷자락을 연결한 것이다.

그 모습을 뚫어지게 쳐다보고 있던 담우소가 체념한 듯 말했다.

"그, 그렇다는 건 비밀을 지키기 위해 날 죽이겠다는 거요?"

처녀답게 앞섶을 가리자 마음에 여유가 생긴 것이리라. 백설같이 새하얀 옥용에서 붉은 기운을 지운 빙예운이 고개를 흔들었다.

"대주님께서는 당신을 무척 중히 생각하세요. 제게 철혈중지를 맡기고 떠나실 때도 당신에 대해선 몇 차례나 언급하셨는데, 어찌 제 마음대로 당신을 죽일 수 있겠어요."

'휴우, 그래도 그 녀석이 양심은 있구나.'

내심 한숨을 내쉰 담우소가 말했다.

"그, 그럼 처음부터 그렇게 설명했으면 됐을 것을 미인계까지 동원해 가며 날 제압한 까닭이 뭐요?"

"그건……."

잠시 침묵을 지키던 빙예운이 다시 안색을 가볍게 붉혔다.

"당신이 펼친 열화공을 보고 저도 모르게 호승심이 생겨 한번 겨뤄 보려 한 것인데, 당신이 너무 강해서 어쩔 수 없이 지모로 이긴 거예요."

'지모로 이겨? 제기랄! 얼굴은 하늘에서 막 내려온 선녀 같은 주제에 역시 마도는 마도인 건가?'

담우소는 명존 엄철극이 어째서 자신에게 무공을 가르치는 것 외에 한비자 외전을 가르쳤는지 알 것 같았다. 천생 무인인 군무해나 철항보다 생글생글 웃는 얼굴로 독주를 먹이던 유소빈이나 눈앞의 빙예운이 실전에선 더욱 무서운 것이다.

꽁꽁 얼어붙은 중단전을 포기하고 하단전에서 풍뢰경을 조용히 일으키며 담우소가 다시 빙예운에게 말을 걸었다.

"그, 그렇다면 이제부터 어떻게 할 거요?"

빙예운이 예쁜 얼굴을 살짝 찡그려 보였다.

"그게 걱정이네요. 중대한 비밀을 알았으니 당신을 그냥 보내줄 수도 없고, 그렇다고 가둬놓자니 소빈 동생이 의심을 할 건 자명한 사실이고."

"……."

"으음, 이러면 되겠네요. 이제부터 제가 혈도 몇 개를 한음기로 제압할 테니 당신은 저항하려 하지 마세요. 아! 칠성이나 되는 한령신공을 얻어맞았으니 당신으로선 더 이상 저항할 도리가 없겠군요."

입가에 살며시 미소를 담은 빙예운이 다시 한령신공을 일으키더니 바람처럼 담우소에게 다가왔다. 이미 공언했던 바처럼 담우소의 몇 개 혈도를 제압하기 위함이었다.

그러나 잠시 잠깐 만에 상황은 다시 변했다. 숨결마저 맞닿을 듯 빙예운이 다가오도록 미동조차 않던 담우소의 신형이 일순 수십 개로 쪼개졌다. 분광건곤이 펼쳐진 것이다.

'이런!'

몇 개의 환영만을 헛되이 부순 빙예운이 시선을 뒤쪽으로 돌리니, 어느새 담우소는 처음 집무실의 문을 열고 들어섰던 곳까지 물러서 있었다. 만약 다시 빙예운이 소수를 들이댄다면 문을 박차고 밖으로 달아날 게 뻔했다.

내심 담우소의 경공과 자신의 경공을 견줘본 후 고개를 흔든 빙예운이 말했다.

"신법이 대단하군요. 순간적인 변화와 빠르기라면 과거 당신한테 무공을 사사했던 천리종횡님과 비교하더라도 별로 떨어질 것 같지 않네요."

담우소가 두 눈에 이채를 띠었다.

"당신은 생각보다 나에 대해 많은 걸 알고 있구려."

빙예운이 말했다.

"만마천 시험 때부터 당신은 특별했으니까요."

"그랬소이까?"

담우소의 입술은 자신도 모르게 웃고 있었다. 빙예운 같은 절세미녀가 자신에게 관심을 표명하니 저절로 기분이 좋아진 것이다.

하지만 빙예운은 오히려 마음이 서늘해지는 걸 느꼈다. 웃고 있는 입술과 달리 오히려 차갑게 가라앉은 담우소의 눈빛 때문이었다.

'어렵겠다.'

자신의 미모로도 더 이상 담우소에게 빈틈을 만들어낼 수 없다고 판단한 빙예운의 입술이 묘한 한숨을 토해냈다.

"하아, 정말로 난처하게 됐군요."

담우소가 히죽 웃었다.

"뭐가 그리 난처하단 거요?"

"방금 전에도 말했다시피 저는 당신의 혈도 몇 개를 제압한 후 돌려보낼 생각이었어요. 대주님께서 중시하는 사람이니 믿을 만하다고 생각했기 때문이에요. 한데 당신이 이렇게 못되게 구니 어찌 제가 난처하지 않겠어요?"

빙예운은 원망스러운 듯 담우소를 바라봤다. 미녀가 눈을 흘기니, 만약 마음속에 열정을 품고 있는 사내라면 당장에 사랑에 빠질 게 분명했다.

하지만 담우소는 이미 빙예운에게 일장을 얻어맞은 전례가 있었다. 내심 '미인의 미소는 독약보다 위험하다!' 는 한비자 외전의 경구 하나를 중얼거린 담우소가 퉁명스레 말했다.

"나는 당신한테 혈도를 제압당할 생각이 전혀 없소."

"단호하시군요."

"내가 좀 그렇소. 하지만……."

"하지만?"

"나 역시 대주님의 심복이오. 과거 광명소주 시절에 이뤄진 주종 관계지만, 화심인까지 받은 터에 그분의 기업에 조금이라도 누가 되는 행동을 하진 않을 것이오."

"지금 화심인을 팔아 이 상황을 모면하려는 건가요?"

담우소가 단호하게 고개를 끄떡였다.

"물론이오."

"하아, 그럼 어쩔 수 없군요."

다시 영웅장부들의 애간장을 끊을 듯한 한숨을 내쉰 빙예운이 바닥에 털썩 주저앉더니 담우소에게 손짓했다.

"이리 오세요. 지금부터 대주님께서 당신한테 내린 명령에 대해 설명해 줄게요."

"……"

"그만한 신법을 펼칠 정도면 체내에 파고든 한령신공의 한음지기를 대부분 해소시켰다는 뜻인데, 설마 아직도 절 두려워하는 건 아니겠죠?"

남녀를 떠나 자존심있는 무인이라면 더 이상 뺄 수 없게 하는 목소리고 표정이었다.

풍뢰경을 한차례 돌려 잔여의 한음지기를 몽땅 체외로 배출한 담우소가 성큼성큼 빙예운에게 걸어갔다. 명존 엄철극에게 항상 지적당했던 사나이의 오기가 발동한 것이다.

*　　　*　　　*

내곤륜 중에서도 십만대산은 지리적으로 용맥(龍脈)을 끼고 있는 요지 중의 요지였다. 내곤륜에 자리 잡은 수천 거봉들의 뿌리가 모두 이곳에서 발원하는 때문이다.

그 용맥의 정중앙! 과거 광명신교의 교도들이 지옥 유부에 갈지언정 절대 갈 수 없다던 흑천이 내려다보이는 산봉으로 그림자 하나가 모습을 드러냈다. 며칠 전 빙예운에게 철혈대를 맡기고 뇌격봉을 떠나온 엄정하였다.

흑천은 광명신교가 삼천이지로 갈리기 전까지만 해도 귀역이나 다름없는 경계 태세가 이뤄지던 곳이다. 교도들의 내부 감찰이 이뤄지던 곳이기 때문인데, 현재 이곳은 황폐할 정도로 버려져 있었다. 역천과 귀천 간의 대결전의 여파는 이곳에까지 미쳤던 것이다.

그래서인지 슬슬 해가 중천에 위치할 시각임에도 엄정하는 전혀 몸을 숨길 필요를 느끼지 못했다. 산 하나만 넘어가면 광명신교의 본산이었다. 폐허밖엔 없는 흑천까지 감시할 생각은 못하는 게 분명했다.

'하긴 대대로 명존의 직계 혈족에게만 전해 내려온 비밀 통로를 이용하지 않았다면 나로서도 이렇게 간단히 본산의 이목을 피하긴 힘들었을 것이다.'

굳이 안력을 돋우지 않더라도 일목요연하게 한눈에 내려다보이는 흑천의 검은 내에 한차례 시선을 던진 엄정하가 품속에서 철제로 된 동그란 통을 꺼내 들었다.

마도의 유명한 장인이 심혈을 기울여 만들어낸 천리연통(千里煙筒)이 바로 이것인데, 통의 뚜껑을 열고 불을 붙이니 곧 하늘로 빨갛고 파란 연기가 솟구쳤다.

자부심이 담긴 이름처럼 천 리 밖까지 연기가 보이진 않겠지만 주변의 몇 리라면 신호를 보낼 수 있을 게 분명했다.

보통의 연기가 하늘로 오르자마자 금세 흩어지는 거에 비해 천리연통의 두 가지 연기는 마치 한 쌍의 용봉이 노닐 듯 끝 간 데 없이 하늘로 치솟을 뿐 한참 동안 흩어지지 않았다.

시간이 흘러 정오의 하늘을 빨갛고 파랗게 물들이던 천리연통의 연기 역시 바람에 흩어질 무렵이었다.

자신의 손에 천리연통을 쥐어줬던 사람을 기다리느라 땅바닥에 엉덩이를 대고 아무렇게나 주저앉아 있던 엄정하의 눈에 이채가 떠올랐다.

천리연통을 사용한 지 반 각 정도 지난 듯한데, 폐허밖엔 볼 게 없던 흑천의 저편으로 혈영(血影) 하나가 모습을 드러내고 있었다. 익히 알고 있는 사람의 모습이었다.

'저 늙은이는 또 무공이 늘었군.'

나직이 혀를 차며 앉았던 자리를 털고 일어선 엄정하가 역시 혈영이 다가오는 방향으로 신형을 날렸다. 앉아서 맞이할 손님이 아니라는 판단이었다.

휘익!

과거 천하제일 경공대가인 천리종횡 최고봉을 놀라게 했던 경공 실력이었다. 바람을 가르며 한 마리 백학처럼 산봉을 뛰어내린 엄정하의 신형은 곧 흑천에 도달했고, 반대 편에서 날아들던 혈영과 마주치게 됐다.

"여전히 노익장이십니다."

엄정하가 먼저 말을 건네니 삼 장쯤 뒤에 신형을 멈춰 세운 혈영의 주변에서 넘실거리던 짙은 혈무(血霧)가 갑자기 회오리치듯 일어났다.

"내 나이는 이미 백오십을 헤아리네. 자네 같은 애송이에 비한다면야 꽤 오래 살았다 할 수 있겠지만, 아직 세상의 이치조차 제대로 알지 못하고 있으니 노익장이란 말은 듣기 거북하구먼."

"으음."

삼 장 밖임에도 혈영에게서 쏟아져 나오는 기도는 압도적이었다. 재빨리 신공을 운기하고서야 혈영의 기도에 대항할 수 있었던 엄정하가 빙긋 입가에 미소를 띠었다.

"과연 그렇군요. 심마왕 노사처럼 젊게 사시는 분께 노익장이란 표현은 맞지 않는 게 당연하지요. 후배가 결례를 범했습니다."

"……."

허리까지 숙여 보이는 엄정하를 물끄러미 바라보던 심마왕이 그제야 광풍과도 같은 기세로 넘실거리던 혈무를 진정시켰다. 만마천에서 은둔하는 동안 전력으로 익힌 혈영신공(血影神功)을 거둔 것이다.

그러자 모습을 드러낸 건 은발백염(銀髮白髯)에 선풍도골(仙風道骨)을 한 한 명의 진인(眞人)이었다. 걸치고 있는 장포의 색깔이 핏빛처럼 붉은 혈포가 아니라면 무지몽매(無知蒙昧)한 자들에게 신선이라 불릴 만한 모습이었다.

물론 무지몽매함과는 거리가 먼 엄정하는 눈앞의 신선 같은 외양을 하고 있는 사람이 과거 천하를 공포에 떨게 만들었던 극악마인임을 알고 있었다.

'나이가 드니 슬슬 외양에 신경이 쓰이나 보군.'

내심 간단한 촌평을 내린 엄정하가 굽혔던 허리를 바로 하며 말했다.

"천리연통은 과연 소식을 전하는 데는 유용한 물건입니다. 하지만 만약 실전에서 사용한다면 지나치게 눈에 띄어 적에게도 위치가 파악될 우려가 있겠습니다."

심마왕이 멋들어진 백염을 어루만지며 말했다.

"본래 그 천리연통은 축제 때 사용하기 위해 만들어진 물건이니 실전에선 사용하지 못하는 게 당연하지 않겠는가."

"축제 때 쓰려 만들어진 물건이라고요?"

심마왕의 신선 같던 얼굴이 일순 극도로 사악한 표정을 만들어냈다.

"흐흥, 금쪽 같은 손녀를 차버린 고얀 녀석에게 내가 뭐 예쁘다고 실전에서 쓸 수 있는 물건을 들려줬겠는가!"

"거, 거기엔 사연이……."

"예운이는 자네의 그 사연 따윈 알지도 못하네. 그런데도 이 할아비를 버리고 자네를 따라간 걸 생각하면 하루에도 열두 번씩 울화통이 터진단 말야!"

"제가 죽일 놈입니다."

약점을 잡힌 얼굴이 된 엄정하가 다시 고개를 숙여 보이자 심마왕의 얼굴이 다시 평정을 되찾았다.

만약 똑똑히 지켜보고 있지 않았다면 엄정하 역시 도저히 같은 사람이란 생각은 하지 못할 만한 변화였다.

그러나 익히 눈앞의 극악마인과 면식이 있던 엄정하는 곧 놀란 기색을 지웠고, 그 모습을 선인의 얼굴로 지켜보던 심마왕이 말했다.

"그래서 말인데, 이 자리에서 확답을 주게."

"확답이라니, 무슨?"

"예운이를 그 너절한 싸움광들의 집합소에서 빼내달라는 말일세."

자식을 가진 부모라면—물론 심마왕은 빙예운의 조부이지만—누구라도 할 수 있는 말이었다. 절정고수라곤 하나 빙예운은 이십여 년간 무공만을 연마했을 뿐 제대로 된 실전은 거의 경험해 보지 못한 상태였다.

언제 피가 튀고 살이 튀는 전장으로 보내질지 모르는 현 상황이 염려스럽지 않을 수 없었다.

·'그러니 내가 다시 고개를 조아려야 하는 것인가?'

내심 쓴웃음을 던진 엄정하가 표정을 굳히며 말했다.

"심마왕 노사께서 걱정하시는 마음은 잘 알지만, 그것은 불가합니다."

"불가?"

선인의 얼굴이 다시 극악마인의 모습으로 변했다. 살기에 따라 모습을 자유자재로 변화시킬 수 있는 경지에 오른 게 분명했다.

하지만 엄정하의 태도는 단호했다.

"예, 그렇습니다. 빙 대장은 철혈대의 중요 전력이니만치 포기할 수는 없습니다."

"그러다 노처녀로 늙으면?"

"예?"

"자네한테 기대할 게 없는 터에 전쟁이니 뭐니 휩쓸려 다니다 혼기를 놓쳐 아무도 데려가지 않는 신세가 되면 어찌할 거냔 말일세!"

심마왕은 기세등등하여 혈기를 마구 뿌려댔다. 당장이라도 엄정하를 잡아먹을 듯한 모습이요, 태도였다.

그러자 잠시 멈칫하는 모습이 됐던 엄정하가 피식 입가에 웃음을 내비쳤다.

"설마 하니 빙 대장과 같은 절세미인이 혼기를 놓치는 일이야 있겠습니까?"

"절세미인?"

"철혈대에만 해도 빙 대장에게 반해 상사병에 시달리는 사내가 수도 없습니다. 만약 규율을 엄중히 하지 않았다면 지금쯤 쇄도하는 구혼 요청에 그녀는 매우 곤란한 지경에 빠져 있을지도 모릅니다."

"흥, 그런가?"

냉소를 터뜨리면서도 심마왕은 슬그머니 흉신악살 같던 기운을 누그러뜨렸다.

수련을 하면 할수록 살기를 주체치 못하게 만드는 혈영신공조차 손녀에 대한 칭찬에 기분이 좋아진 할아버지의 마음만은 어쩌지 못하는 듯했다.

그러자 그러한 점을 잘 알고 있는 엄정하가 기회를 놓치지 않고 말했다.

"그러니 심마왕 노사께서는 빙 대장의 문제는 전혀 염려하지 않으셔도 좋습니다. 비록 저와의 혼약은 깨졌지만, 줄곧 빙 대장을 친누이동생처럼 생각하고 있으니 반드시 제가 멋진 사내와 가연을 맺어주겠습니다."

"하지만 그 아이의 나이가 몇인가? 벌써 스물아홉이야. 무학을 배우는 사람들이 일반적인 세간의 법도를 따진다는 건 우스운 노릇이나 그 나이면 이미 혼기는 놓쳤다고 봐도 과언이 아닐 걸세."

"……"

"지금부터 내 일생의 절학을 이어받을 데릴사윗감을 정하고 혼례 준비를 시켜도 올해를 넘기기 쉬운데, 어찌 자네한테만 아이를 맡기고 있을 수 있겠는가?"

"그건 그렇지만……."

"왜? 이 늙은이가 이렇게까지 말하는데도 그 아이를 넘겨줄 수 없겠는가?"

준수한 얼굴을 난처한 기색으로 물들이며 엄정하가 말했다.

"심마왕 노사께서 그렇게까지 말씀하시니 빙 대장에게 한번 말은 전해보겠습니다만, 소생이 생각하기엔……."

"그 아이가 거부할 거란 뜻인가?"

엄정하는 대답하지 않았다.

그 모습을 이글거리는 눈빛으로 직시하고 있던 심마왕이 장탄식을 토해냈다.

"허어! 아무리 천하의 미녀라 해도 여인이란 제때 시집가야 남편의 사랑을 받을 수 있고 자식도 건강하게 낳을 수 있는 법이거늘."

어느새 심마왕에게선 하늘을 찢어발길 듯하던 살기가 몽땅 사라지고 보이지 않았다. 엄정하에게 빙예운의 혼사 문제를 토로하는 동안 혈영신공의 부작용이 대부분 해소된 것이다.

엄정하가 슬쩍 화제를 돌렸다.

"그건 그렇고, 앞으로 귀천의 잔존 세력들은 어찌할 생각이십니까?"

"귀천?"

심마왕의 얼굴에 짜증스런 기색이 떠올랐다. 그는 전날 자신이 출수했는데도 광명좌사 고엽풍을 격살시키지 못한 일을 치욕스럽게 생각하고 있었던 것이다.

'하긴, 자신의 절반도 되지 않는 연배인 고엽풍과 백 초나 겨뤄 간신히 반 초가량을 이겼으니, 그 드높은 자존심에 상처를 입은 건 당연한 일이겠지.'

눈앞의 극악마인이 과거 부친인 엄철극과 거의 어깨를 나란히 하는 강자였음을 기억해 낸 엄정하가 슬쩍 비위를 맞췄다.

"물론 후배는 전날 심마왕 노사께서 직접 일장을 때려 고엽풍을 도망치게 만들었으니 더 이상의 변동은 있을 수 없다고 생각합니다. 고엽풍과 그의 추종자들은 지금쯤 중상을 입고 어딘가에 틀어박혀 요양이라도 하고 있겠지요."

"……."

"하지만 고엽풍은 명존께서 폐관에 든 지난 십여 년간 줄곧 성화를 지키던 자입니다. 오행천 쪽이야 벌써부터 손을 써서 그와의 관계를 잘랐지만, 방심해서는 안 된다고 사료됩니다. 해서 후배의 생각으로는……."

"자네는 나더러 다시 네 명의 노제들과 제자들을 이끌고 역천에 달라붙은 반역도들과 천지풍뢰 사대문파의 떨거지들을 박살 내라는 건가?"

엄정하의 준수한 얼굴이 정색을 띠었다.

"제가 알고 있는 고엽풍이란 사내는 대단한 야심가이고 독사처럼 간교하면서도 포기를 모릅니다. 일시 만마천에 허를 찔려 패퇴했다곤 하지만, 시간을 끌면 끌수록 재기할 가능성은 높아질 겁니다."

"흐음, 그래서?"

"지금이라도 그들을 발본색원(拔本塞源)해야 한다는 게 후배의 생각입니다."

'이놈 봐라? 이 녀석이 지금 고엽풍이란 꼬맹이와 날 다시 한 번 싸움질을 시켜놓고 저는 뒤로 물러나 덕을 보겠다는 건가?

대번에 엄정하의 내심을 꿰뚫어본 심마왕이 눈빛을 차갑게 물들였다. 좀 전과 같은 혈영신공의 부작용 때문이 아니라 스스로 살심(殺心)을 일으킨 것인데, 그것을 부추긴 건 좀 전부터 엄정하에게서 발산되기 시작한 패도(覇道)였다.

빙예운의 혼사 문제에 대한 얘기를 나눌 때만 해도 예전의 문약한 모습 그대로였던 엄정하가 갑자기 강렬한 패도를 일으키기 시작한 것이다. 평생을 통해 심마왕이 봤던 어떤 고수에게도 뒤지지 않을 정도의 기세를 품고.

제57장 독립 부대 풍뢰영(風雷影)

"흐흐흐!"

평소에 보이던 선인의 미소와 다르면서도 방금 전 살기가 끓어오를 때 보이던 사악한 미소와도 또 다른, 굳이 표현하자면 보는 이의 등골을 오싹하게 하는 웃음소리였다.

일순 소름 끼칠 정도로 차가운 표정이 된 심마왕을 무심히 바라보고 있던 엄정하의 눈빛이 금빛으로 물들었다.

혈영신공을 연마하기 전 심마왕에게 극악마인이란 각인을 심어준 섭혼마공(攝魂魔功)에 대항하고자 함이었다.

광명신교의 육대기공 중 하나인 금안공에는 천하의 모든 섭혼공을 제압하는 묘용 역시 있는 것이다.

그러자 심마왕이 얼른 유리알처럼 투명하게 변했던 자신의 눈빛을 약간 흩뜨리며 조소하듯 말했다.

"과연 명존은 대단한 사람이로군. 육대기공 중에서도 금안공과 화심인은 명존에 오른 자만이 익힐 수 있는 신공이라 알고 있거늘."

여전히 금안공을 풀지 않은 채 엄정하가 말했다.

"그야 심마왕 노사의 섭혼마공에 대항하려면 금안공을 익혀야 하는 게 아니겠습니까?"

심마왕이 냉소했다.

"흥, 나에게 대항하기 위해서 금안공을 익혔다?"

엄정하가 말했다.

"예전부터 명존께서는 무당파의 청우 선인보다 오히려 마천루의 잔존 세력들을 우려하셨습니다. 정파에 밀린 그들이 마도로 스며들 것을 걱정한 것이지요."

"……."

"따라서 후배가 금안공을 익힌 건 명존께서 폐관에 들어가시기 직전이었습니다. 아마도 심마왕 노사께서 약속을 지키지 않으실 걸 우려하신 듯합니다."

"그랬었군."

단도직입적인 엄정하의 설명에 심마왕은 시큰둥하니 고개를 끄떡였다. 만약 다른 때 같았으면 길길이 날뛰었을 테지만, 천상천하유아독존(天上天下唯我獨尊) 격인 명존 엄철극의 성품을 알고 있기에 오히려 기분이 나쁘지 않은 듯했다.

그러한 점을 파악한 엄정하가 말했다.

"그래서 말인데, 섭혼마공과 금안공은 각기 일장일단(一長一短)이 있는 신공입니다. 어쩌다 후배가 심마왕 노사님의 심기를 거슬렀는지는 모르겠으나 이쯤에서 서로 간에 심력 소모는 그쳤으면 합니다만?"

그야말로 심마왕으로선 바라던 바라 할 수 있었다. 천하무쌍이라 할 수 있는 섭혼마공이라 할지라도 금안공을 반드시 이기리란 보장은 없는 것이다.

"흥!"

한차례 냉소와 함께 눈빛을 평소와 같이 되돌린 심마왕이 여전히 냉랭함이 가시지 않은 표정으로 말했다.

"나와 아우들이 엽가 어린 아해를 친 것은 어디까지나 명존과 맺었던 협정에 의거한 일이었다. 과거 약속 어기길 밥 먹듯 하던 때와 비교하면 나 역시 놀랄 만큼 정직하게 협정을 지킨 게야. 그러니 이제 광명신교의 본산까지 접수한 마당에 나와 동생들이 다시 손을 쓸 필요가 있을까?"

"노골적이시군요."

엄정하가 야유하듯 말하자 심마왕이 하늘을 바라보며 홍소를 터뜨렸다.

"허허허! 벌써 다 커서 한 사람의 무인이 됐는 줄 알았더니, 아직 어리구만! 어려!"

"그건 또 무슨 말씀이신지?"

홍소를 멈춘 심마왕이 무뚝뚝하니 말했다.

"이럴 때는 그럴듯한 조건을 제시하는 게 한 세력을 맡은 자가 취할 수 있는 모인 게야. 자신이 원하는 바를 이뤄줄 대상의 구미를 잡아당길 수 있을 만한."

"……"

"그렇지 않으면 자네는 아직도 명존의 후광에나 의지하는 반쪽짜리 우두머리인가?"

신광을 번뜩이는 심마왕의 질문에 엄정하의 주사빛 입술이 슬며시 미소를 만들어냈다.

"과연 심마왕 노사십니다. 전대의 일은 배제하고 후배와 새롭게 협정을 채결하고 싶다는 뜻이군요."

"도대체가 죽었는지 살았는지 소식조차 없는 사람의 그림자만을 보고 세상을 살 수는 없는 일 아닌가?"

"……."

"그것도 뒤를 잇는 자의 기량이 따라줘야 할 수 있는 말이겠지만."

말끝을 흐리며 심마왕이 다시 웃었다. 혈영신공의 살기가 담긴 것도 아니고 섭혼마공이 실린 것도 아니건만 엄정하를 더욱 긴장시키는 웃음이었다.

*　　　*　　　*

강문호는 졸지에 담우소의 군사가 됐다. 아니, 되어야만 했다. 한 달에 은자 열 냥씩이었다. 그 약속했던 황금 백 냥과 기타 담우소가 지니고 있던 은자 일체를 그는 몽땅 몸으로 갚게 된 것이다.

물론 강문호에게도 나름대로의 복안은 있었다.

현재 그의 직위는 백룡철검대의 모사였다. 군사가 됐다곤 하나 실제로 담우소와 마주하게 될 시간은 극히 드물었다. 모사는 언제나 부대의 제반 훈련과 작전을 짜는 것만으로도 꼬박 밤을 새야 하는 위치이기에 당연한 일이었다.

'그런데 어째서 일이 이렇게 되나?'

느닷없는 전출 명령에 강문호는 그저 뒤통수를 긁적일 뿐이었다. 특

별히 어디에 정을 두는 성격이 아니니 전출을 간다 해도 그리 섭섭할
것은 없었다. 하지만 그동안 어찌어찌 얻어볼 수 있었던 광명신교의
전적들과 헤어진다는 건 강문호로서도 안타까운 노릇이 아닐 수 없었
다.

강문호가 짐을 싸고 있자니, 그동안 훈련 계획서 및 몇 가지 획기적
인 조직 개편서를 몽땅 훔쳐 간 도둑놈인 백룡철검대의 군사 여불학(呂
不虐)이 총총히 다가와 말했다.

"강 모사는 우리 백룡철검대의 작전실에서도 반드시 필요한 인재인
데 이렇게 불시 떠난다니, 이 사람은 정말 슬픔을 금치 못하겠네."

'아직 소부대 전투 훈련 및 주요 진지 전투 시의 제반 사항에 대한
숙지가 덜 됐나 보군.'

내심 툴툴거리면서도 강문호는 입가에 사람 좋은 웃음을 매달았다.

"그동안 제게 명령하셨던 서류들은 이미 작성하여 주(周) 모사와
백(白) 모사에게 맡겼습니다. 대략 열다섯 가지 병진의 모양을 화사
(畵師)에게 부탁해 그림으로 자세히 그려뒀으니, 잠시만 짬을 내시면
될 겁니다."

"허허, 역시 확실하군."

몇 가닥 없는 염소수염을 연신 쓰다듬으며 흐뭇한 미소를 입가에 매
단 여불학이 강문호의 어깨를 툭툭 두들겼다. 앞서의 입에 발린 말과
달리 이때 내보인 표정은 조금쯤 진심을 담고 있었다.

그러나 이미 강문호에게 있어 그는 과거의 사람이 된 지 오래였다.
냉정하게 어깨를 빼낸 강문호가 조금쯤 차가워진 표정으로 말했다.

"저는 짐을 싸느라 바빠서……."

"아아, 이런이런. 지금부터 정신없이 바빠질 사람을 내가 너무 오랫

동안 붙잡았군."

약간 머쓱해진 표정으로 강문호에게서 손을 뗀 여불학이 다시 몇 차례 염소수염을 매만지고는 올 때처럼 뒤돌아 가버렸다. 그에게 있어 강문호란 존재는 자신의 출세에 발판이 되어준 한 사람의 모사, 그 이상도 이하도 아니었다.

'이번 전출 명령에 그 녀석이 개입한 걸까?'

아직 탐독을 끝마치지 못한 서책 중 몇 개를 놓고 고심하는 한편 문득 담우소를 떠올린 강문호의 표정이 미묘한 색깔을 띠었다. 여불학 같은 거머리와 달리 담우소란 사람은 강문호 자신에게도 꽤나 묵직한 무게로 다가오는 것이다.

끼이익!

헉헉대며 커다란 대문을 밀어붙인 끝에 간신히 전각 안으로 들어선 강문호는 역시 서책 중 몇 개는 빼야 했다고 스스로에게 한탄했다.

한 권만 더, 한 권만 더 한 것이 대략 삼십 권이 넘어버렸으니… 거기에 보태 옷 몇 가지에 죽간 몇 개만을 싸 들고 오는 것만도 중노동에 가까웠다.

어찌나 힘이 드는지 내실 안으로 들어서자마자 바닥에 털썩 주저앉고는 식식대고 있는 강문호의 귓전을 익숙한 목소리가 간지럽혔다.

"기껏 책 몇 개 들고 왔다고 어지간히 힘든 모양이군."

'이 목소리는?'

고개를 들어 올린 강문호는 휑하니 비어 있는 삼백 평 남짓한 내실 한쪽에 서 있는 담우소를 볼 수 있었다. 방금 전의 희롱기 다분한 목소리의 주인이었다.

'이건 생각했던 이상인걸?'

이마의 땀을 훔치며 강문호가 말했다.

"설마 하니 네 녀석도 새롭게 창설된 별동 부대에 배속된 것이냐?"

대답 대신 고개만을 까닥거린 담우소가 성큼성큼 강문호에게로 걸어와 그 앞에 역시 털썩 주저앉았다.

"이거 꽤 편하군."

방만한 자세로 이리저리 몸을 비틀어 보이는 담우소를 물끄러미 쳐다보던 강문호가 말했다.

"대장은 누구냐?"

"나다."

"너?"

"그래, 내가 바로 철혈대의 별동 부대이자 대주 직속의 독립 부대인 풍뢰영(風雷影)의 대장인 담우소다. 그리고 앞으로 풍뢰영의 모든 인원 및 장비, 작전을 통괄할 군사는 바로 너 강문호고."

"뭐?"

강문호야 놀라거나 말거나 자신이 할 말만을 후닥닥 끝낸 담우소가 품속에서 한 무더기의 서류 뭉치를 꺼내 불쑥 앞으로 내밀었다.

"자, 받아라!"

내심 황당한 표정이 됐지만 곧 현실에 순응한 강문호가 서류 뭉치를 받아 들며 물었다.

"이게 뭐지?"

앉은자리에서 벌떡 튀어 일어선 담우소가 말했다.

"어렵게 빼낸 순검부부터 제오부대까지 철혈대에 배속된 인원들의 명단이다. 그중 지옥에 던져 놔도 살아올 만한 녀석들만 추려서 내일까지 명단을 작성해 놔라."

'뭐, 뭐라고?'

어디서 힘이 솟았는지 벌떡 자리에서 일어난 강문호가 벌써 저만치 걸어가는 담우소에게 버럭 소리쳤다.

"야! 이 낮도깨비 같은 녀석아! 그런 일을 명령할 때는 부대에 참여할 인원의 숫자와 어떤 종류의 작전을 수행할 건지 정도는 말해 줘야할 거 아냐!"

고개를 돌린 담우소가 말했다.

"그건 아직 나도 모른다. 다만 전투와 방어를 담당한 각 부대들 중 일급의 전문가들만 추려 별동대를 만든다면 무언가 지독한 일을 맡기지 않겠냐?"

"그, 그야······."

"그러니 네 녀석이 지금부터 할 일은 철혈대의 각 부대와 부처 중 가장 탐나는 녀석들의 명단을 뽑는 거란 말씀이야. 그 녀석들의 영입은 내가 어떻게든 알아서 할 문제고."

"······."

"그럼, 나는 내일 정오에 다시 찾아오겠다."

그 말을 끝으로 담우소는 내실의 문을 열고 밖으로 사라졌다. 무언가 바쁜 일이 있는 게 분명했다.

'이런!'

졸지에 엄청난 일거리를 떠안게 된 강문호가 서둘러 서류를 넘기며 한숨을 푹푹 내쉬었다. 순수 전투 요원만 해도 거의 천여 명에 달하는 철혈대에서 쓸 만한 자들을 뽑는다는 건 모래밭에서 바늘 찾기나 마찬가지인 것이다.

한편 풍뢰영의 임시 본부로 배정된 풍운각(風雲閣)에서 빠져나온 담우소가 향한 곳은 제오부대인 독룡독녀대의 본부가 자리 잡은 독룡각(毒龍閣)이었다.

때는 이미 정오가 지나 중식(中食) 시간이 끝난 시점이었다. 독룡각의 정문에 선 채 식곤증에 전 표정이 여실하던 여검수들 중 하나가 반가운 기색을 띠었다.

"아아! 오늘도 오셨네요?"

"하하하!"

어색하게 마주 웃어준 담우소가 말했다.

"유 대장은 안에 있겠지요?"

"쿡!"

"얘는! 대장님께서는 집무실에 계십니다."

묘한 웃음을 입에 매단 여검수의 옆구리를 옆에 서 있던 동료가 살짝 찔렀다. 아무래도 그녀들에게 담우소는 유소빈의 남자—몇 번째인지는 차치하고—로 오해받고 있는 게 분명했다.

그러한 점을 애써 외면한 채 담우소가 재차 말했다.

"그럼, 소저들 중 한 분이 유 대장에게 담 모가 찾아왔다고 전해주시겠습니까?"

"제가 갈게요!"

손까지 들어 올리며 목소리를 높인 예의 여검수가 독룡각 안으로 달려갔다. 얼핏 보기엔 방만해 보이는 모습을 하고 있었지만, 신법이 빠르면서도 격식을 갖춘 게 일류고수라 봐도 무방할 정도였다.

대략 일 다경 정도가 흘렀다. 독룡각을 빠져나온 여검수가 입가에 미소를 배실거리며 말했다.

"대장님께서 일각이 여삼추처럼 기다렸다고 빨리 들어오시랍니다."

'이런!'

더욱 짙어진 의미심장한 여검수들의 미소에 담우소는 난처한 표정이 됐다. 의심은 이제 확신으로 변해 버린 듯했다.

자신도 모르게 뒤통수를 긁적인 담우소가 애써 얼굴을 무표정하게 하고 독룡각으로 걸어가자 뒤에서 키득거리는 소리가 들려왔다.

"이번에는 얼마나 갈까?"

"얼굴도 저만하면 준수하고 체격도 그럴싸한 게 이번엔 좀 오래갈 것 같은데?"

"그럴까?"

"딱 보기에 대장님 취향이잖아!"

'으윽! 다 들린다, 다 들려!'

고개를 절레절레 흔들며 발걸음을 빨리한 담우소가 잠시 후에 도착한 곳은 독룡각의 대장 집무실이었다.

똑똑!

문을 두들기고 들어서니 널찍한 탁자 위에 유소빈이 두 다리를 올려놓은 채 몸을 잔뜩 호피의에 묻고 있었다.

'크기로 봐서 살아생전엔 한 산의 대왕 노릇을 하던 놈임에 분명한데 죽어선 저런 꼴이 되다니… 참으로 가련하고 안타까운 노릇이다.'

과거 무명산에서 사냥하던 때가 떠올라 내심 가죽이 홀랑 벗겨진 대호에게 애도를 표한 담우소가 헛기침을 몇 차례 내뱉었다.

"험험! 담 모가 왔소이다."

탁자에 올려놓은 다리를 살짝 꼬아 보이며 유소빈이 고개를 까닥거렸다.

"왔군요."

담우소가 슬쩍 고개를 옆으로 돌렸다.

"그런 자세로 있으면 치마 속이 보이오만."

"그런가요?"

대수롭지 않다는 듯 대답한 유소빈이 담우소에게 턱짓했다.

"의자는 많으니 거기 아무 데나 앉아요."

'흐음, 치마를 가릴 생각이 없으시다?'

내심 침음을 터뜨리면서도 슬쩍 곁눈질하기를 잊지 않은 담우소가 될 수 있으면 치한으로 오인받지 않을 자리를 골라 앉았다. 앞서 독룡 각에 들어올 당시 겪었던 일을 생각하고 특히 더 몸을 사리게 된 것이다.

그러거나 말거나 자신은 전혀 상관할 바 없다는 표정으로 눈을 가름 하게 뜬 유소빈이 육감적인 입술을 혀로 살살 빨았다.

"빽질나게 찾아올 때는 언제고, 제게 각 부대의 인원 명단을 받아가 고는 며칠간 소식조차 없더니, 오늘은 무슨 바람이 불어 이곳까지 오셨 지요? 요즘 들어 대주님께 특수 임무를 부여받아 한참 바쁘다고 하던 데, 혹시 그 때문인가요?"

쪼르륵!

스스로 탁자 위에 구비된 주전자를 기울여 자신의 잔에 엽차를 따른 후 한 모금을 입에 머금은 담우소가 고개를 끄떡였다.

"그렇소이다. 확실히 내가 다시 독룡각을 찾은 건 대주님의 명령 때 문이오."

스윽.

그제야 푹 파묻혀 있던 호피의에서 몸을 담우소 쪽으로 기울인 유소빈이 눈빛을 촉촉이 빛냈다.

"대주님께서는 요즘 뭘 하시느라 철혈중지에서 두문불출(杜門不出)하시는 거죠?"

앞서의 시큰둥한 반응과는 확연히 구분될 정도로 코맹맹이 소리가 가미된 목소리였다. 그러나 귓전을 간질이는 목소리보다 자세를 앞으로 숙이자 드러난 가슴의 곡선에 담우소는 더욱 움찔하여 고개를 슬쩍 옆으로 돌렸다.

"험험, 어째서 평소에 입던 경장을 입지 않으셨소?"

"왜요? 이 옷은 제 고향 묘강의 여인들이 즐겨 입는 옷인데, 보기 흉하나요?"

"아니, 그런 게 아니라……."

"호호, 그럼 어째서 고개를 돌리는 거죠? 옷이 문제가 아니라면, 설마 하니 제 가슴이 미워서 보기 싫다는 건가요?"

'빌어먹을! 이런 차림은 의도적이었었군.'

자신이 유소빈에게 놀림을 받았다는 걸 깨달은 담우소가 대뜸 고개를 바로 했다. 정면으로 유소빈의 반쯤 드러난 가슴을 직시한 것이다. 그리고 세상의 어떤 색마(色魔)와 견줘도 부족함이 없을 정도로 뻔뻔스런 표정으로 씩 웃었다.

"유 대장, 나도 사내요. 어찌 유 대장의 고혹적인 자태를 미워할 수 있겠소?"

"……."

"만약 유 대장만 싫지 않다면 지금 이 자리에서라도 뼈와 살이 타도록 뜨거운 밤을 불태울 의향이 있소."

말뿐이 아니라 담우소는 벌떡 자리에서 일어섰다. 그리고 당장에라도 흐트러진 모습이 역력한 유소빈에게 달려들듯 눈빛을 번쩍였다. 말보다는 행동으로 보여주겠다는 의지가 엿보이는 모습인 것이다.

'호오, 역시 여간내기는 아니네? 아직도 지닌 바 능력은 다 모르겠지만 배포와 임기응변만 봐도 철 이가나 군 삼가보다는 단수가 높은 게 분명해. 뱃속에 백 년 먹은 구렁이를 열 마리쯤 담고 있는 능 대형과 비교하면 어떨지 몰라도.'

내심과 달리 담우소의 달라진 모습에도 유소빈은 전혀 표정의 변화가 없었다. 단지 그녀는 묘하게 꼬고 있던 다리를 슬쩍 탁자 위에서 내려놓았다. 그리고 흐트러졌던 자세를 바로 하니, 담우소 역시 곧 태도를 바꾸곤 자리에 앉아 다시 찻잔을 들었다.

후룩!

그저 시늉만이 아니라 엽차를 맛있다는 듯 마시고 있는 담우소를 빤히 쳐다보며 유소빈이 말했다.

"그래서 제 질문에 대한 대답은요?"

앞서의 상황을 싹 무시한 질문에 담우소가 역시 전혀 아무 일도 없었다는 듯한 표정으로 대답했다.

"대주님께서는 지금 한 가지 신공을 연마 중이시오."

"신공?"

"그렇소. 갑자기 독립 부대 하나를 만들라 명령하시곤 자신은 한동안 신공 수련에 들어가니 더 이상 찾을 필요가 없다고 하셨소."

유소빈의 뒷질문을 원천봉쇄하는 대답이었다. 입술을 가늘게 떨다가 끝내 속내를 말하는 걸 참은 유소빈의 눈빛이 묘하게 반짝거렸다.

"대주님의 무공 수위는 이미 역천이나 귀천의 수뇌들과 비교해도 꿀리지 않는다고 알고 있어요. 연배의 차이를 보자면 대단한 것이지요. 그런데도 느닷없이 신공 수련이시라니, 도대체 그분은 어디까지 올라가시려는지 모르겠군요."

어깨를 으쓱해 보인 담우소가 말했다.

"그야 유 대장이 모르듯 담 모 역시 알 수 없는 일이고. 금일 내가 유 대장을 찾은 건 대주님께서 본인에게 명령한 독립 부대 편성에 대한 건 때문인데……."

"명령서는 물론 가지고 있겠지요?"

고개를 끄떡인 담우소가 품속에서 한 통의 서찰을 꺼내 들었다. 빙예운에게 미리 받았던 일종의 위임장이었다.

담우소로부터 철혈대주의 직인이 찍힌 위임장을 받아 든 유소빈이 눈살을 찌푸렸다.

"특별한 지시 사항이 적혀 있는 게 아니라 위임장이라? 당신에 대한 대주님의 총애는 정말 남다른 데가 있군요. 하긴 본래 심복이란 그런 것이지만."

위임장을 담우소에게 건네주며 유소빈이 말했다.

"이번에는 또 뭘 알고 싶으신 거죠?"

담우소가 말했다.

"백룡철검대를 맡고 있는 빙 대장에 대한 사항을 모조리 알려줬으면 좋겠소."

"예운 언니에 대한 사항이요?"

"내가 듣기로 철혈대 최강의 무력을 자랑한다는 묵룡암영대의 대장인 능 대장과 빙 대장은 만마천에서 같이 동문수학한 사이라고 하더군요."

"장수를 잡기 위해 먼저 말을 쏘겠다?"

담우소가 빙긋 웃었다.

"하하, 어찌 빙 대장이 말이 되겠소. 다만 나는 새로 만들게 될 특수 부대에 묵룡암영대의 인재들도 포함시키고 싶을 뿐이오."

"……."

"설마 이제 와서 이 사람을 도와주지 않겠다는 건 아니겠지요?"

유소빈의 안색이 살짝 굳었다. 어떤 일이든 행사에 대담한 그녀로서도 철혈대의 오대고수 중 으뜸인 능몽초와 빙예운에게는 꺼리는 점이 없지 않았던 것이다.

특수 독립 부대 풍뢰영의 뼈대는 금세 만들어져 갔다. 몇 차례나 고성이 오가는 싸움질을 벌였지만, 어느새 대장과 군사로 자리매김을 확실히 한 담우소와 강문호는 손발이 착착 맞았다.

군사인 강문호가 각 부처별 인재들 중 반드시 필요한 사람으로 부대 조직을 편성하자 담우소가 온갖 마술을 부려대며 사람을 모았다. 철혈대주의 직인이 찍힌 위임장과 더불어 철혈대에 들어오기 전 담우소가 벌였던 사전 작업이 큰 도움이 됐음은 물론이다.

대충 일 개월 정도가 지나 슬슬 날씨가 더워지기 시작하자 풍뢰영은 정식으로 발족할 수 있었다. 여타의 무투 부대처럼 제육부대라 번호가 매겨지진 않았으나 각 부처의 전문가 백 명으로 구성된 훌륭한 독립 부대가 탄생한 것이다.

"풍뢰영의 각 부처는 군사부 강문호를 비롯한 삼 명, 돌격 일조 오십오 명, 특수 침투 파괴 이조 삼십 명, 연락 삼조 십 명, 대장 직속 호위 오 명으로 최종 구성되었다. 대장 직속의 호위 무사들은 무력과 경험을 바탕으로……."

강문호의 최종 보고를 경청하고 있던 담우소가 갑자기 손을 들어 올렸다.

"무슨?"

담우소가 말했다.

"내 호위를 담당할 무사들은 내가 정해도 될까?"

강문호가 퉁명스레 말했다.

"나 몰래 정해놓은 자들이라도 있나?"

담우소가 뒤통수를 긁적였다.

"예전에 인연을 맺었던 자들이 있어서……."

"실력은 있고?"

담우소가 고개를 끄떡였다.

"실력들은 모두 일급들이다. 그동안 내가 따로 알아봤더니 각 부대에서의 평가도 좋은 편이더군."

"흥, 그러냐?"

강문호의 미간에 가벼운 주름이 생겼다. 군사인 자신이 가장 중요한 인사에서 소외받았다는 생각이 든 것이다.

'이 녀석 또 삐쳤군.'

강문호의 눈치를 살피며 담우소가 품속에서 꼬깃꼬깃 접어놓은 종잇조각 하나를 꺼내 밀어놓았다.

"명단은 여기……."

마땅찮은 표정으로 종잇조각을 펼쳐 든 강문호의 눈가에 이채가 떠올랐다.

'제자 삼아 데리고 있는 소여영이란 꼬맹이는 그렇다 치고, 적룡창검대 최강의 무사들로 불리는 혈사방주의 제자들과 여자의 몸으로 거칠기로 소문난 황룡패도대에서 백부장에 오른 가시나무꽃이라! 하나같이 마도 명문의 제자들인데다 서로 연배도 맞지 않을 텐데 어찌 이 낯도깨비 같은 녀석이 그들과 인연을 맺게 됐지?

차례대로 명단을 읽어가며 내심 고개를 절레절레 흔들던 강문호가 마지막 부분에 이르러 나직한 신음을 토해냈다.

"비도탈명 고검명?"

"나는 줄곧 네 녀석이 어째서 마교에 투신했을까에 대해 생각했었다. 내가 알고 있는 강문호란 사내는 대단히 계산 속이 밝고 귀성장에 대한 충성심이 강한 사내니까. 그러다 문득 떠오르는 게 있어 조사해 봤더니, 나와 함께 귀성장에서 떠났던 일행들 중 아직 마교에 억류되어 있는 자가 있더군."

담우소는 히죽 웃었다. 강문호란 사내를 놀라게 한다는 건 싸움판에서 승리를 거머쥐는 것만큼 짜릿한 감흥을 불러일으키는 것이다.

그러자 강문호가 천천히 고개를 끄떡였다.

"고 노형은 대장주께서 가장 아끼던 분으로 사실 마교행에 나설 사람이 아니었다. 다른 사람을 대신해서 앞장섰던 것이지. 그런데 불구의 몸이 되지 않았다는 이유만으로 아직도 마교 본산의 지하 감옥에 갇혀 있다. 지금쯤 죽었는지 살았는지 알 도리는 없으나 대장주님께서 눈물을 흘리며 부탁한 사람이니 내가 어떡해서든 구해내고 싶었다."

이런 말을 할 때는 눈물 한 방울쯤 흘릴 만도 한데 강문호의 태도는 요지부동이었다. 마치 딴사람에 대해 말하고 있는 듯했다.

냉철한 군사의 모습에서 한 발자국도 물러서지 않고 있는 강문호를 물끄러미 쳐다본 담우소가 말했다.

"어쨌든 나는 비도탈명 고검명이란 사내를 내 호위 무사로 만들 것이야. 그러니 자네는 지금부터 따로 구출대를 조직해 놓으라구. 언제든 내 호위 무사를 데리러 갈 수 있게."

잠시 대답을 유보한 강문호가 말했다.

"그 밖의 요구 조건은?"

"그런 게 있을 리 있나?"

담우소가 다시 웃었다. 그러자 처음으로 강문호가 허리를 굽혀 인사했다. 풍뢰영의 군사로서 대장에게 충성을 맹세하는 인사라기보다는 그냥 예의상 숙여 보이는 것이었다.

며칠 후.

정식으로 부대 본부가 마련된 풍운각에는 귀한 손님이 찾아왔다. 풍뢰영이란 독립 부대가 생긴 후 처음으로 대장급 인사가 방문한 것이다.

"이쪽입니다."

얼굴을 가로지른 한 줄기의 자상. 제법 아름다웠을 용모는 망가져 있었다. 하지만 여전히 독특한 매력을 여검수는 풍기고 있었다. 그녀의 안내를 받아 대장 집무실 앞에 도착한 빙예운이 고개를 한차례 끄떡여 보였다. 자신을 안내한 호위 무사가 안면이 있음을 눈치 챈 것이다.

"소매는?"

여인이 얼른 고개를 숙이며 고했다.

"과거엔 만마천 시험 중에 빙 대장님께 시험을 받았고, 현재는 황룡패도대에서 이틀 전에 풍뢰영으로 전출해 온 마경화라 합니다."

"그렇군요. 그런데 얼굴은 어쩌다 그리됐지요?"

잠시 안색이 굳어졌던 마경화가 여전한 목소리로 대답했다.

"육 개월 전 봉천령(奉泉嶺) 전투에서 입은 상처입니다."

"나 역시 기억하고 있어요. 철혈대의 두 개 부대가 투입될 정도로 치열한 전투였지요. 그때 끝까지 저항하던 철사자맹(鐵獅子盟) 돌격대장의 목을 친 여장부가 있다고 하더니, 그 사람이 바로 소매였군요?"

"운이 좋았을 따름입니다."

"그 전투에서 철사자맹을 토벌함으로써 철혈대는 군마지를 장악하는 데 성공했어요. 그리고 철사자맹이 무너진 건 후방을 맡고 있던 돌격대장이 개전 초기에 목숨을 잃었기 때문에 합공을 막지 못한 까닭이고요. 소매의 얼굴에 난 상처는 수많은 동료들의 목숨을 구한 소중한 것이에요."

빙결 같은 손을 들어 마경화의 얼굴을 한차례 매만져 준 후, 빙예운이 집무실의 문을 두들기자 냉큼 들어오란 소리가 흘러나왔다.

"아!"

한차례의 어루만짐에 잠시 넋을 잃었던 마경화가 자신의 직분을 깨닫고 얼른 고하려 하자 손을 들어 그것을 제지한 빙예운이 스스로 집무실 문을 열고 들어섰다.

창밖을 바라보고 있던 담우소가 마침 고개를 돌리다 가볍게 놀란 얼굴이 되었다.

"빙 대장, 어서 오시오."

담우소가 웃으며 조촐하게 마련된 탁자 옆의 자리를 권하자 사양 않고 착석한 빙예운이 차분한 표정으로 입술을 열었다.

"기껏해야 두 달여. 대주님의 명을 전달하면서도 솔직히 무리라 생각했는데 예상외로 훌륭한 조직을 갖췄군요."

빙예운의 맞은편에 자리를 잡고 앉은 담우소가 말했다.

"모든 게 빙 대장이 그동안 물심양면으로 도와준 덕이 아니겠소."

"겸양이 지나치군요. 제가 해준 건 기껏해야 대주님의 명에 따랐을 뿐인 것을."

"내게는 그것만으로도 충분했소."

"그렇다면야 저로선 다행스런 일이고요."

표정을 찾아볼 길 없는 눈앞의 빙화(氷花)를 바라보며 씩 웃어 보인 담우소가 말했다.

"빙 대장이 이렇게 움직인 걸 보니 대주님께서는 이제 철혈대로 복귀하신 것이겠지요?"

고개를 끄떡여 보인 빙예운이 말했다.

"대주님께서 찾으십니다."

"그렇구려."

고개를 끄떡이며 담우소가 벌떡 일어섰다. 시간 끌 것 없다는 생각이었다. 신정을 나온 후 벌였던 모든 일은 엄정하와의 만남에 대비하기 위함이었던 것이다.

그러자 빙예운 같은 절세미인이 언제 담우소같이 자신을 무시하는 사내를 봤으랴!

자신보다 먼저 일어서는 실례를 범한 것은 고사하고, 아직 할 말이 남아 있던 빙예운이 수려한 미목을 찌푸려 보였다.

"대주님께서는 지금 당장 당신을 만나겠다고 하신 게 아니에요."

"예?"

"앉으시라는 거예요, 아직 제가 할 말이 남아 있으니."

담우소는 그제야 자신이 빙예운에게 무례를 범했다는 걸 깨달았다.

그동안 지나칠 정도로 화통한 성격인 유소빈이나 여전히 기질이 강한 마경화 등과만 만나다 보니 빙예운같이 섬세한 여인은 익숙지 못한 게 당연했다.

"……."

앞서의 관록이 엿보이던 모습은 어디로 사라진 것일까. 갑자기 벌을 서는 꼬맹이 같은 표정이 된 담우소의 모습에 자신도 모르게 입가에 미소를 배어 문 빙예운이 말했다.

"처음엔 얼굴이나 기질이 너무 변해 설마 하는 마음도 있었는데, 당신은 과연 그때의 버릇없는 소년이 분명하군요. 대주님의 언질을 듣고도 설마설마 했는데……."

"어?"

"왜요? 저같이 냉막한 여인이 과거의 일에 연연하는 모습이 이상한가요?"

'그 망할 주인 녀석이 나에 대해 도대체 무슨 말을 지껄였길래 이 빙설마녀가 이러나?'

내심 난처한 기분이 된 담우소가 습관처럼 뒤통수를 긁적였다.

"그때도 말했지만 당시엔 사연이 좀 있어서……."

"얼굴을 바꾸고 목소리까지 바꿨으니 당연히 중대한 사연이 있었겠죠. 그것도 소년의 얼굴을 하고서요. 그래서였을까요? 저는 광명정에서 있었던 최종 시험 중 모습을 감춘 짓궂은 얼굴의 소년이 문득문득 떠오르곤 하더군요."

"하하, 이거 참!"

자신이 소년의 얼굴을 하고 있을 때 자행했던 일들을 떠올리곤 안색이 절로 뜨끈해진 담우소가 헛웃음을 삼켰다. 아무래도 빙예운에게 큰 약점을 잡혔음을 부인할 수 없을 듯했다.

그러나 애초부터 빙예운은 특별히 담우소를 궁지에 몰아넣을 생각은 없었나 보다. 안절부절못하는 담우소를 담담히 지켜보던 빙예운이 말했다.

"어쨌든 그 당시 당신이 사라져서 무척 서운했는데, 다시 만나게 되어 반가웠어요. 그때 당신은 대주님 노릇을 했다고 절 때리고 몰아붙였지만요."

"그때는 사정이……."

"또 사정 탓을 하는군요."

"그, 그게!"

쩔쩔매는 담우소를 향해 빙예운이 새침한 표정을 지어 보였다.

"그래서 설마 저한테 사과하지 않으실 생각은 아니시겠죠?"

'이런!'

내심 혀를 찬 담우소가 조그만 목소리로 중얼거렸다.

"미, 미안하게 됐소."

"뭐라고요?"

"미안하게 됐소이다!"

목소리를 높인 담우소의 등으로 진땀이 흘러내렸다. 과거 엄정하에게 당했던 때와 같이 빙예운의 앞에서도 전혀 기를 못 펴는 담우소였다.

그러자 다시 입가에 미소를 배어 문 빙예운이 말했다.

"그럼, 그때의 무례는 이것으로 일단 마무리 짓도록 하죠. 어차피 당신이 그때 만마천 시험에 응시했던 건 대주님의 명령에 의해서였을 테고, 철혈중지에서 절 공격한 건 무언가 중요한 사안을 보고하러 왔기 때문일 테니까요."

"으음."

"대신!"

"대, 대신?"

"당신은 앞으로 종종 저와 만나주셔야겠어요. 요 근래 깨달은 거지만, 당신은 대주님을 제외하곤 제가 편안하게 대화를 나눴던 거의 유일한 사람이거든요."

빙옥이 무색할 정도이던 안색을 살짝 붉힌 빙예운의 옥용을 바라보며 담우소는 일순 구름 위로 몸이 붕 떠오르는 듯한 기분을 느꼈다. 앞서 다소 우격다짐으로 자신에게 사과를 강요했던 것이 이와 같은 말을 꺼내기 위함이었음을 직감한 것이다.

제58장 결전(決戰)! 그 이후

철혈중지의 육층에 이르도록 담우소는 헤벌레한 표정이었다. 빙예운이 앞장서 안내했기 때문이다.

그러나 의미심장한 눈빛과 함께 빙예운과 이별을 고하자마자 그는 눈빛을 차갑게 바꿨다. 절세미인에게 휘둘린 사내의 모습은 여기까지만이었다.

무심냉막에 가까워진 눈빛은 이미 회색 빛이 되어 있었다.

신정에서 나온 후 누구한테도 보인 적이 없는 절대평정의 상태. 담우소는 완벽하게 변신했다. 이제 조금 후면 만나게 될 필생의 대적을 상대하기 위함이었다.

"후욱!"

의자에 앉은 채 담우소는 조용히 눈을 감고 명상에 잠겼다. 그의 입에서 가느다란 호흡이 맴돌았다. 언제 어느 때든 최상의 위력을 발휘할 수 있는 풍뢰경을 운기하기 시작한 것이다.

공든 탑은 무너지지 않는다고 한다. 기반서부터 돌 하나하나를 쌓아올릴 때 그만큼의 정성을 기울였기 때문이다.

하지만 실제로 세상의 일이란 백 번 잘하고서 한 번의 실수로 모든 것이 수포로 돌아가는 일이 비일비재하다.

이번 일도 그리되지 말란 보장은 어디에도 없었다. 무엇보다 침착해야 했다. 그동안 숨을 죽인 채 이 순간을 기다려 왔는데, 실수를 범해 통한을 삼킬 수는 없었다.

'그 녀석은 명존을 제외하곤 내가 만나본 제일의 고수이다. 코앞이 아니라면 지금의 나라 해도 암습의 성공을 장담하기 힘들 뿐더러, 금안공을 펼치기라도 하면 그동안의 노력은 만사휴의(萬事休矣)가 되어버리고 만다. 기회는 단 한 순간밖에 허락되지 않을 것이다.'

마음을 정한 담우소는 침묵 속에 풍뢰경을 조용히 일주천(一周天)시키기 시작했다. 기다림은 그리 길지 않을 터였다.

감고 있던 눈을 번쩍 뜬 담우소의 표정이 가볍게 일그러졌다.

'어, 어느 틈에……'

거의 코앞이었다. 숨결마저 느낄 수 있을 듯 가까운 곳에서 턱을 괸 채 빙글거리고 있는 엄정하의 화려한 얼굴이 보였다. 담우소의 내심을 몽땅 읽은 듯한 모습이었다.

'이 괴물 같은 녀석!'

순간 마음을 정하지 못한 탓에 공격할 기회를 놓친 담우소의 눈빛이 흔들리자 엄정하가 배시시 웃어 보였다.

"그동안 훌륭하게 일 처리를 했더군요. 명존께서 무척 많은 것을 가르쳐 주신 모양이지요?"

'처음 만났을 때와 같은 목소리? 아직 내 살기를 눈치 채지 못한 것 인가?'

파랑이 일던 담우소의 눈빛이 금세 정상으로 돌아왔다. 마음의 흔들림이 사라진 것이다. 그리고 엄정하에 못지않을 정도로 내심을 알 수 없는 미소가 그의 입가로 번져 나왔다.

"오랜만에 뵙겠습니다. 명존의 노심초사가 이루 말할 수 없었는데, 생각보다 훌륭하게 버티셨습니다."

엄정하가 했던 말과 그리 다른 점을 찾을 수 없는 말투였다. 담우소가 전혀 자신에게 승복하지 않고 있음을 눈치 챈 엄정하가 입가에서 미소를 지웠다.

"여전히 담우소 당신은 건방지군요. 아니, 예전보다 더욱 건방져진 것 같은데, 그것도 명존의 가르침 덕분인가요?"

이때 담우소는 이미 처음의 흔들림에서 완전히 벗어난 상태였다. 엄정하의 질문에 가볍게 어깨를 으쓱해 보인 그가 태연한 표정으로 말했다.

"본래 군주는 신하를 다스릴 수 있고 신하는 군주를 고를 수 있습니다. 과거 대주에게 내가 굴복한 건 첫째로 무력을 당할 수 없었기 때문이고, 둘째로 본 문의 조사영위를 되찾고자 함이었습니다. 두 가지 다 미봉책일 뿐 신하로 하여금 진정한 충성심을 이끌어내는 데는 문제가 있는 방법이니, 대주는 이 점에 대해 어떻게 생각하십니까?"

담우소가 언급한 것은 한비자 외전에 실려 있는 제왕학의 맹점이었다. 남들이 들어 바친 천하를 잘 다스리는 방법만이 수록된 일반적인 제왕학과는 달리 제왕의 자질론에 대한 고찰이라 할 만했다.

"허어!"

괄목상대(刮目相對)한 담우소를 향해 가벼운 경탄을 내뱉은 엄정하의 옥용이 일시 진지한 기색을 띠었다.

"도움을 청했거늘 명존께서는 자신의 후계자에게 도움 대신 시련을 안겨주신 것 같군요. 이 대목에서는 내가 당신의 의문을 풀어줘야 하는 것인가요?"

담우소가 고개를 끄떡였고 엄정하가 기다렸다는 듯 말을 이었다.

"신정에서 명존을 만나고도 살아남았으니 당신이 이처럼 오만한 말을 하는 건 이해할 수 있어요. 필시 죽음보다 더욱 고된 수련을 이겨냈을 테니까요."

"……."

"하지만 철혈대에 도착한 후 몇 달이나 지났는데도 아직 그런 어린애 같은 소리를 하다니! 나는 당신의 능력을 의심하지 않을 수 없군요."

"그건 또 무슨?"

"바로 이런 의미지요."

말이 끝나기도 전에 이미 엄정하는 손을 썼다. 특별한 사전 동작도 없이 일권을 떨쳐 낸 것이다. 그러나 담우소는 처음부터 그런 기습에 대비하고 있었다.

파팟!

한껏 끌어올리고 있던 풍뢰경을 내뻗으니, 벼락이 치는 소리가 일어났다. 엄정하가 일으킨 천붕의 공력과 정면으로 부딪친 것이다.

가가가가각!

만권의 으뜸인 천붕이나 담우소가 일으킨 풍뢰경 역시 명존 엄철극으로부터 단련받은 공력이었다.

두 가지 압도적인 기경의 충돌을 이기지 못한 내실 바닥이 거북의 등껍질처럼 균열을 일으켰다. 두 사람의 절정고수가 하단전의 내력을 일으키자 자연스레 하반신으로 힘이 쏠려 벌어진 일이었다.

'호오?'

주사빛 입술에 묘한 호선을 그린 엄정하가 바로 담우소의 하단전을 기쾌하게 걷어찼다. 방금 전의 천붕에 전력을 다하지 않았음을 알 수 있는 일각이었다.

파곽!

풍천외가경을 일으켜 억지로 엄정하의 일각을 받아낸 담우소의 미간이 가벼운 경련을 일으켰다.

한차례의 천붕에 이미 기혈이 사정없이 들끓고 있었다. 삽시간에 풍뢰경이 무너져 버린 것이다.

그런데 다시 일각을 얻어맞자 풍천외가경으로 방비를 했다곤 하지만 견딜 재간이 없었다.

휘청휘청 뒤로 물러서기 시작한 담우소를 유유히 쫓으며 엄정하가 다시 천붕을 일으켰다.

첫 일합 때는 벼락과 같더니 이번에는 태산처럼 무거웠다.

도저히 풍뢰경으로 받아낼 엄두를 내지 못한 담우소가 전력으로 백색 도기를 일으켰다. 물에 빠진 사람 지푸라기라도 잡고 보자는 심정이었다.

그러나 담우소가 잡은 지푸라기는 쇠심줄로 되어 있었다.

쩌엉!

태산이 무너지는 듯한 압력으로 천붕의 이초식인 태산폭압(泰山暴

壓)을 떨쳐 내던 엄정하의 신형이 바람처럼 옆으로 물러났다. 자신이 굴러 떨어뜨린 바윗덩이를 가르는 섬광에 위기를 느낀 것이다.

'지뢰경이 더욱 진보했군?

스슥!

바람처럼 옆으로 물러섰던 엄정하의 신형이 순간적으로 두 개로 갈라졌다. 이형환위였다. 그리고 두 개로 나뉜 신형이 양쪽에서 기쾌한 일권일각을 우박처럼 담우소에게 퍼부었다.

퍼퍼퍼퍼퍽!

흡사 회전하는 팽이에 채찍질을 한 형국이었다. 삽시간에 대여섯 차례 이상 얻어맞은 담우소의 신형이 연신 뒤로 물러섰다. 백색 도기를 쏟아낸 직후 그에겐 더 이상의 여력이 남아 있지 않았던 것이다.

그 모양을 보고 비로소 엄정하가 공세를 멈추자 경력에 실린 전사경에 휘말려 내실 바닥을 온통 회오리 모양으로 부숴놓은 담우소가 끝내 신형을 멈춰 세웠다. 겉에 걸친 천잠흑포 덕분인지 그가 지나간 바닥과 달리 말짱한 모습이었다.

첫 번째 일각을 먹였을 때부터 담우소가 걸친 장포가 범상한 물건이 아님을 직감하고 있던 엄정하가 눈에 이채를 띠었다.

"과연 군마지 제일의 고수이자 명존의 후계자인 나 엄정하를 암습할 마음을 품을 자격이 있군요. 일시 팔성이나 되는 천붕을 일으켰건만 내상조차 입지 않다니!"

들끓어오르는 기혈을 억제하느라 침묵을 지키고 있던 담우소가 무겁게 입을 열었다.

"알… 고 있었군."

엄정하의 얼굴이 유쾌한 표정이 됐다.

"어찌 모를 수 있겠어요? 처음 당신이 철혈중지에 왔을 때 흔들린 촛불만 봐도 알 수 있는 일인 것을. 하지만 그동안 당신이 벌인 일들은 잠시 날 혼란시키는 데 성공했어요. 도대체가 암살을 노리고 있는 자가 착실하게 자신의 독립 부대를 만들고 있을 줄은 몰랐거든요."

"그렇다면 역시 내가 눈을 뜬 순간이었겠군?"

담우소의 눈빛을 받은 엄정하가 말없이 고개를 끄떡였다. 단 한 순간의 실수로도 공든 탑은 무너질 수 있다는 한비자 외전의 어구는 틀린 것이 없었다.

"그렇군."

자조 섞인 표정으로 담우소는 고개를 떨궜다. 내심 어느 정도 자신하고 있던 무공에서 밀린 건 둘째 치고, 심기에서 자신이 저지른 실수가 너무 뼈아픈 것이다.

엄정하가 말했다.

"그래도 당신의 성취는 정말 나를 놀라게 했어요. 어찌 일 년여 만에 강호의 삼류무사가 이런 절정고수가 되었지요?"

"그런 게 뭐 그리 중요하오? 이미 모든 것이 끝난 것을."

"끝났다? 뭐가 끝났다는 거지요?"

담우소가 품속을 뒤져 꼬깃꼬깃 접어놨던 양피지를 꺼내 대충 엄정하에게 던졌다.

탁!

"이건?"

"명존께서 당신에게 보낸 밀지요. 암호로 되어 있어 나는 해독해 내지 못했소."

'역대 명존의 직계에게만 내려온 암호문으로 적었을 테니 당연히 그

랬겠지.'

미미하게 고개를 끄떡이고 양피지를 펴 든 엄정하의 시선이 기괴한 올챙이 모양의 집합을 빠르게 훑어갔다. 그리고 다시 시선을 담우소에게 맞춘 엄정하의 손이 붉게 달아올랐다. 삼매진화(三昧眞火)를 일으킨 것이다.

화르륵!

순식간에 밀지를 태워 버린 엄정하가 담우소에게 말했다.

"그런데 우리가 어디까지 얘기했더라?"

"……"

"아아, 모든 게 끝났다고 당신이 넋두리를 늘어놓는 부분까지였었던가?"

짓궂은 표정을 얼굴에서 거둬낸 엄정하가 말했다.

"그런데 담우소 당신은 꽤나 포기가 빠르군. 기껏해야 한 차례 암습이 실패로 돌아갔다고 그동안의 고생이나 노력을 모조리 포기한다는 건 진실로 어리석은 노릇이 아닌가?"

"그게 무슨?"

"나는 꽤나 너그러운 성격이거든. 지금이라도 당장 내 앞에 엎드려 사죄를 청하면 이번 암살 기도는 그냥 넘어가 줄 수도 있는 문제란 말이야."

표정이 변한 만큼 바뀐 말투였다. 먼젓번 접견 때와 똑같이 위압적인 엄정하의 목소리에 안색을 가볍게 변색한 담우소가 무뚝뚝하게 말했다.

"신정을 벗어난 후 난 자신이 있었다. 신정 안에서 명존에게 이리저리 얻어터지며 수련을 쌓는 동안엔 몰랐는데, 밖에 나와보니 나는 이미 상당한 고수가 되어 있더군."

"……."

"그래서 과거 네 녀석에게 당했던 모든 원한을 한꺼번에 갚을 수 있을 줄 알았다. 아니, 한꺼번에 갚을 필요 따위 없었다. 그저 네 녀석을 제압한 후 화심인의 저주에서 벗어나고 본 문의 조사영위를 찾을 수 있으면 족했다. 그런데……."

"그런데?"

"됐다! 패자(敗者)는 유구무언(有口無言)이라 했거늘 어찌 여러 말을 하겠느냐? 나는 절대로 널 인정하지 않으니, 너는 더 이상 여러 말 할 것 없다."

담우소는 차갑게 엄정하를 쏘아봤다. 절대로 굽히지 않겠다는 의지를 밖으로 드러낸 것이다.

그런 담우소를 서늘하게 바라보며 엄정하가 말했다.

"당신은 이제야 내가 자신보다 높은 무공, 강대한 세력을 등에 업고 있는 데다, 무섭도록 두려운 존재인 명존의 비호마저 받고 있음을 자각한 것인가?"

"그렇다. 네 말이 모두 옳다. 지금까지 나는 계란으로 바위를 찍는 멍청한 짓거릴 한 셈이지."

엄정하의 무심하던 눈빛이 일순 차가운 한광을 토해냈다.

"그렇다면 더 이상 시간을 낭비할 필요가 없겠군!"

쾅!

아무렇게나 휘두른 일장으로 멀리 세워져 있던 청동 화로를 박살 낸 엄정하의 수장이 번쩍 담우소의 뇌문을 향해 치켜들렸다. 마음만 먹으면 담우소를 즉사시킬 수도 있으리라!

그러나 담우소는 전혀 두려워하지 않았고, 잠시 고민하는 빛이 됐던 엄정하가 슬그머니 수장을 내려놨다.

'하하, 내가 어떻게 된 것이지? 죽이려 했는데 죽이질 못하다니! 설마 하니 내가 정말로 이자를 좋아하게 된 것인가?'

내심 고개를 가로저은 엄정하가 조금쯤 누그러진 목소리로 말했다.

"그렇게 내게 복종하는 게 싫은가? 아니, 내 수하가 되는 게 싫은 건가?"

"나는 풍뢰문의 제자다! 처음부터 남의 수하가 되는 건 체질에 맞지 않았다. 만약 마음먹은 바가 없었다면 이때껏 내심을 숨기고 있진 않았을 것이다."

"하지만 명존에겐 충성을 맹세했다던데?"

잠시 허를 찔린 표정이 된 담우소가 슬쩍 엄정하의 시선을 외면했다.

"명존은 내게 진정한 무학을 가르쳐 준 스승이나 다름없는 분이고 나로선 도저히 바라볼 수 없는 경지에 도달하신 분으로서……."

"정말 교활하군. 앞서는 사문을 배신할 수 없기에 내 수하가 될 수 없다고 하더니, 결국 압도적인 강자 앞에선 꼬리를 만다는 것이 아닌가?"

"그야 목숨은 하나밖에 없는 것이니까."

'목숨은 하나밖에 없다고? 그렇다는 건!'

안색이 가볍게 변한 엄정하가 담우소를 슬쩍 노려봤다.

"설마 하니 내가 절대로 너를 죽이지 않으리라 확신하고 있었던 것인가?"

"흥, 내가 어째서 그동안 철혈대의 정수가 집결한 풍뢰영을 만드는

데 주력했다고 생각하는 건가?"

"으음."

나직한 신음과 함께 엄정하가 여태까지의 평정을 벗어던졌다. 그제
야 담우소가 그동안 어째서 풍뢰영을 조직하는 데 열심이었는지를 깨
달은 것이다.

지금쯤 자신이 직접 써준 명령서를 이용해 철혈대 내부를 온통 휘저
어놨을 풍뢰영의 그림자를 더듬어본 엄정하가 담우소의 완맥을 거세가
부여잡았다.

우둑!

"풍뢰영의 역할은 암살 성공 시 탈출로 개척과 철혈대 내부의 혼란
야기인가?"

"철혈대 내에선 종종 소부대 전투 훈련과 상황 조치 훈련이 병행되
더군. 돌발적인 상황에 빠르게 대처하기 위해 고안된 훈련법인 것 같
은데, 만약 내부에서 혼란을 일으키고자 한다면 꽤나 큰 타격을 입힐
수 있을 거라 생각했지."

"그래서?"

엄정하는 담우소의 완맥을 점점 더 조였다. 만약 보통 사람 같으면
벌써 까무러쳐도 몇 번은 까무러쳤을 정도의 압력이었다.

하지만 담우소는 눈썹 하나 까딱하지 않았다. 오히려 코끝으로 느껴
지는 담담한 향기에 빙긋 입가에 웃음마저 띤 채 담우소가 말했다.

"내가 여기서 더 이상 말해 줄 필요가 있을까?"

"……."

잠시 복잡한 안색이 됐던 엄정하가 슬그머니 담우소의 완맥을 풀어
줬다. 풍천외가경을 익힌 담우소에게 그런 건 무용한 짓임을 깨달은

것이다.

자고로 시세(時世)를 아는 자를 준걸(俊傑)이라 한다. 나아갈 때와 물러날 때를 아는 자만이 인물이란 뜻인데, 그런 점에서 엄정하와 담우소는 둘 다 준걸이자 인물이라 할 수 있겠다.

앞으로의 새로운 관계 정립이라고 할까?

치열한 공방 끝에 무언 중의 합의가 이뤄진 이후였다. 사람을 불러 집무실을 정리한 후 차려진 조촐한 술상 앞에 마주 앉은 두 사람의 얼굴에는 화기가 가득했다.

얼마 전까지 서로가 서로를 제압하고 압도하기 위해 치열한 공방을 보이던 모습이 지금은 눈을 씻고 봐도 찾을 수 없는 것이다.

마치 강철로 된 면구를 쓴 듯 무표정한 눈빛을 자신에게 던지던 순검대장 두진악이 물러나자 담우소가 기다렸다는 듯 자기 잔에 술을 따랐다.

"하하, 반갑구나, 술아! 반가워!"

한차례 웃고는 술 한 잔, 그리고 또 한 잔. 담우소는 눈치 볼 것 없다는 듯 연신 자음자작했다. 딱히 엄정하의 앞이라 빼는 모습은 보이지 않았다.

그런 담우소를 빤히 쳐다보다 얼굴을 가리고 있던 면사를 걷어낸 엄정하가 역시 자신의 잔에 술을 따랐다.

쪼르륵!

"처음으로 만난 밤이 언제던가? 다시 지기를 만나 술을 마시니 이 또한 즐거운 일이 아닌가?"

술을 마시는 입술은 진홍빛이다. 전날 느꼈던 바와 같이 여인의 것을 무색케 하는 진홍빛이다.

자음자작 중 자신도 모르게 멍하니 엄정하의 입술을 훔쳐본 담우소가 히죽 웃었다.

"그런데 대주, 전날 데리고 다니던 구 형은 어찌하셨소?"

"구 형?"

"그 왜 태호에서 수적질을 하던 지당문의 무사 말이오."

술 한 잔을 넘긴 후 꼭 처음에 따랐던 만큼 다시 잔을 채운 엄정하가 그제야 고개를 끄떡였다.

"분명 강남에 갔을 때 그런 자를 데리고 다니긴 다녔었군. 그때는 심부름을 해줄 사람이 필요했으니까."

"그럼 지금은?"

"일시적인 농으로 받아들인 그런 자를 여즉 데리고 다닐까. 지금쯤 천지이단 중 한구석에서 열심히 맡은 바 임무에 최선을 다하고 있을 터."

외인을 내보내고 둘만이 남자 엄정하는 처음과 같이 다정한 목소리로 말했다.

화를 낼 때는 지옥의 야차(夜叉)보다 무섭더니, 입가에 미소를 매달고 있으니 천하의 미녀라는 서시(西施)나 달기(妲己)가 울고 갈 정도였다.

교염한 그 모습에 일시 넋을 잃었던 담우소가 얼른 술잔을 입에 댔다. 어째서 그가 평소에는 얼굴을 면사로 가리는지 설명을 듣지 않아도 알 수 있는 것이다.

그 모습을 마력이 느껴질 만큼 요염한 눈빛으로 바라보며 엄정하가 말했다.

"취중진담이라 했으니 솔직히 말해 보는 게 어때?"

"뭘 말이오?"

"낮에 정말로 풍뢰영은 움직이고 있었던 건가?"

"……."

"만약 자네가 위급을 넘기기 위해 임기응변을 한 것이라 해도 나는 화를 내지 않겠어. 임기응변이라 해도 그것이 목숨을 담보로 건 것이라면 가치가 있는 것이니까."

내심 다소 붉어진 안색을 취기라 우겨대고 있던 담우소가 이빨을 드러냈다.

"그건 자신에게 칼을 들이댔던 자에게는 꽤나 너그러운 처사가 아닙니까? 그것이 설혹 드높은 자부심에 상처를 주기 싫다는 의도라 해도 말입니다."

엄정하가 피식 웃었다.

"후후, 아직도 나랑 해보려는 마음이 남은 건가?"

'설마 그럴 리가!'

내심 질색을 한 담우소가 얼른 양손을 휘휘 저어 보였다. 온몸으로 '그렇지 않다'는 표현을 해 보이는 것이다.

그럴 줄 알았다는 듯 수중에 들고 있던 술잔을 빙글 돌려 보인 엄정하가 말했다.

"뭐, 대답은 들은 것으로 하자고. 어차피 앞으로 삼 년 동안 자네는 내 명령을 들어야 할 테고, 이미 개의치 않겠다 해놓고 묻는 것도 우스운 일일 테니까."

"그것이 가장 좋소이다."

얼른 찬동을 표시하는 담우소에게 엄정하가 눈을 가볍게 흘겼다.

"결국 말해 주지 않겠다는 거로군."

"하하하, 그렇다고 할 수 있지요."

어색하게 웃어 보인 담우소가 술잔을 들었고, 엄정하 역시 마찬가지였다. 전혀 닮은 점이 없는 두 사람이지만 지금만큼은 서로 간의 화기를 상하고 싶지 않은 기분이었다. 앞날에 어떤 일들이 기다리고 있을지 알 수 없음에도.

다음날.

새벽녘에야 풍운각으로 돌아온 담우소는 잠시 눈을 붙이고 일어나 장시간에 걸친 강문호의 상황 보고를 받았다.

엄정하 앞에서 호언장담했던 것과는 다르달까. 아직 완벽하게 조직이 정비되지 않은 풍뢰영이었기에 하나하나 되짚을 일이 많기도 많았다.

그렇게 정오가 살처럼 빠르게 지나갔다.

숙취라기보다는 그동안 팽팽하게 당겨졌던 활시위를 놓은 여파에 휩쓸린 담우소는 홀로 집무실을 차지한 채 나른한 표정이 되어 있었다.

패배자가 되지는 않았지만 승리자 또한 되지 못한 자의 비애가 그의 얼굴에 소리없는 음영을 드리우고 있었다. 일단 숙원하던 풍뢰문의 재건은 물 건너갔다고 봐야 옳았다.

'제기랄!'

왠지 힘이 솟지 않는 기분에 젖은 담우소의 귓전으로 우당탕거리는 소리가 파고든 건 그때였다.

"사부… 아니, 대장님!"

활짝 문이 열렸을 뿐더러 적당한 보고조차 없이 집무실로 들어선 건 소여영이었다.

종류를 알 수 없는 짐승 가죽을 덮어씌운 의자에 앉은 채 담우소가 삐뚜름한 시선을 던지자 낼름 혀를 내미는 그녀를 뒤에서 잡아채는 손이 나타났다.

"아얏!"

"누가 함부로 집무실에 들어가라고 했어!"

화난 기색이 완연한 목소리. 언뜻 보이는 마경화의 얼굴에 담우소가 휘휘 손을 흔들어 보였다.

"됐다. 급한 보고가 있는 듯하니 일단 놔줘라."

담우소를 힐끔 바라본 마경화가 그제야 소여영을 놓아줬다. 만약 반항이라도 있었으면 목뼈를 부러뜨릴 정도의 경력을 토해냈으리라.

그러자 마경화를 귀녀(鬼女)라도 되는 듯 바라보곤 소여영이 담우소에게 냉큼 다가들며 말했다.

"명하신 대로 철혈중지 근처에서 서성거렸더니, 순검부의 무사가 제게 명령서를 주며 대장님한테 전해주라 말했습니다."

"이리 가져와라."

담우소가 고개를 끄떡이자 소여영이 품속에서 붉은색 봉투를 꺼내 내밀었다. 철혈대에서 전통적으로 각 부대에 임무를 부여할 때 보내는 색깔이었다.

'역시 사적인 자리는 어제까지만이었나?'

봉투를 받아 들며 담우소가 문가에 정자세로 서 있는 마경화에게 눈길을 던졌다.

"자네는 그만 나가봐도 좋다."

"존명."

마경화가 나가자 담우소의 눈길이 소여영을 향했다. 입가에 싱글거리는 미소를 담고는 담우소의 눈치를 살피고 있던 소여영의 얼굴이 울상이 됐다.

"저도요?"

"선배가 밖에서 호위를 서고 있는데 감히 후배가 농땡이를 피려는 것은 아니겠지?"

문득 마경화의 사나운 눈빛을 떠올렸으리라. 움찔한 표정이 된 소여영이 고개를 도리질쳤다.

"아니에요, 아니에요."

피식 웃어 보인 담우소가 말했다.

"그럼 나가봐라. 아직 호위 두 명이 합류하지 않아 홀로 고생이 심한데 네가 옆에서 수다라도 떨어주면 피로가 덜할 것이다."

"그렇군요!"

손뼉을 친 소여영이 주눅 든 기색을 털어버리고 활기 차게 밖으로 나갔다. 지금부터 담우소로부터 유일한 장점이란 소리를 들었던 쾌활함으로 마경화와 친분을 쌓으리라.

'아주 엉뚱한 녀석을 제자로 삼아버렸어. 하지만 저 녀석 같은 성격이라야 얼굴이 망가진 뒤 지나칠 정도로 무서워진 마경화를 조금이나마 부드럽게 할 수 있을 테지. 그게 반드시 좋은 결과로 나타나리란 보장은 없지만서도.'

자신도 모르게 입가에 미소를 띤 채 고개를 절레절레 흔든 담우소가 수중의 봉투를 훑어봤다. 혹시라도 타인에 의해 개봉된 흔적이 있는지 살피려는 의도였다.

'봉투의 입구 부분에 촛농을 떨어뜨려 찍은 대주의 직인이 완벽하니 중간에 다른 자가 보지는 못했겠군.'

강문호가 따로 전해줬던 '철혈대 내부 총서'의 내용 중 연락 및 보고에 대한 내용을 떠올리며 봉투를 연 담우소가 서찰을 꺼내 눈으로 훑다 미간을 가볍게 찌푸렸다.

"이건⋯⋯."

독립 부대 풍뢰영이 생긴 후 처음으로 하달받은 명령은 담우소를 황당하게 만들 만큼 엉뚱했다. 엄정하와의 대작 시 내심 추측했던 예상을 훨씬 상회할 만큼.

잠시 탁자를 손가락으로 두드리며 고심하는 표정이 됐던 담우소가 곧 단순명쾌한 표정을 회복하곤 내력을 담아 소리쳤다.

"밖에 소여영 있나!"

벌컥!

"소여영 여기 있습니다."

과연 마경화가 열 시진 만에 쉬러 갔음을 직감한 담우소가 소여영에게 고개를 끄떡여 보이곤 말했다.

"지금 당장 작전실로 달려가서 군사를 불러와라!"

"예?"

"잠시 호위의 자리는 비워둬도 상관없다."

"헤헤, 알겠습니다."

사부를 닮은 듯 머리를 긁적인 소여영이 고개를 꾸벅 숙여 보이곤 밖으로 달려나갔다. 역시 호위보다는 전령이 적성에 맞는 게 분명한 모습이었다.

*　　　　*　　　　*

유소빈은 소여영을 힐끔 쳐다보곤 인상을 사납게 만들었다. 화가 난 것이다.

그녀가 화가 난 이유에는 여러 가지가 있겠으나 그중 논리적으로 설명이 가능한 한 가지는 눈앞의 소녀가 담우소가 아니란 점이었다.

그녀는 요즘 들어 군무해와 관계가 소원해졌을 뿐더러 대주 엄정하와는 마주할 기회조차 없어 외로운 처지였다. 스스로 사내를 밝힌다는 걸 만천하에 공개하고 다니는 상황에서 위기가 아닐 수 없었다.

때문에 괜찮은 사내를 찾아 주변으로 눈길을 돌리게 됐고, 요즘 들어 자주 만났던 담우소를 눈독 들이게 된 상황이었다. 꿩이 없으면 닭이라는 심경이랄까.

어쨌든 기회를 봐서 확 덮칠 것을 신중히 고려하고 있던 상황인데, 공적 업무 운운하며 소여영 같은 꼬마 계집애를 보내니 은근히 열이 뻗치지 않을 수 없었다.

'망할! 풍뢰영에서 사람이 온다기에 당연히 그 인간이 직접 찾아올 줄 알고 오랜만에 꽃단장까지 했는데, 저런 얼빵한 계집애를 보내다니!'

내심 이빨을 부드득 갈며 수중의 공문을 삐딱하게 훑어본 유소빈이 소여영을 사납게 쏘아봤다.

"뭐야, 이 대단치도 않은 목록들은!"

소여영이 얼른 말했다.

"저희 대장님께서 꼭 좀 협조를 부탁한다고 말하셨습니다."

"협조?"

"예, 독룡독녀대에는 수천 가지가 넘는 독을 종류별로 저장하고 있는 천독고(千毒庫)가 있으니, 이 정도쯤은 너끈히 협조해 주실 수 있을 거라 하셨습니다."

전직 전령다운 소여영의 단순명쾌한 설명에 유소빈은 다시 한 번 눈살을 찌푸렸다.

이번에는 사내 문제 때문이 아니라 협조를 요구한 담우소의 저의에 의혹을 느낀 까닭이었다.

천독고는 독룡독녀대에서도 비밀로 간주되는 공간이었고, 고래로부터 독처럼 취급이나 관리에 심혈을 기울여야 하는 물건 또한 없었다. 방실거리는 얼굴로 소여영이 말하는 것처럼 함부로 협조할 만한 물건이 아닌 것이다.

툭 하고 공문서를 손가락으로 퉁겨낸 유소빈이 호피의로 등을 젖혔다. 그리고 여전히 방실거리고 있는 소여영에게 퉁명스레 말했다.

"나는 풍뢰영의 협조 요청을 거부하겠어."

"예?"

"이따위 협조 공문 따윈 재빨리 내 책상에서 집어 들고 풍뢰영으로 돌아가란 뜻이야!"

목소리를 높인 것과는 달리 손을 휘휘 저어 보이는 유소빈의 얼굴에는 심드렁한 표정만이 가득했다. 축객령(逐客令)은 이미 떨어진 것이나 다름없었다.

그때였다. '아참!' 하고 자신의 머리를 두드린 소여영이 부시럭거리며 옆구리에 차고 있던 전낭에서 한 가지 물건을 꺼내 들었다.

심통맞은 표정으로 그 모양을 지켜보고 있던 유소빈의 눈빛이 반짝 빛을 냈다.

"그, 그건!"

소여영이 살짝 혀를 내밀어 보이며 말했다.

"대장님께서 유 대장님께 전해 드리라 했는데, 속하가 잠시 잊고 있었습니다."

타악!

재빨리 소여영의 손에 들려 있던 반투명한 은빛의 면사를 뺏어 든 유소빈의 손이 부들부들 떨렸다. 혹시나 했는데, 코끝을 잠시 대어보니 역시나 대주 엄정하만의 독특한 체취를 맡을 수 있었던 것이다.

'이 물건을 어찌 담우소 그 인간이 손에 넣었지? 설마! 대주님은 그만큼 그 인간을 총애한다는 것인가?'

더 이상 생각할 것도 없이 유소빈의 머리 속 저울추가 한쪽으로 급격히 기울었다. 요즘 들어 사내가 궁하긴 했으나 담우소를 엄정하에 비길 수 없다는 건 당연했다.

순간적으로 담우소를 깨끗이 포기하기로 마음먹은 유소빈이 책상의 저만치 밀어놨던 협조 공문을 집어 들었다. 이만한 선물을 받았는데, 천독고의 독 몇 종류가 아까울 리 없었다.

사흘간 담우소는 강문호와 작전실에서 밤을 지새웠다. 모르는 사람들이 보자면 두 사람의 사이를 의심할 만큼의 시간이었다. 물론 본인들의 귀에야 전혀 들어갈 까닭이 없지만.

새벽녘이었다. 피곤에 지쳐 책상 위에 엎드린 채 잠들어 버린 강문호를 놔둔 채 작전실을 나선 담우소가 가장 먼저 찾은 곳은 우물가였다. 사흘간 쌓인 때를 떨굴 요량이었다.

담우소는 이제 과거의 야인이 아니라 한 부대를 맡고 있는 신분이었다. 따로 사람을 불러 자신의 처소에 알맞은 온도의 목욕물을 준비시킬 수도 있었다. 사람들이 신분 상승을 꿈꾸는 건 그만큼의 편리가 따라오기 때문인 것이다.

하지만 첫 번째 작전에 임하여 담우소는 과거 무명산에서의 야성을 떠올렸다. 위험한 사냥에 나서기 전 뼛골이 시릴 정도로 차가운 계곡물로 정신을 일깨우던 때를.

촤아악!

아직 여름은 멀었다. 깎아지른 듯한 험산이기에 더욱 그랬다. 확실하게 기억을 각인시킬 만큼 차가운 냉수로 몸을 마찰하자 무럭무럭 김이 솟구쳤다.

담우소는 특별히 내공을 운용하지도, 오행지기를 끌어올리지도 않았다. 그저 태어난 그대로의 몸으로 새벽 찬 기운과 냉수의 차가움을 견뎌냈다. 지나치게 머리를 쓴 탓에 지끈거리던 두통이 일시에 개운해지는 느낌이었다.

그때였다. 저만치서 풀잎 위에 매달려 있던 새벽 이슬 하나가 땅바닥에 떨어졌다. 고개를 돌려보니 다소 흐트러진 옷차림을 한 마경화가 보였다.

'흐음, 여인의 몸이니 아마 나와 같은 목적으로 우물에 온 모양이군.'

왠지 남의 몫을 빼앗았다는 생각에 머쓱해진 담우소가 발길을 돌리려는 마경화를 조용히 불렀다.

"이리로 좀 와보게."

우뚝!

잠시 망설이던 마경화가 곧 발길을 돌려 담우소에게 다가왔다. 주변은 아직 미명조차 보이지 않는데, 마경화의 숨소리는 다소 거칠게 느껴졌다. 아무리 그동안 사내들과 전장을 떠돌았다곤 해도 처녀란 점은 변한 것이 없었다.

그런 마경화의 망가진 얼굴을 한차례 쳐다보고 냉큼 땅바닥에 엎드려 보인 담우소가 말했다.

"오랜만에 등목을 하고 싶었는데 혼자 물을 끼얹으려니 이것도 쉬운 노릇이 아니군. 등에 물 몇 바가지만 끼얹어주게."

"……."

집무실에서와 같이 '존명!' 이란 대답은 없었다. 대신 우물에서 물을 끌어 올리는 도르래 돌아가는 소리가 들렸고, 곧 담우소의 널찍한 등판으로 물 한 바가지가 쏟아졌다.

촤악!

머리로 쏟아져 내리는 물을 맞을 때와는 또 다른 오한이 담우소의 몸에 소름을 돋게 했다.

그리고 다시 들려오는 도르래 소리. 또다시 파고들 소름을 기다리며 담우소는 조용히 눈을 감았다.

제59장 곤륜파(崑崙派)를 후려쳐라!

청해성은 전통적으로 중원이라 불리지 못하는 곳이다. 진시황(秦始皇)에 의해 시작되어 명조 중반에야 완성된 대장성(大長城:만리장성)과 진(秦), 한(漢) 시절로부터 시작되어 남북조(南北朝)의 대립기에 매몰되었다 수(隋)나라 시절에 근본이 닦인 대운하(大運河)로 통합된 중원으로부터 따로 떨어져 있는 까닭이다.

변방(邊方)! 그 한마디로 표현하기에 부족함이 없는 청해성을 중원으로부터 고립시킨 근본적인 원인인 곤륜산맥은 장장 수천 리에 달하는 대산맥이었다.

아무리 작은 봉우리만 해도 수천 장이 넘고 개중 큰 것은 하늘에 닿아 있었다. 시시때때 변하는 기후와 더불어 사람이 살기에 이만큼 열악한 조건은 다시 찾아보기가 힘들 터였다.

곤륜산맥 중에서도 가장 깊숙한 내곤륜의 십만대산에 터를 잡은 광명신교는 그래서 천 년을 버틸 수 있었고, 그에는 못 미치나 수백여 년을 버텨낸 또 하나의 거대 문파가 외곤륜에 있으니, 그곳을 곤륜파라 했다.

"그러므로…… 그래서…… 그렇게…… 곤륜파는 구파일방 중 가장 외진 청해성에 위치했을 뿐더러 수많은 마도 세력에 둘러싸인 상황에서도 전혀 위세를 잃지 않고 있는 것입니다."

장황한 강문호의 설명을 묵묵히 듣고 있던 담우소가 소지로 귀를 후비며 눈살을 찌푸렸다.

"군사! 오늘 따로 설명회를 연 건 어디까지나 이번 작전에 대한 설명을 듣자는 건데, 설마 하니 초장부터 기를 죽이려는 건가?"

"큭!"

담우소의 뒤에 도열해 있던 십여 명의 무사들 중 몇몇의 입가에서 숨죽인 웃음이 튀어나왔다.

고작 보름간의 준비 작업 중 자투리 시간을 내어 뽑은 인원들이나 일당백이라 강문호가 호언장담했던 자들이었다.

무공의 고하를 떠나 얼굴에 깃들어 있는 노련함과 여유는 자신들의 생사여탈권을 지닌 대장과 군사 앞이라 해도 전혀 주눅 든 기색이 없었다.

그중 무리와 떨어져 홀로 담우소 뒤를 지키고 서 있던 마경화가 차가운 목소리를 냈다.

"군사께서 설명하시고 대장님이 계신 안중에서 어딜 경박한 웃음을 터뜨리는가!"

나이 십팔 세. 얼굴의 상흔만 아니라면 아직 풋내조차 가시지 않은 연령대이나 일찍이 봉천령 전투에서 마경화는 자신의 실력을 유감없이 드러낸 일이 있었다.

연공이라거나 서열을 떠나 오로지 실력만을 따지는 마도이고 철혈대이기에 비록 풍뢰영의 각 조에서 뽑혀와 서로 간의 고하는 가려지지 않았지만, 마경화의 한마디는 무게를 지니고 있었다.

'이크크!'

'가시나무꽃이 화났는가 보네?'

일시 입가에 웃음을 담았던 자들이 움찔한 표정으로 입술을 쑥 집어넣자 마경화에게 고개를 한차례 끄떡여 보인 담우소가 강문호에게 눈짓했다.

'설명이나 계속해라!'

'네놈이 끼어들지 않았으면 벌써 끝났다!'

순간적이나마 여과되지 않은 밉살맞은 눈빛을 담우소에게 직격으로 던진 강문호가 몇 차례 헛기침을 했다.

"험험! 그래서 이번처럼 소수의 병력을 가지고 곤륜파 같은 대문파를 상대하는 작전은 신중에 신중을 기해도 모자람이 없을 것입니다. 철혈대의 오 개 전투 부대들은 현재 하나같이 다른 삼천이지와 대치하고 있는 상황이라 쉬이 병력을 뺄 수 없고, 만약 곤륜파와 전면전을 벌이게 된다면 맹방인 구파일방이 들고일어날 게 뻔하니까요."

'하면?'

담우소가 눈짓하자 강문호가 설명을 계속했다.

"본 군사가 그동안 혈봉황단주의 도움을 받아 알아낸 바에 의하면 곤륜파는 현재 정파의 구파일방 중 서열이 네 번째라 할 수 있습니다. 파 내에 절정고수급 인사가 십여 명에 일류고수가 백여 명, 이, 삼류의 제자들이 대략 삼, 사백 명에 이릅니다. 숫자적으론 오백을 넘지 못하나 일반적인 군병 일만을 감당할 만한 전력입니다.”

“휴우!”

“헤에!”

마경화의 엄포에 짓눌렸던 무사들의 입에서 나직한 한숨이 흘러나왔다. 아무리 백전을 치르고도 살아남은 무자(武者)들이라곤 하나 새벽 무렵에 소집되어 모인 그들로선 강문호의 설명이 청천벽력이나 다름없었다.

‘설마 하니 여기 모인 십여 명 가지고 수백 년간 마도 세력이 득세한 청해성 중에서 정파의 기치를 내걸고 있던 곤륜파와 맞짱을 뜨자는 건 아닐 테지?’

‘제기랄! 그런데 군사의 설명은 딱 그런 분위기 같은데?’

‘설마 또 유서를 작성해야 하는 건가? 그럼 이건 장난이 아니잖아!’

얼마 전까지 여유로움과 장난기로 채워져 있던 무사들의 눈빛은 다소 딱딱하게 굳어 있었다. 아직 담우소나 강문호에 대해서 아는 것이 별로 없는 것은 둘째 치고, 수많은 전장을 넘나든 자들답게 지휘관에 대해선 절반의 신뢰밖엔 기대하지 않는 특성이 나타난 것이다.

물론 이와 같은 점을 예상치 못했을 강문호가 아니었다. 슬쩍 뒤편에 도열해 있는 무사들 쪽으로 시선을 던진 그가 고개를 가로저었다.

“아닙니다. 아니고요.”

‘뭘?’

일심이 된 무사들의 눈빛을 강문호가 정면으로 받았다.

“이번 임무는 결코 곤륜파와 한판 붙는 것과는 관계가 없단 말입니다.”

‘그, 그럼?’

'도대체 그럼 어째서 곤륜파에 대해 그렇게 자세히 조사한 건데?'

'빨리 말하라구!'

무사들의 눈빛이 열화와 같이 쏟아졌으나 강문호는 잠시 뜸을 들이듯 침묵했다. 그리고 침묵의 효과가 극대화되어 주변의 모든 이목과 촉각이 온통 자신에게 향한 순간 비로소 입을 열었다.

"철혈대 전체에서도 최정에 무사들만이 모인 우리 풍뢰영의 첫 번째 임무는……."

'임무는?'

'꿀꺽!'

"곤륜파를 후려치는 것입니다."

"컥!"

"끄억!"

무사들 중 몇몇의 입에서 숨넘어가는 소리가 들렸다. 그리고 몇몇은 입을 딱 벌렸다. 그동안 주로 전투만을 치렀던 무사들로선 곤륜파를 후려친다는 것에 숨겨져 있는 의미 따윈 파악할 재간이 없는 게 당연했다.

피식피식 입가에 웃음을 담은 담우소가 비로소 한마디 했다.

"뭐, 어차피 정면으로 맞붙을 생각은 아니니까, 이제부터 군사의 명령에 자세히 귀 기울이도록. 풍뢰영의 형제들 말고는 어떠한 후방 지원도 기대할 수 없으니, 오늘부터 사흘간 작전의 개요를 명확하게 머리속에 담아야만 할 거야."

"……."

"한 사람의 실수로 풍뢰영 전체를, 나아가서는 철혈대와 전 마도에까지 폐를 끼쳐선 안 될 테니."

뒤로 갈수록 엄격해지는 담우소의 일언에 그나마 남아 있던 무사들의 여유가 몽땅 날아갔다.

경험 많은 자들답게 웃으면서 갈구는 자만큼 두려운 자는 없다는 걸 새삼 깨달은 것이다.

사흘 후.

천잠흑포에 천잠단화를 신고 팔목에는 초형환을 찼다. 출전(出戰)을 위해 긴 머리를 아무렇게나 흩날리며 집무실을 나서려던 담우소는 뜻밖의 방문에 안색이 가볍게 변했다.

"어찌?"

필시 문밖에 도열해 있던 마경화를 특유의 눈부시게 아름다운 미소로 구워삶았으리라. 머뭇거리는 표정이 된 담우소를 향해 빙예운이 슬며시 미소 지었다.

"첫 번째 출전이군요."

잠시 낯을 붉혔던 담우소가 자신도 모르게 뒤통수를 긁적였다.

"그렇게 됐습니다. 군사가 백룡철검대에도 협조 공문을 보낸 겁니까?"

고개만을 가볍게 끄덕여 보인 빙예운이 말했다.

"차 한잔하실 시간도 없는지요?"

대뜸 '그럴 리가!' 라 말하려던 담우소가 잠시 미간을 찌푸렸다. 방금 전 이번 작전의 전위에서 활동할 수하들에게 일괄적으로 받은 유서를 떠올린 것이다.

'빙 대장은 너무 눈에 띈다. 필시 밖에서 대기하고 있는 수하들이 봤을 텐데, 내가 시간을 지체하면 사기가 떨어지진 않을까?'

자고로 병사들의 사기는 종종 전쟁의 성패를 좌우했다. 그리고 병사들의 사기를 고양시키는 데, 앞장선 장수의 솔선수범만큼 좋은 건 없었다. 대장이 앞장서면 병사는 자연 기세등등해질 수밖에 없는 것이다.

그러나 아직 제대로 연애조차 해보지 못한 노총각에게 빙예운 같은 미녀가 주는 유혹은 거의 절대적이었다.

잠깐의 머뭇거림 끝에 '그러니까 억울하면 출세해야 하는 게지' 란 무능한 장수들이나 내릴 법한 결론을 내리길 주저하지 않은 담우소가 얼른 씩 웃었다.

"그럴 리가 있겠습니까. 빙 대장이 왔는데 눈앞에 백만대군이 진을 치고 있을지라도 시간을 내야지요."

스윽.

얼른 빙예운에게 의자를 빼주며 담우소가 밖으로 소리쳤다.

"마 호위!"

"부르셨습니까."

검은색 무복 차림의 마경화가 들어서자 담우소가 다시 말했다.

"밖에 대기하고 있는 녀석들에게 일각 동안 기다리라 전하라."

"존명."

마경화는 고개를 숙여 보이고 다시 밖으로 나갔다. 담우소가 어떤 식으로 충동하더라도 동요를 보이지 않는 모습이었다.

'계속 얼굴에 철갑을 두르고 있을 생각인가?'

마경화의 뒷모습을 바라보며 문득 눈살을 찌푸려 보인 담우소가 코끝을 스치는 향기에 고개를 돌리다 놀란 표정이 되었다. 어느새 빙예운의 현기증이 일 정도로 아름다운 옥용이 코앞까지 다가와 있었다.

"엇?"

담우소의 아무렇게나 헝클어져 있던 머리를 매만지며 빙예운이 말했다.

"잠시만 그대로 계세요."

사삭!

섬세하면서도 빙결같이 차가운 손가락의 움직임. 머리를 매만지는 가운데 언뜻언뜻 피부에 닿아오는 서늘한 느낌에 담우소는 온몸이 마비되는 것만 같았다. 엄정하를 만나면 종종 느끼곤 하던 묘한 기분을 빙예운에게서도 느낀 것이다.

'이런! 사내 녀석한테 느꼈던 기분을 빙 대장한테도 느끼다니! 내가 도대체 어떻게 된 게지?

그러나 정신을 아득하게 만들던 손가락의 움직임도 잠시, 야생마와 같이 헝클어져 있던 머리가 단정히 다듬어지자 빙예운은 한 가닥 향기만을 남긴 채 뒤로 물러섰다.

"역시 꾸며놓으면 잘생긴 분이네요."

만족스런 빙예운의 목소리에 손을 위로 뻗어 머리를 묶은 영웅건을 매만진 담우소의 얼굴이 곤혹스러워졌다.

"이건……."

"늘상 머리가 단정치 못해 얼굴을 보기가 어려워 가져왔어요. 첫 출정의 선물이라 생각하세요."

빙예운의 목소리는 어찌 들으면 누이나 어머니 같고, 달리 듣자면 다정한 정인의 목소리처럼 느껴졌다.

한 번도 여인에게 이러한 대접을 받은 일이 없는 담우소의 안색이 잘 익은 홍시처럼 변하자 빙예운이 소리없이 몸을 일으켰다.

"바쁘신 분 붙들어 죄송합니다. 시간 낭비할 것 없이 지금 출발하시지요."

"……."

"오랜만에 사귄 벗이 노정에 오른다니 마음이 움직여 가벼운 걸음을 했습니다."

고개를 숙여 보이고 발길을 돌리는 빙예운의 손목을 담우소가 불쑥 잡았다.

"아!"

손을 빼려는 빙예운의 손목을 더욱 힘주어 잡고서 담우소가 말했다.

"선물 고맙소이다."

"일단 손은 놓고……."

"싫소이다. 만약 출정이 코앞만 아니라면 절대 놓고 싶지 않은 기분이오."

"……."

"그렇지만 지금은 일단 놔드리리다. 아직 우리는 친우이지 연인은 아니니까."

말이 끝나자마자 손을 놓은 담우소가 방금 전까지 머리에서 뛰놀고 있던 '무능한 장수'를 멀리 쫓아버리고, 성큼성큼 집무실 밖으로 걸어 나갔다. 마경화와 달리 빙예운의 뒷모습 따윈 지켜보고 싶지 않은 기분이었다.

풍운각 앞에 마련된 연무장에는 지금 십여 명의 무사들이 집결해 있었다. 일명 '곤륜파 후려치기'로 명명된 풍뢰영의 첫 번째 작전에서 핵심을 맡은 자들이었다.

지난 며칠간 군사 강문호에게 자세한 작전의 개요를 설명받았을 뿐더러, 본래 경험 많은 자들이라 얼굴에는 대부분 여유가 흘러넘쳤다. 출격도 하기 전에 얼굴이 파랗게 질려 버리는 신참내기들과는 다른 것이다.

마경화가 나와 일각 동안의 대기를 명하자 무사들의 얼굴로 음흉한 웃음이 감돌았다. 철혈대 제일의 미녀이자 마도의 꽃이라 불리는 빙예운이 방금 전 풍운각에 들어갔다는 사실과 맞물린 웃음이었다.

"그런데 일각으로 족할까? 나이가 꽉 찬 선남선녀가 만나 불꽃이 튀었으니, 적어도 반 시진은 있어야 사건이 일어나도 일어날 텐데 말야."

한 무사가 음충맞게 지껄이자 다른 무사가 얼른 그 말을 받았다.

"나이가 꽉 차긴 꽉 찼지. 여전히 보기만 해도 아찔한 미모이지만 빙 대장도 이젠 이십 대 후반이고 우리 대장도 서른이 훌쩍 넘었으니."

"그렇지, 그렇지."

맨 처음 말을 꺼냈던 무사가 호들갑스레 말하자 옆에서 묵묵히 입술을 다물고 있던 째진 눈의 무사가 갑자기 버럭 소리를 질렀다.

"그건 말도 안 돼!"

"응?"

"엥?"

주변의 시선이 온통 자신을 향하자 째진 눈의 무사가 자신의 가슴을 팡팡 두들겼다.

"빙 대장님은 몇 년 내에 큰 공을 세워 철혈오룡부대 중 하나를 맡게 될 이 천호진(天浩眞)의 내자가 될 사람이란 말야!"

"……."

"……."

침묵은 오래가지 않았다. 잠시 어이없다는 표정이 됐던 주변의 무사들이 일제히 천호진에게 달려들어 뭇매를 놓기 시작했다.

퍽퍽퍽!

"죽어라! 죽어!"

"네깐 놈이 대장이 되면 나는 광명신교의 좌우광명사자에 오르겠다!"

"헛소리 못하게 아예 이 자리에서 밟아 죽여!"

빙예운은 철혈대 뭇 무사들의 마음속 연인이자 천상선녀로 확실히 자리매김해 있었다. 그동안 절정고수답지 않게 담우소가 보여준 소탈한 모습이 없었다면 이번 방문만으로 시큼한 질투가 터져 나올 만했다.

그런데 감히 자신들과 비슷한 처지인 천호진이 내자 운운을 했으니, 용서란 있을 수 없었다.

저항이 없지는 않았으나 단숨에 제압되어 복날 개 잡히듯 두들겨 맞는 처지가 된 천호진의 모습을 바라보며 마경화는 나직한 한숨을 토해냈다.

만약 주변의 시선이 온통 천호진에게 향해 있지 않다면 감히 보일 수 없는 모습이었다. 과거 얼굴에 일검을 맞고 한 달간 누워 있는 동안에도 절대 이런 모습은 남에게 보인 일이 없는 것이다.

문득 담담한 목소리가 뒤에서 들려왔다.

"웬 한숨이지?"

"아!"

헤어진 연인을 그리워하는 듯 애잔해져 있던 마경화의 안색이 급격히 딱딱해졌다. 목소리의 주인을 아는 탓이다.

신형을 절반쯤 돌리니 벌써 근처까지 다가선 담우소가 툭툭 어깨를 두드리고 지나쳐 갔다. 마경화의 가슴에 아픈 파문이 번져 갔다.

냉큼 와자한 분위기의 무사들 앞에 다가선 담우소가 헛기침을 한차
례 터뜨렸다.

"어흠!"

이즈음 무사들은 처음과는 달리 사람을 패는 것 그 자체에 재미가
들린 상황이었다. 대중이 없이 천호진을 거의 죽일 기세이던 주먹질과
발길질이 뚝 멈췄다. 노련함이란 전투 중에만 발휘되는 건 아닌 것이
다.

우르르……

언제 한 사람의 무사를 묵사발 냈냐는 듯 도열한 무사들의 얼굴은
천연덕스러움 그 자체였다. 만약 절뚝거리며 신형을 일으키는 천호진
의 존재가 없다면 어떤 일이 자행됐는지 알 도리가 없을 정도였다.

"괜찮은가?"

담우소가 묻자 천호진이 제대로 얻어맞아 밤탱이가 된 얼굴로 얼른
대답했다.

"끄, 끄떡없습니다."

"그럼, 제자리로 돌아가도록."

"존명!"

과연 자리를 찾아 뛰어가는 천호진의 발걸음에는 전혀 중기가 부족
하지 않았다. 겉의 표피만 상했을 뿐 내상은 전혀 당하지 않았다는 뜻
이다.

잠시 혼란스런 표정이 됐던 마경화가 뒤로 다가드는 걸 기다려 담우
소가 입을 열었다.

"제군들! 오늘 아침밥은 배불리 먹었는가?"

"예!"

"그렇다면 모든 준비는 갖춰진 것이겠군?"

처음의 두 배쯤 될 우렁찬 대답이 터져 나왔다.

"물론입니다!"

고개를 끄떡여 보인 담우소가 담담히 말했다.

"그럼 가자!"

지난밤 강문호가 요구했던, 패기만만하면서도 주변을 제압할 만큼 박력있는 목소리는 아니었다. 순간적으로 담우소가 계획을 바꿔 버린 것이다.

그러나 무사들이 채 반응을 보이기도 전에 소맷자락을 떨치며 앞장선 담우소의 모습은 확실히 다른 지휘관과는 다른 매력이 있었다.

잠시 어리둥절한 표정이 됐던 무사들이 제일 먼저 담우소의 뒤를 따라나선 마경화와 같이 하나둘 움직이기 시작했고, 곧 전원 발걸음을 빨리하기 시작했다.

후방 지원을 맡은 군사 강문호의 계획과는 전혀 맞지 않는 독립 부대 풍뢰영의 첫 번째 임무, '곤륜파 후려치기'의 엉뚱한 시작이었다.

*　　　　*　　　　*

기검봉(氣劍峰)!

외곤륜 중 산세가 가장 날카롭다고 알려진 이곳은 곳곳이 깎아지른 듯한 절벽이요, 절애이다.

보보마다 칼날 같은 기운이 넘치는 기암괴석이 산재되어 있을 뿐더러 높이도 여타 외곤륜의 뭇 봉보다 높으니 꼭대기에는 일 년 내내 눈이 쌓여 있었다.

그러니 이러한 곳은 웬만하면 대자연의 관리 하에 두고 감히 범접치 않는 것이 도리일 것이나 삼백 년 전 굳이 이러한 험산을 찾은 고사(高師)가 있었다.

검을 들면 하늘까지 검기가 솟구치고, 권을 뿜으면 만 근의 거암도 너끈히 부수며, 한 걸음에 천 리를 간다 하여 삼절이라 일컬어지던 곤륜삼성(崑崙三聖)이 바로 그 사람이었다.

본래 그는 책 읽고 바둑을 두며 세상과 담을 쌓고 살던 사람이었다. 무공을 익혀 젊은 나이로 절정고수가 됐으나 세상에 무명(武名)을 날리길 싫어한 까닭이다.

그러나 주머니 속에 든 송곳은 밖으로 튀어나오기 마련이었다. 나이를 먹는 동안 서서히 알려진 그의 무명은 곧 중원에까지 전해졌고, 그후로는 끊임없이 도전을 받는 처지가 됐다. 일생을 '락(樂)' 한 가지만을 추구하며 살아온 곤륜삼성으로선 귀찮기 이를 데 없는 일이었다.

그래서 도전해 온 자에게 정중히 사양도 해보고 불러 바둑 승부를 제안하기도 했지만, 도통 말을 듣지 않는 것이 천하를 돌며 비무행(比武行)을 벌이는 자들이었다.

평생을 정신적인 탐구를 계속해 득도의 경지에 오른 곤륜삼성으로서도 참을 수 없는 일들이 속속 일어났다.

집에 불을 지르는 자가 있지를 않나, 집 안의 식솔들을 두들겨 패며 패악을 떠는 자까지 나왔다. 어떻게든 곤륜삼성으로 하여금 화가 나 무공 대결에 나서도록 하려는 심사였다.

그러나 바둑이나 시서화(詩書畵)와 같이 그저 락을 위해 익힌 무공이었다. 손만 쓰면 누구든 이길 수 있는 경지의 무공을 지니고도 곤륜삼성은 어느 날 야반도주를 감행했다.

사람을 상케 하느니 차라리 이름을 버리고 도망가는 길을 택한 것인데, 이 사건은 후일 더욱 그의 성망을 드높이는 일화로 남아 기검봉에 은거한 고사를 괴롭히게 된다.

각지에서 도학(道學)에 힘쓰고 무공 익히길 즐겨하던 인재들이 위와 같은 곤륜삼성의 소문을 듣고 외곤륜의 오지인 기검봉으로 몰려든 때문이다.

그렇게 한 고사의 유유자적하려던 꿈과 희망을 산산이 짓밟고서 세외제일도(世外第一道) 곤륜파는 성립했으니, 삼백 년의 성상을 넘어 기검봉엔 지금 바람이 불고 있었다.

휘이잉.

바람은 기검봉의 산자락을 말없이 휘돌았다. 동서남북 어디로 향하든 칼날 모양의 봉우리가 맞아주니 바람은 자연 매서울 수밖에 없었다.

귓전을 스쳐 가는 바람이 매우 차다는 생각에 어깨를 으슬 떨어 보인 운학(雲鶴) 도인은 다리를 재게 놀렸다.

이제 서른을 갓 넘은 나이이기는 하나 운학 도인은 곤륜파의 이대제자 중에서도 중수였다. 천하 십대경공 중 하나라는 운룡대팔식에 입문할 자격이 충분하다는 뜻이다.

휘익!

땅을 박차니 운학 도인의 신형이 일시 산야를 떠도는 바람처럼 변했다. 곤륜파가 자리 잡은 기검봉의 중턱에 빨리 도착할 요량으로 운룡대팔식 중 신룡선무(神龍先舞)를 펼친 것이다.

이름에서 알 수 있듯 신룡선무는 구름을 노니는 신룡처럼 바람을 자유자재로 탈 수 있었다.

유난히 매서운 기검봉의 바람이나 운학 도인의 신형은 쭉쭉 잘도 나아갔다.

운룡대팔식 자체가 험난한 기검봉을 오르내리는 동안 완성된 신법이니, 시전자의 기량이 다소 떨어진다 해도 산을 오르는 데는 무리가 없는 것이다.

"엇?"

한참 바람을 타고 기검봉의 험로를 수월히 오르던 운학 도인이 갑자기 신법을 신룡선무에서 신룡파미(神龍波尾)로 바꿨다. 갑자기 마음이 쓰이는 장면을 목도한 탓이다.

파라락!

도포 자락을 휘날리며 두어 차례 공중에서 회전한 끝에 땅에 착지한 운학 도인의 청수한 안색이 가볍게 찌푸려졌다.

"무량수불! 저 어린 축생이 어찌 이런 험산까지 왔는가?"

운학 도인의 눈길이 향한 곳은 급격한 비탈이 어느 정도 완만하게 굽은 지형이었다.

동굴이 되려다 만 듯 암벽의 한쪽이 움푹 패어 있었는데, 위에는 족히 천 근이 넘을 듯한 바위가 위태위태 흔들거리고 있었다.

그 암벽이 움푹 팬 부분에 지금 한 마리의 산양이 배를 땅바닥에 찰싹 붙이고 있었다.

주변을 휘몰아치는 바람 탓인지 오돌오돌 떨고 있는 모양새며 작은 몸집이 애처로웠다.

한눈에 보기에도 아직 채 크지 못한 어린 녀석일 뿐더러 몸이 다쳐 운신을 못하고 있는 게 분명했다.

그러니 만약 이와 같은 장면을 다른 사람이 봤다면 고개를 가로젓고

가던 길을 재촉하든지 입맛을 다실 것이로되, 운학은 마음이 어진 사람이었다.

곤륜파에서 도교전적을 보관해 두는 천도서각(天道書閣)을 맡고 있는 사부 현청(玄淸) 도인의 심부름을 마치고 돌아오던 와중이라 하나 못 본 척 지나칠 수는 없었다. 산양의 머리 위에서 위태위태하게 흔들리고 있는 바윗덩이에 불안을 느낀 것이다.

'아직 어린 축생이 아니던가. 만약 보지 않았다면 모르되 보았으니 그냥 놔둘 수는 없으리라.'

마음을 결정한 운학이 산양에게 다가갔다. 사람의 손때가 묻지 않은 야생 그대로의 산양이 잔뜩 겁에 질려 '메에' 하고 울었다. 지금은 어디에 있는지 알 도리가 없는 어미라도 목메어 부르고 있는 게 분명했다.

"오냐오냐. 빈도가 네게 다가가는 것은 널 해치기 위함이 아니니 너는 걱정할 필요가 없구나. 널 이 위험한 곳에서 떼어내고 상처만 살피면 곧 놓아주려니."

그러나 여전히 산양은 메에거렸다. 운학의 다정한 위로에도 불구하고 겁에 질려 온몸을 바들바들 떨었다.

그것을 축생이니 역시 말이 안 통한다고 일축한 운학이 산양을 보듬어 들려는 찰나였다.

우르르!

그저 미미한 진동만을 일으킬 뿐 떨어질 기미가 없던 천 근의 거암이 지축을 울리며 운학의 머리 위로 떨어져 내렸다. 일류의 고수답게 치밀히 거암의 움직임을 살핀 연후에야 운학이 산양에게 고개를 숙인 바로 그 순간이었다.

"이런?"

경호성은 이미 때늦은 감이 있었다. 절세의 신법인 운룡대팔식을 펼쳐 뒤로 신형을 빼려던 운학의 어깨가 찰나의 순간 미미하게 진동했다. 채 끌어안지 못한 산양이 눈에 밟힌 것이다.

우웅!

급히 십수 년간 고심참담한 끝에 어느 정도 진전을 본 태청진기(太淸眞氣)를 끌어올린 운학이 천왕탁탑의 식으로 천 근의 바위를 때렸다.

쾅!

그리고 재빨리 다리를 회전하니, 한 가닥 유유한 기운이 일어나 여전히 꼼짝달싹 못하고 있던 산양을 밖으로 걷어냈다. 천 번을 연습하고 삼천 일을 단련하고서야 이룰 수 있는 경지의 연초였다.

그렇게 평생 수련한 태청진기를 토해낸 끝에 얻은 찰나의 시간을 산양에게 내어준 운학의 가슴에서 우두둑 소리가 일어났다. 갈비뼈 몇 개가 박살나는 소리였다.

그러나 마치 이러한 상황마저도 각오하고 있었던 듯 운학은 미간 하나 찌푸리지 않고 전력으로 운룡대팔식 중 운룡삼현(雲龍三賢)을 펼쳐냈다.

휘익!

위에서 아래로, 그리고 다시 앞에서 뒤로 밀려들던 바위의 힘을 세 차례의 변화로 흩어버린 운학의 신형이 표표히 뒤로 물러섰다. 방금 전 산양을 걷어냈던 바로 그 자리였다.

우르르르르.

진동을 일으키며 운학의 눈앞으로 천 근 바위가 굴러 내렸다. 찰나간에 운학이 몇 가지나 곤륜파의 절기를 펼쳐 내지 못했다면 절대 막거나 피할 수 없는 대자연의 역도였다.

"쿨럭!"

위험했다는 생각과 함께 신형을 비틀거리는 운학의 입에서 핏덩이가 대여섯 차례나 터져 나왔다. 부러진 갈비뼈가 내장을 찌른 게 분명했다.

삽시간에 안색이 백지장같이 창백해진 운학의 옆에서 산양이 메에하고 울었다. 얼마 전 생사고락을 함께한 탓인지 우는 얼굴처럼 보였다.

연신 휘청거리면서도 하체에 힘을 줘 자세를 바로 한 운학이 산양을 바라보며 흐릿한 미소를 던졌다.

"그랬구나. 너는 위험하니 피하라 말했거늘 이 어리석은 도사는 네 말을 알아듣지 못했구나."

메에!

"하지만 너는 너무 염려하지 말아라. 비록 내가 우도(愚道)이긴 하나 널 안고 본 파까지 걸어갈 힘은 남았으니."

천천히 기력을 모은 운학은 내력을 움직여 부러진 갈비뼈 주변의 몇 개 혈을 봉했다. 이런 곳에서 운기조식을 취할 수는 없다는 판단이었다.

그리고 덥석 산양을 품에 안은 운학이 천천히 발걸음을 옮기기 시작했다. 절세의 운룡대팔식은 더 이상 펼치지 못하게 됐으나 전혀 위축되지 않은 모습이었다.

운학이 떠나고도 한참이 지나서였다. 천 근의 바위가 떨어져 내린 주변에서 두 명의 흑영이 모습을 드러냈다.

그들은 둘 다 얼굴부터 발끝까지 검은색 일색으로 차려입은 데다 얼굴마저 검은색 복면을 덮어쓰고 있었는데, 크고 작은 차이만이 날 뿐이었다.

오직 눈동자 부위에만 구멍이 뚫린 매우 수상한 차림을 한 두 흑영 중 키가 큰 쪽의 입에서 한탄이 흘러나왔다.

"아아, 이런 제기랄! 오늘 점심거리였는데……."

그러자 반대 편에서 면밀히 바위가 굴러간 자리를 살피고 있던 키 작은 흑영이 면박을 주듯 말했다.

"이 먹을 것만 생각하는 바보 녀석아! 방금 전에 그 같은 무공을 보고서도 그런 말이 나오냐?"

키 큰 흑영이 분한 듯 외쳤다.

"그 산양은 내가 어제 하루를 몽땅 투자해서 잡아온 것이라고! 내가 산양 사냥을 하는 동안 지형지물이나 탐색하러 다녔던 녀석이 어찌 그 고생을 알겠느냐!"

"이 녀석! 이렇게 훌륭한 천연의 지형을 찾아내는 게 쉬운 일인 줄 아느냐? 너 같은 바보 녀석 같으면 며칠을 더 준다 해도 찾지 못했을 것이다."

"이 녀석이 또 바보라고!"

키 큰 흑영이 키 작은 흑영에게 당장에라도 달려들듯 주먹을 부르르 떨었다. 비슷한 직위인 자에게 무시를 당하자 더욱 분함이 솟구치는 것이다.

그러자 품속에서 끄집어낸 공책에서 잔뜩 적혀 있던 이름 중 하나를 슥슥 지운 키 작은 흑영이 손짓을 해 보였다.

"그만 떠들고 잠깐 이리로 와봐라."

"왜?"

"방금 전에 어떻게 그 마음 좋은 도사 녀석이 천 근 거암을 피해냈는지 알 것 같다."

아무리 배가 고파 성질이 난 상태라 해도 무사는 무사였다. 거의 찰나의 순간에 산양을 구해내고 천 근 바위까지 피해낸 운학의 무공에 호기심이 일지 않을 수 없었다.

얼른 키 작은 흑영에게 다가든 키 큰 흑영이 탐탁지 않은 목소리로 말했다.

"상대가 일류고수인 곤륜파의 이대제자라 혹시라도 들킬까 봐 멀리서 숨어 있었고, 방금 전 그 도사 녀석이 펼친 신법이나 무공은 기껏해야 일 수유밖엔 시전되지 않았다. 한데 네 녀석이 어떻게 그 도사 녀석이 천 근 바위를 피했는지를 알 수 있겠느냐?"

그제야 바윗덩이가 지나간 자국에서 눈길을 뗀 키 작은 흑영이 냉랭하게 말했다.

"도대체 너 같은 녀석이 어떻게 이번 작전에 뽑혔는지 모르겠다만, 내 이번만은 너그럽게 설명해 주기로 하지."

"마지막으로 경고하겠다. 자꾸 날 바보 취급하면 작전이고 뭐고 네 녀석부터 박살 내버릴 테다!"

'하지만 내가 보기엔 정말 바보인 걸 어쩌랴?

더 이상 논쟁하기 싫어 내심으로만 일침을 던진 키 작은 흑영이 땅바닥을 손가락으로 가리켰다.

"여기 바윗덩이가 최초로 떨어진 자국을 봐라!"

"이 녀석! 내 말에 대답은 않고……."

투덜거리면서도 키 작은 흑영의 손가락이 가리키는 곳에 시선을 던진 키 큰 흑영이 '어!' 하는 소리를 냈다.

천 근이나 되는 무게에 적어도 일 장은 넘을 높이였음에도 불구하고, 바윗덩이가 떨어진 자리가 별로 패이지 않은 걸 발견한 것이다.

'그래도 완전한 바보는 아니군.'

내심 고개를 끄떡인 키 작은 흑영이 말했다.

"알겠냐?"

키 큰 흑영이 길게 이어진 바윗덩이의 행로를 눈으로 훑으며 대답했다.

"대단한 내공이군, 순간적이나마 천 근의 바위를 멈춰 세우다니."

"실제론 천 근의 압력 그 이상이었을 것이다. 게다가 그 이전에 산양을 먼저 발로 거둬냈으니 그 판단의 기민함과 내력의 운용, 그리고 신법 등은 무림 중에 일류고수라 당당히 내세울 수 있는 솜씨인 것이다."

"그런데 우리는 앞으로 이런 녀석들을 몇이나 더 함정에 빠뜨려야 한다는 말이냐?"

얼른 공책을 덮고 품속에 갈무리한 키 작은 흑영이 어깨를 으쓱해 보이며 말했다.

"어쩌겠냐? 너나 나나 말단이니 위에서 시키는 대로 움직일밖에. 이제부터 더욱 바빠질 테니 빨리빨리 움직이자."

"그럼, 밥은?"

벌써 두 번째 작전 구역으로 신형을 날리며 키 작은 흑영이 말했다.

"이곳에 오기 전에 준비한 건량이 조금 남았다. 두 번째 작전 구역에 도착하면 나눠 줄 테니 뒤처지지 말고 따라와라."

"또 건량이냐?"

불에 지글지글 구워진 산양 불고기를 떠올리며 뱃속의 울부짖음을 추스른 키 큰 흑영이 역시 신형을 날렸다. 이제 막 작전은 시작됐고 아직도 지워야 할 이름은 산재되어 있는 것이다.

제60장 억류된 천하제일 경공대가

중원으로부터 멀리 떨어져 있는 까닭도 까닭이지만, 주변이 온통 마도방파 천지인지라 곤륜파의 성세는 여타의 구파일방과 조금 달랐다.

다른 문파들처럼 속가제자들을 키워 표국이나 여타의 기업을 운영하게 할 수 없음은 물론이거니와 소림이나 무당처럼 나라에서 내려준 광대한 농토 또한 곤륜파에는 없었다.

지금과 같이 물경 오백에 이르는 문도들을 먹여 살릴 만한 거리 자체가 아예 곤륜파가 위치한 외곤륜, 더 나아가서 청해성 안엔 존재하지 않았다. 모든 것이 주변을 둘러싸고 있는 마도방파들 때문이었다.

그러니 초기의 곤륜파는 진정 '고생하고 싶어 안달이 났을 뿐더러 세상과 완전히 담쌓은 자' 들만이 찾아오는 곳이었고, 그래서 중원에서는 신비의 세외문파라 불렸다.

조사였던 곤륜삼성 자체가 본래 그런 사람이었으니 당연하다면 당연한 결과랄까?

그런 곤륜파가 현재와 같은 성세를 이룩한 것은 백 년 내 제일의 기인으로 일컬어지는 곤륜신성 이모백이 천하에 명성을 떨치기 시작한 요 근래 삼십 년간 벌어진 일이었다.

현재 곤륜파의 태상장로인 그는 천하제일인이라 불리는 무당파의 청우 선인과 함께 천하쌍성(天下雙聖)이라 불리는 의학의 성인일 뿐더러 다재다능한 사람이었다.

무공만 해도 곤륜파 역사상 다섯 손가락 안에 꼽힐 뿐더러 기관진식과 의학은 천하에서 상대를 찾을 수 없을 정도의 성취를 이룩하고 있었다.

이를 바탕으로 이모백은 지난 삼십 년간 수많은 추종자들을 끌어들였고 단숨에 구파일방 중 최말단이던 곤륜파를 오늘과 같은 성세로 만들어냈다. 명성을 얻게 된 과정은 조사인 곤륜삼성과 다름없었지만, 산속에 은둔한 고사 따위 되고 싶지 않았음이 분명하다.

그러나 항시 모든 일엔 빛이 있으면 그림자가 드리워지기 마련이다. 이모백이 천하의 찬사를 받아가며 은거에 들어가자, 급격히 세력이 부풀어 오른 곤륜파는 곤란한 상황에 부딪쳤다.

과거 지닌 바 절기와 기검봉의 칼날 같은 산세를 바탕으로 곤륜파는 밖으로 진출하기는 어려워도 수성하기는 그리 어렵지 않은 위치였다.

주변이 온통 마도방파라 하나, 자기들끼리 세력 싸움하기도 바쁜 터에 도통 산속에 틀어박혀 밖에 나오지 않는 도사들의 근거지를 칠 생각 따위 아무도 하지 않았던 것도 한 가지 이유가 될 터이다.

그런데 느닷없이 마도의 대지인 청해성 한가운데에서 숨죽이며 살고 있던 곤륜파가 구파일방 중 네 번째로 강한 문파로 부상하자 상황이 달라졌다.

외곤륜 주변에서 화전을 일구거나 양을 치던 마을 대부분이 곤륜파의 위세를 팔며 근처의 마도방파들에게 세금 바치길 거부하고 나선 것이다.

'하아! 그 뒤로 우리 곤륜파는 끝없는 내우외환(內憂外患)에 시달려야 했다. 안으로는 속가제자로 유일무이하게 태상장로에 오른 이모백 사숙을 추종하는 속가의 제자들과 본산의 제자들 간에 알력이 생겼고, 밖으로는 끊임없이 마도문파들과 대치하게 됐으니 어찌 이것이 조사님께서 바라신 곤륜의 모습일 것인가?

곤륜파의 십오대 장문인인 영허 진인(靈虛眞人)은 나직한 장탄식을 터뜨렸다.

그가 생각하기에도 사백인 이모백은 대단한 사람이었다. 비록 장문의 직위에 올라 있지만, 자신은 이모백의 발뒤꿈치도 따를 수 없다는 생각을 종종 했다.

하지만 앞서 말했듯 이모백은 너무 큰 나무였고, 그만큼 큰 그림자를 곤륜파에 드리운 것도 사실이었다. 곤륜비동에 은거한 그의 부재로 인해 요즘 곤륜파가 겪고 있는 어려움은 한두 가지가 아닌 것이다.

기검봉 남서쪽에 위치한 응암촌(鷹巖村)에서 보내온 탄원서를 옆에 쌓아놓은 비슷한 내용의 서류들 위에 올려놓은 영허 진인은 태양혈(太陽穴) 주변을 엄지로 가볍게 눌렀다.

벌써 두 시진 이상을 온통 '도와달라'는 말로 점철된 서류만을 뒤적이다 보니, 오랫동안 양생의 수련을 쌓은 고사이나 두통을 느끼지 않을 수 없었다.

'날이 갈수록 여기저기서 도와달라 아우성이니, 도와주지 않을 수도

없고 모두 도울 수도 없고……'

일 년 전에 벌어진 모종의 사건 때문에 몇 차례나 곤륜비동을 다녀온 사제들이 한결같이 했던 말을 상기하며 영허 진인은 고개를 절레절레 흔들었다.

사숙인 이모백이 은거를 깨고 돌아올 것을 내심 기대했으나 이미 그는 의학에 미친 사람으로 다른 일에는 전혀 관심을 두지 않는 광인이 되어 있었던 것이다.

"하아!"

다시 한 차례 장탄식을 터뜨린 후 아직도 절반 가까이나 남은 서류들을 빠르게 넘기던 영허 진인의 손길이 뚝 멈췄다. 다른 날과 달리 탄원서 중간중간에 꽤나 많은 사고와 부상에 관련된 사항들이 끼어 있음을 깨달은 것이다.

'어찌 며칠 만에 이리 많은 사고가 일어날 수 있는가?'

혹시나 하는 생각에 건성으로 넘기던 서류들을 다시 꼼꼼히 살펴보던 영허 진인의 불그스레한 노안이 딱딱하게 굳어졌다. 넘치는 속가제자들 중 어느 누구도 넘보지 못했던 이대제자 중 상당수가 어느새 부상자 명단에 끼어 있었다.

십여 년 전에야 세워진 곤륜파의 대회의청 팔선대전(八仙大殿) 안에는 지금 열 명가량의 노도들이 팔선탁에 모여 있다. 그들은 영허 진인과 이모백을 제외한 팔장로였다.

팔선탁의 으뜸 자리에 좌정하고 있던 영허 진인이 스무 장이 넘는 보고서를 내밀자, 하나하나 돌려가며 확인한 팔장로의 안색이 일제히 대변했다.

"어허! 이건……."

"무량수불!"

"으흠! 흠!"

팔장로는 하나같이 놀란 얼굴이 되었다. 각기 오륙십 년 이상을 도학과 수행에 전념했을 텐데도 해 보이는 모습은 별 차이가 없었다.

'저것이 바로 우리 곤륜파의 자화상이겠거니.'

내심 한숨을 내쉰 영허 진인이 묵직하게 입을 열었다.

"무량수불! 이 사형은 사제들의 의견을 듣고 싶구나. 영보(靈寶)부터 말해 보게나."

영보 도장은 영허 진인의 손아래 사제로 지닌 바 성품이 곧으면서도 지혜가 있어, 태상장로인 이모백을 제외하곤 장로들 중 수장이라 할 만한 사람이었다.

영허 진인에게 한차례 고개를 숙여 보인 영보 도장이 말했다.

"보고서를 보셨으니 이미 장문 사형께서도 알고 계시겠지만, 이틀 전 제가 의발을 전수하기로 결정한 현도(玄道)가 새벽 수련을 하던 중 주화입마하였습니다. 현도의 성품은 장문 사형께서 아시는 바와 같이 순후하면서도 결단력이 있어 결코 함부로 모험을 하지 않을 터. 십 단계의 태청진기를 이미 팔 단계나 익힌 그가 갑자기 주화입마에 빠진 건 크게 이상한 일이라 봅니다."

"그렇군."

고개를 끄떡여 보인 영허 진인이 시선을 옆으로 돌렸다.

"영풍(靈風)의 의견은?"

지목을 받은 영풍 도장이 말했다.

"영보 사형의 경우와 본 사제의 경우도 같습니다. 열 명의 제자 중

의발을 전수할 뜻을 가지고 있던 현황(玄黃)과 현진(玄眞)이 요 근래 알수 없는 괴질에 걸렸습니다. 특별히 전염되는 병이 아닌 것 같아 오늘 아침까지 제가 진기로 치료했는데 별 효험을 보지 못했습니다."

그 뒤로 하나하나 지목된 나머지 팔장로들은 하나같이 낯을 붉히거나 고개를 흔들며 비슷한 얘기를 꺼냈다.

어떤 자는 제자가 사고를 당했고 그렇지 않은 자는 사질이나 사손들 중 뛰어난 자들이 사고를 당하거나 중상을 도저히 예측할 수 없는 괴질을 앓았다.

모두가 최근 닷새 만에 벌어진 일이었다.

피해자의 숫자가 이십여 명에 전부 본산의 제자들뿐이란 점을 확인한 팔장로들의 시선이 일제히 영허 진인을 향했다.

"피해의 정도가 이 정도에 이르리라곤 생각도 못했지만, 현도가 주화입마한 후 제 나름대로 조사한 사항이 있는데, 장문 사형께 말씀드려도 되겠습니까?"

자연스레 주변의 중지를 모은 영보 도장의 조심스런 말에 영허 진인이 일시 처연한 표정이 되었다.

"영보 사제는 언제나 매사에 빈틈이 없었지. 만약 사제가 조사에 나섰다면 그것은 거의 진실에 가까울 터.. 사제는 기탄없이 말해 보게나."

한차례 고개를 숙여 보인 영보 도장이 말했다.

"요 근래 본 파는 계속 내우외환에 시달려 왔습니다. 안으로는 새롭게 받아들인 속가제자들이 본산의 규율에 반발하고 밖으로는 주변의 문파들과 불편한 관계가 되었으니, 이것은 모두 태상장로께서 지난 삼십 년간 이룩한 기반을 저희 후배들이 부족한 탓에 지키지 못했기 때문이지요."

"으음."

"허어!"

침묵을 지키고 있던 팔장로 중 몇이 얼굴 가득 침통한 표정을 지어 보였다. 영보 도장의 뜻을 모르는 것은 아니나 그 속에 담긴 진의(眞意) 가 도학을 깊이 닦은 그들의 폐부를 마구 찔러대는 것이다.

그러나 영보 도장으로선 이미 내친걸음이었다. 영허 진인의 묵인 속 에 그가 다시 자신의 논지를 펼쳤다.

"하나 돌이켜 보면 본래 저희 곤륜은 오직 세상과 담을 쌓은 채 도학 을 공부하고, 수행을 쌓으며, 무학의 궁극을 향해 나아갈 뿐 세상의 물 욕이나 허명에 구애받지 않는 곳이었습니다. 도대체가 속가제자를 받 아들여 문파의 곳간에 쌀 섬이 쌓이고 팔 선상(八仙像)에 채색이 더해 지면 무슨 소용이 있겠습니까?"

일시 눈에서 신광을 번뜩인 영허 진인이 말했다.

"사제는 뜻을 밝히라!"

오직 영허 진인만을 바라보며 영보 도장이 말했다.

"속가를 내치십시오."

"속가를?"

"이번에 벌어진 일은 어쩌면 태상장로를 추앙하는 속가와는 전혀 관 련이 없는 일일지도 모릅니다. 그동안 우리 곤륜을 눈엣가시처럼 여기 던 주변 마도문파들의 짓일지도 모릅니다. 아니, 분명 그럴 가능성이 더욱 크겠지요."

'암, 그럴 테지.'

'분명 그럴 것이다.'

몇몇 팔장로들이 내심 고개를 끄떡였다. 영보 도장의 논지는 그만큼 설득력이 있었다. 이곳에 모인 어느 누구도 곤륜파의 내부 갈등이 상잔에까지 이르렀다 생각하고 싶진 않았던 것이다.

그 순간 영보 도장이 돌연 목소리를 높였다.

"하나 그동안 속가의 일부 무리가 본산의 제자들과 반목했던 것도 사실! 이번 기회를 빌어 장문 사형께서는 곤륜에 드리워진 그림자를 떨쳐 내고 새롭게 곤륜을 탈바꿈하실 수도 있을 것입니다."

"……."

"……."

영보 도장이 한 말은 당대에 이르러 구파일방의 네 번째 서열에 오른 곤륜파의 세력을 깎아내자는 뜻이었다. 함부로 입 밖에 낼 만한 말이 아니나 또한 쉽사리 내뱉어진 말도 아니었다.

극단적인 영보 도장의 주장에도 불구하고 침묵으로 일관하고 있는 나머지 팔장로들을 찬찬히 돌아본 영허 진인의 입가로 가느다란 한숨이 매달렸다.

'하아! 이것이 바로 삼백 년 동안 곤륜을 이끌어온 정신인 것이겠지?'

내심 고개를 가로저은 영허 진인이 말했다.

"사제들의 뜻은 잘 알겠네. 하나 본 파가 속가를 받아들이기 시작한 지도 어언 이십 년이 넘었네. 그동안 우리 곤륜을 살찌우고 위상을 높여주었던 그들의 공을 어찌 모조리 부인할 수 있겠는가?"

'하면?'

"앞으로 본산의 제자들은 필시 외출 시 세 명이나 다섯 명이서 몰려다닐 것이며, 그중에는 반드시 속가의 제자들을 끼어 넣도록 하세나."

"만약 그러고도 본산의 제자들의 사고가 그치지 않는다면 장문 사형은 어찌하시겠습니까?"

영보 도장이 묻자 영허 진인이 눈을 감았다.

"그때는 이 사형도 사제들의 뜻을 존중하겠네."

"무량수불!"

"무량수불!"

영보 도장이 고개를 숙여 보이자 나머지 팔장로 역시 영허 진인을 향해 고개를 숙여 보였다.

그들의 머리 위로 앞으로 다가올 대폭풍을 예감케 하는 무거운 침묵이 소리없이 떨어져 내렸다.

                    *   *   *

작전 열흘째.

이름 모를 거목의 한쪽 귀퉁이를 차지한 채 휴식을 취하고 있던 담우소의 귀가 쫑긋 하고 움직였다. 방원 삼십 장 밖에서 빠르게 자신 쪽으로 다가들고 있는 움직임을 포착한 것이다.

'움직임이 빠르면서도 가볍지 않은 것을 보니, 바보 제자 녀석은 아니겠고… 각 조에 명령을 전달하러 갔던 마경화가 분명하겠군.'

현재 담우소를 중심으로 전방과 후방을 오고 가며 명령을 전달하는 전령의 임무를 띤 사람은 소여영과 마경화였다.

소여영이 후방 지원을 맡은 강문호와 담우소를 잇는 단순한 전령의 역할이라면 마경화가 맡은 역할은 좀 더 복잡했다.

뒤로 빠져 있는 게 아니라 스스로도 수하들과 똑같이 작전을 수행하고 있는 담우소를 대신해서 조원들의 움직임을 감시하는 역할까지 그녀는 맡고 있었다.

강문호가 고안한 풍뢰영 특유의 표식을 쫓아 빠르게 자신 쪽으로 다가들던 움직임이 대충 삼 장 안까지 이르자 담우소는 스르르 눈을 떴다.

"마 호위인가?"

우뚝!

담우소가 차지한 거목과 마주 보이는 위치의 나무 위에 신형을 멈춰 세운 마경화가 얼른 예를 갖춰 보였다.

"대장님을 뵙습니다."

담우소가 대충 손을 휘저어 보였다.

"작전 중이거나 임무 수행 중에는 그런 예 따윈 거치적거릴 뿐이다."

"아? 예!"

그제야 마경화 쪽으로 시선을 던진 담우소가 말했다.

"보고 내용은?"

즉시 마경화가 입을 열었다.

"작전 전에 작성됐던 명단 중에 오 할가량인 서른 명을 암습하는 데 성공했습니다. 실패는 다섯 차례 정도인데, 세 건은 장소 선택이 문제가 됐고 두 건은……."

"두 건은?"

잠시 머뭇거리던 마경화가 다소 화난 듯한 표정으로 말했다.

"정말 어처구니없는 일입니다만, 일조와 삼조의 녀석들 간에 서로 암습할 장소와 방법을 가지고 분쟁이 붙은 듯합니다. 그래서 뻔히 목표물이 지나가는데도……."

"핫!"

신경을 곤두세우고 있었던 만큼 담우소는 입가로 비져 나오는 웃음을 참지 못했다. 사실 모사재인(謀事在人) 성사재천(成事在天)이란 말처럼, 모든 일은 사람이 꾸미지만 성사는 하늘에 달렸다고 한다. 아무리 완벽한 작전과 계획을 세웠다 해도 하늘이 돕지 않으면 일의 성사란 장담할 수 없다는 뜻이다.

그러니 서른 차례의 성공에 다섯 차례의 실패란 그리 염려할 만한 수치는 아니었다. 오히려 초반에 강문호가 자체적으로 내렸던 수치보다 낮다고 할 수 있었다.

내심 너그럽게 용서해 주는 아량을 베풀려 물은 것인데 마경화가 다소 화난 듯한 기색으로 대답하자 담우소는 일시 피로에 지쳐 있던 마음이 다 풀려 버리는 듯했다.

그러자 마경화가 갑자기 보고를 멈추고 침묵을 고수했다.

"왜, 갑자기 보고를 멈춘 것이지?"

입가에서 웃음기를 지우지 않은 채 담우소가 묻자 마경화가 여전히 화난 표정으로 대답했다.

"작전의 시작 초기인 지난 닷새간의 작전 성공률은 십 할이었고 횟수는 이십 회가 넘었습니다. 그런데 같은 기간 동안 성공률의 감소는 물론이거니와 횟수마저 급격히 감소했습니다. 속하의 생각으로는 모든 것이 태만과 나태에 의한 것인 바, 이번의 일은 엄중히 다뤄야 한다고 생각합니다."

"나더러 수하들을 더 엄하게 다스리란 뜻인가?"

마경화는 대답 대신 고개를 숙여 보였다. 요즘 들어 담우소가 진지한 눈빛을 하면 왠지 눈을 마주 대하지 못하는 그녀였다.

그러나 애초부터 담우소의 마음속엔 그리 큰 진지함은 머물러 있지 않았다. 언제 눈빛을 엄중하게 했냐는 듯 다시 입가에 미소를 매단 담우소가 말했다.

"군사를 비롯한 풍뢰영의 식구들이 뒤에서 물량과 작전, 지형도, 인물의 움직임 등까지를 끊임없이 지원해 주고 있다지만, 이번 작전의 중추는 어디까지나 전방에서 뛰고 있는 십여 명이야. 그들이 상대하는 건 하나같이 곤륜파의 일류고수들이니 어찌 작전에 태만할 수 있겠나?"

"그치만!"

손을 들어 마경화의 항변을 원천봉쇄한 담우소가 계속 말했다.

"지난 닷새간 작전 성공률이나 횟수가 떨어진 건 당연한 일로 이미 군사와 내가 예상하고 있었던 일이다. 첫 닷새간이야 우리는 숨어 있고 상대는 드러나 있으니 곤륜파로서도 속수무책, 당할 수밖에 없었을 테지만, 피해가 속출하는 상황에서 그들이 손을 놓고 기다리고만 있을 리 만무한 일이 아닌가?"

"……."

"그들은 닷새가 지난 뒤부터 혼자 다니지 않고 무리를 짓기 시작했다. 게다가 경계심이 잔뜩 고양됐으니 작전을 걸기가 힘들어졌고, 조금이라도 더 성과를 높이기 위해 과열 경쟁이 붙다 보니 이번과 같은 사건도 벌어지게 된 것이 분명하다. 물론 죄를 지었으니 벌은 받아야 할 테지만."

마경화의 안색이 다소 밝아졌다.

"그럼 어떤 징벌을?"

손가락으로 미간 사이를 톡톡 두들기며 고심하는 얼굴이 됐던 담우소가 단호한 표정으로 말했다.

"이틀간 밥을 굶긴다."

"예?"

"본래 전장에서는 병사들의 사기를 고려해 참수(斬首)를 하는 일이 있어도 끼니는 거르지 않게 하는 것이 전통이다. 그러나 이번에 일조와 삼조 녀석들이 저지른 죄는 대단히 무거우니 어쩌겠는가! 본 대장은 읍참마속(泣斬馬謖:제갈량이 울며 마속의 목을 친 고사에서 유래)의 심정으로 이러한 결정을 내리게 되었다."

"그, 그건……."

"왜? 마 호위는 본 대장의 형벌이 너무 무겁다고 생각하는 것인가?"

"아닙니다."

담우소의 입에서 또 어떤 말이 튀어나올까 두렵다는 표정이 된 마경화가 황급히 고개를 숙여 보였다. 될 수 있으면 귀마저 막고 싶은 게 그녀의 솔직한 심정이리라.

'여기서 내가 즐거워하는 표정을 보이면 저 야생화는 다시 삐죽 가시를 내밀겠지?'

내심 히죽 웃어 보인 담우소는 마경화가 고개를 드는 것에 맞춰 고뇌 어린 표정으로 고개를 가로저었다. 마치 내 마음이 이토록 괴로우니 더 이상의 말을 듣지 않겠다는 듯한 모습이었다.

그러자 과연 그저 '아아!' 라 탄식했을 뿐 더 이상 담우소에게 고하기를 포기한 마경화가 입술을 꽉 다문 채 다시 고개를 숙여 보였다. 읍참마속의 심정으로 담우소가 내린 형벌을 일조와 삼조에 전달해야만 하는 것이다.

문득 담우소가 마경화를 불렀다.

"마 호위! 잠깐만."

멈칫!

막 신형을 띄우려던 나무에서 동작을 멈춘 마경화가 고개를 돌려 담우소를 바라봤다. 방금 전의 대화에도 불구하고 여전히 딱딱한 표정이었다.

담우소가 말했다.

"신형을 날릴 때 여전히 왼발을 먼저 내밀지만, 그동안 신법이 많이 는 듯하군."

마경화가 고개를 숙여 보였다.

"모든 것이 대장님의 덕택입니다. 아직 전수해 주신 보법을 모두 익힌 것은 아니나 조금쯤 진보를 본 것 같습니다."

"그런가?"

고개를 끄떡이며 담우소가 말했다.

"그럼, 내 일을 돕기에 무리는 없겠군."

"그 말씀은?"

담우소의 입가에 흐드러질 정도로 매달려 있던 미소가 사라졌다.

"본래 이번 작전의 목적은 요즘 들어 급성장한 곤륜파를 뒤흔들어 내부를 분열시키고, 그로 인해 청해성 내에서의 입지를 줄이자는 게 첫째고, 두 번째 목적이 따로 있다네."

'두 번째 목적?'

"본래 강 군사와 협의했을 땐 이 정도면 충분하리라 생각했는데, 아직도 곤륜파의 수뇌진들은 미동조차 하지 않으니 이제부터 본 대장이 직접 나무를 흔들러 가야겠어. 그러니 그동안 신법이 크게 발전한 자네가 날 도와줘야겠네."

"존명!"

얼굴을 딱딱하게 굳힌 마경화가 고개를 숙이며 대답했다. 담우소의 말을 전혀 의심하지 않는 얼굴로.

뒤따르는 마경화를 생각해 절반가량의 힘으로 신형을 날리며 담우소는 첫 번째 명령서를 받아 들었을 때를 생각했다.

올 것이 왔구나란 생각과 함께 심드렁한 표정을 떠올렸지만, 전혀 가슴이 뛰지 않는 건 아니었다. 나이 서른이 넘도록 담우소는 계속 무공만 익혔지 무인으로서 지닌 바 무위를 마음껏 펼쳐 볼 기회를 얻지 못했던 것이다.

봉투를 개봉하니 특수한 먹물로 쓰여진 짧은 글귀가 나타났다. 강문호의 말에 의하면 밀봉된 상태가 풀리면 오직 반 각 동안만 글자가 유지된다 했다.

반 각이면 그리 급할 것도 없다는 생각에 느긋하게 글귀를 읽어가던 담우소의 표정이 변했다.

'이게 무슨?'

담우소를 놀래킨 건 곤륜파를 위축시키란 첫 번째 구절이 아니었다. 마도인 철혈대에서 정파인 곤륜파를 견제한다는 건 당연했으면 당연했지 이상한 일은 아니었다.

담우소를 놀래킨 건 '천리종횡 최고봉을 구출하라' 란 두 번째 구절이었다. 과거 최고봉과 인연을 맺었던 까닭에 그가 얼마나 무지막지할 정도로 강한 인물인지 잘 알고 있었기에 놀라움은 더욱 컸다.

'참, 기도 안 차는 노릇이다. 얼마 전까지만 해도 그 적발귀신과는 언젠가 다시 만나 과거의 빚을 청산하겠다 생각하고 있었는데, 곤륜파

따위에 붙들려 있었다니.'

어찌 보든 막 만들어진 부대에게 맡겨진 임무치고는 지나치게 중대한 임무였다.

만약 첫 번째 구절만을 읽었다면 어떻게 하든 수를 내서 임무를 다른 부대로 돌릴 생각이었으나 두 번째 구절 때문에 담우소는 마음을 돌려먹었다. 최고봉은 그에게도 꽤나 중요한 인물인 것이다.

그렇다면 어째서 곤륜파가 같은 곤륜산맥에 위치해 있으면서도 전혀 내왕이 없던 광명신교의 오산인 중 일 인인 최고봉을 억류한 것일까?

혈봉황단의 도움으로 알아낸 일의 전말은 이러하다.

최고봉은 과거 천하제일 경공대가란 별호를 따낼 때 무수히 많은 강호의 경공고수들을 다리 병신으로 만든 일이 있다. 온갖 방법으로 그들과 경공 내기를 해 패배할 경우 다리를 분지르는 만행을 저지른 것이다.

그 당시 항상 '내기'란 점을 강조했고 정파의 주축인 구파일방과 오대세가의 사람만은 건드리지 않았기에 큰 문제로 발전하진 않았는데, 이번에는 사정이 달랐다.

난입한 곳은 구파일방 중 하나인 곤륜파였고, 몇 명이나 되는 일대고수들의 다리를 분질러 놓고 도주하다 곤륜신성 이모백에게 붙잡히는 신세가 된 것이다.

'그 뒤 몇 차례나 천지이단 측과 철혈대를 비롯한 삼천이지 측에서 사람을 보내 알아본 바에 의하면 적발귀신은 곤륜파에 억류되어 있지 않다고 했다. 그렇다면 곤륜신성이 은거했다는 곤륜비동밖엔 없는데, 도무지 그 근처엔 수없이 많은 기관진식이 깔려 있어 발길을 들일 수

없으니.'

담우소는 입맛을 다셨다. 믿고 있던 강문호조차 '곤륜신성 이모백님의 놀라운 기관진식을 어찌 나 같은 무명소졸이 감히!' 라며 고개를 절레절레 흔들던 광경이 떠올랐다.

따라서 첫 번째 곤륜파 흔들기가 끝난 이 시점에서 담우소는 새로운 흔들기에 나설 생각이었다. 곤륜파의 뭇 도사들이 칩거한 곤륜신성에게 도움을 요청할 수밖에 없을 정도의.

스슥!

신형을 멈춰 세운 담우소가 가만히 손을 들어 올렸다. 대략 십여 장쯤 떨어진 채 따라오던 마경화에게 보내는 신호였다.

오랫동안 전장을 누볐던 자답게 담우소의 수신호를 재빨리 파악한 마경화가 역시 신형을 멈췄다.

대략 팔구 장 정도 떨어져 있지만 그녀의 모든 촉각은 온통 담우소를 주시하고 있었다. 주변에서 흩날리는 나뭇잎의 팔랑거림조차 그녀의 시선을 흩뜨릴 순 없었다.

역시 마경화를 믿고 더 이상의 수신호를 배제한 담우소가 풍뢰경을 일으켜 안력을 극도로 높였다.

번쩍!

일시 번개와 같은 광채를 일으킨 담우소의 시선이 훑고 지나간 곳은 곤륜파로부터 대충 십여 리가량 떨어진 장소에 세워져 있는 정자(亭子)의 주변이었다.

정자의 이름은 만취정(滿醉亭)이었다.

과거 곤륜삼성 이래 최강의 고수로 불리며 곤륜파를 구파일방의 반열에 올려놓은 곤륜검성(崑崙劍聖) 도엽(桃葉) 진인이 십사수 분광추혼 검법(分光追魂劍法)을 완성했다 알려진 장소였다.

그곳에는 지금 한 명의 노도가 그림같이 좌정한 채 빠르면서도 천변만화함을 자랑하는 눈앞의 구름에 온통 정신을 빼앗기고 있었다.

노도의 정신을 빼앗은 건 빛을 가르며 혼을 빼앗는다는 분광추혼을 낳은 바로 그 변화였다.

이곳 만취정 주변이야말로 기검봉에서도 가장 구름의 변화가 극심한 곳 중 하나였다.

지난 열흘간 매일 주변을 정찰한 끝에 얻어낸 결과랄까. 지금 이 시각이 바로 곤륜 팔장로 중 우두머리로 불리는 영보 도장이 홀로 만취정을 찾는 때임을 알고 있던 담우소의 입가로 흐릿한 미소가 번져 나왔다.

'역시 영보 도장쯤 되는 절정고수들은 자부심에 목숨을 거는 자들이로군. 지난 열흘간의 참사를 겪고서도 수련을 포기하지 않았을 뿐더러 홀로 만취정을 찾을 줄이야…….'

마경화를 손짓해 부른 담우소가 만취정에서 시선을 떼지 않은 채 말했다.

"지금부터 나는 곤륜파 오대고수 중 일 인에게 비무를 신청할 것이다. 그러니 마 호위는 주변을 돌며 혹시 다가오는 자가 있으면 모조리 죽여라!"

"존명!"

만취정으로 신형을 날리려던 담우소가 주춤 걸음을 멈추곤 마경화를 빤히 쳐다봤다.

"무, 무슨?"

마경화가 낯을 가볍게 붉히자 담우소가 씨익 웃으며 말했다.

"그렇다고 힘에 부치는 상대까지 죽이려고 애쓸 필요는 없어. 그런 자가 나타나면 나 역시 삼십육계(三十六計)밖엔 도리가 없으니까."

"조, 존명!"

마경화의 어깨를 툭툭 두들겨 준 담우소가 바람처럼 날아올랐다. 이곳까지 뒤처져 쫓아왔던 마경화의 눈이 동그래질 정도의 경공이었다.

'이곳 만취정의 구름은 무쌍하여 변화로써 천하에 으뜸이다. 그러나 구름의 변화란 모두 바람이 일으키는 조화의 일부가 아니던가! 선배가 남겨주신 분광추혼의 올바른 변화를 이해하려면 눈에 보이는 구름이 아니라 마음으로 느껴지는 바람을 이해해야 할 것이다. 그런 점에서 나는 지금껏 헛된 분광추혼을 익힌 것이 아닌가?'

무릎 위에 올려놓은 애검(愛劍) 벽송(碧松)을 어루만지던 중 영보 도장은 문득 눈을 감았다.

방금 전까지 조금이라도 더 구름의 변화를 살피기 위해 눈을 부릅떴던 것과는 다른 모습이었다.

평생 자랑해 왔던 안력을 버리니 주변이 모두 암암절벽인지라 바람의 변화를 느끼기보다는 두려움이 일어났다. 지금껏 쌓아왔던 것을 몽땅 버리고 새롭게 시작해야 하는 두려움이었다.

그러나 곧 '무량수불!' 이란 도호가 영보 도장의 입에서 흘러나왔고, 평생 참수했던 도덕경(道德經)의 한 구절을 떠올린 그의 안색이 편안하게 변했다.

일체유심조(一切唯心造:모든 것은 생각하기에 달렸다)는 불가에서만 통용되는 말은 아니었다.

그렇게 평온함 속에 유하게 되자 영보 도장의 입가로 부드러운 미소가 떠올랐다. 아무리 눈을 부릅떠도 볼 수 없었던 바람의 움직임이 어느새 살갗을 간질이고 있었다.

'조금만 더! 조금만 더! 조금만… 아아!'

그러나 영보 도장은 깨달음의 초입에서 결국 발길을 멈춰야만 했다. 살갗을 움찔거리게 만든 바람의 속삭임에 부응해 일어나던 창창한 검기가 한 가닥 알 수 없는 암경에 눌려 이리저리 흩어지고 만 것이다.

스륵.

자리에서 일어선 영보 도장은 눈을 떴다. 그리고 자신의 검기를 부쉈던 암경이 밀려온 방향을 노려봤다.

평범한 얼굴의 삼십 대를 넘지 않은 나이. 만취정으로부터 대략 삼 장가량 떨어진 곳에 우뚝 선 사내의 입가엔 흐릿한 미소가 떠올라 있었다.

'저리 젊었던가!'

사나이의 겉모습에 해연히 놀란 영보 도장이 차게 꾸짖었다.

"무량수불! 그대는 어찌하여 빈도의 오랜 숙원을 방해하는가! 설마 요즘 들어 본 파 제자들에게 해코지를 하고 다녔던 게 그대는 아니겠지?"

만취정에 모습을 드러낸 사내는 얼굴을 화화기공으로 평범하게 바꾼 담우소였다. 일시 풍뢰경을 극한까지 일으켜 주변의 구름을 흩어놓고도 그는 딴청을 부렸다.

"이곳은 참 구름이 요란스레 흘러가는군."

꿈틀!

반쯤 세어버린 눈썹을 치켜 올린 영보 도장의 수중에서 벽송이 가느

다란 울음을 토해냈다. 영보 도장의 살기가 검신을 타고 진동을 일으
킨 것이다.

그러자 주변의 구름에서 시선을 뗀 담우소가 영보 도장에게 무심한
목소리를 던졌다.

"아직 검은 빼 들리지 않았고 그저 마음이 노한 것뿐임에도 검기가
일어나 이 몸을 꽁꽁 묶을 듯하니 영보 도장께서는 이미 검선(劍仙)의
경지에 오르신 듯합니다."

'역시! 저자는⋯⋯.'

마음 한가운데에서 이미 검을 빼 든 상태가 된 영보 도장이 노했던
안색을 역시 무심히 하며 만취정에서 내려섰다.

스윽!

"어찌 검선이란 말을 함부로 할까. 빈도는 기껏해야 곤륜에 틀어박
혀 검의 변화에 취했고, 취기에서 깨어나기를 거부하며 한 세상을 보낸
늙은이에 불과함세."

"⋯⋯."

"세상에서는 빈도를 곤륜파의 오대고수라 부르기도 하고 팔장로 중
으뜸이라 부르기도 하지만, 그런 것이야 그저 말하기 좋아하는 자들의
소치. 평생 선배께서 남기셨으나 후배들이 잇지 못한 유진을 되살리는
걸 목표롤 삼았거늘, 금일 그것이 깨지니 절로 화가 나는구먼."

스르릉!

영보 도장의 손에 벽송이 들렸다. 더도 덜도 아닌 삼 척(三尺)의 고
검(古劍)! 검의 나신(裸身)은 청명한 가을 하늘을 닮아 있었다.

그러나 검객의 손에 검이 빼 들린 게 무어 그리 대단하랴!

진정 대단한 것은 평생 검에 묻혀 살았으나 단 한 차례도 남 앞에서

그것을 빼 들지 않았던 선례를 영보 도장이 깼다는 점이었다. 그것도 적수공권의 사내 앞에서.

'이 말코도사는 뭔가 좀 다르군.'

영보 도장의 의지에 감응한 담우소가 역시 풍뢰경을 극한까지 끌어올린 채 말했다.

"역시 정체 불명의 사나이가 곤륜파 오대고수 중 한 명이라는 영보 도장을 홀로 찾은 건 한 수 가르침받기를 청하는 것이라 생각하신 겁니까?"

"그럴 리가!"

벽송을 한차례 떨어 보인 영보 도장이 말했다.

"빈도는 그저 고수가 뿜어낸 살기에 답할 뿐이오."

"그렇군요."

고개를 끄떡인 담우소가 정중하게 포권를 해 보였다. 이미 도(道)에 가까운 경지에 오른 곤륜파의 노검객에게 보내는 그의 진심 어린 예의였다.

〈제5권 끝〉

도서출판 청어람 www.chungeoram.net   우 420-011 부천시 원미구 심곡1동 350-1 남성빌딩 3F ● TEL : 032-656-4452/54 ● FAX : 032-656-4453 ● Email : eoram99@chol.com

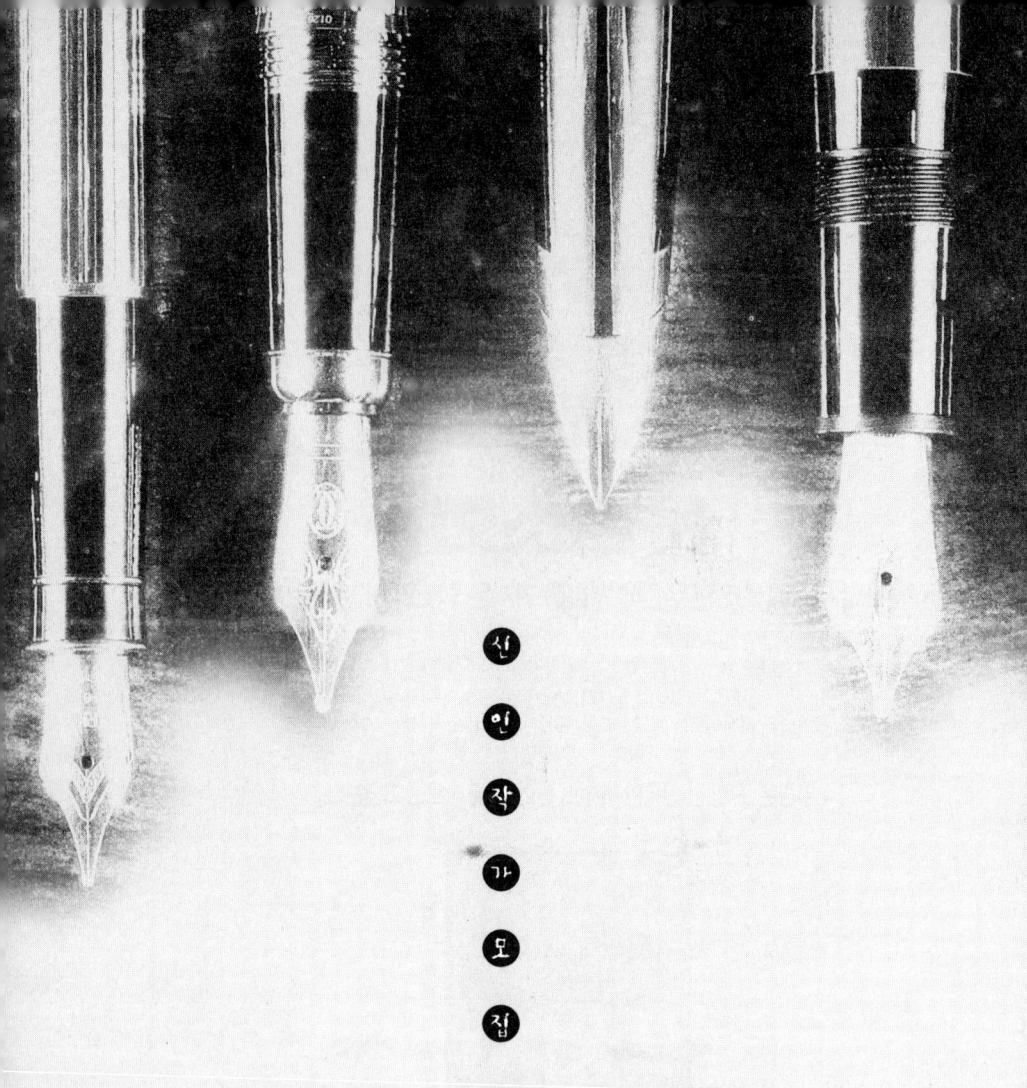

신인작가모집

시작이 반이라고 했습니다.
작가의 길에 대한 보이지 않는 벽을 과감히 깨뜨리십시오!
청어람은 작가 지망생 여러분들의
멋진 방향타가 되어드리겠습니다.

저희 도서출판 청어람에서는
소설 신인 작가분들을 모집합니다.
판타지와 무협을 사랑하시는 분들의 많은 참여를 바랍니다.
소정의 원고(A4용지 150매)를 메일이나 우편으로 보내주시면
검토 후 출판 여부를 알려드리겠습니다.

주소:경기도 부천시 원미구 심곡1동 350-1 남성B/D 3F 우편번호420-011
TEL:032-656-4452 · **FAX**:032-656-4453
http://www.chungeoram.com
e-mail:chungeoram@chungeoram.com